CÓMPLICE

CÓMPLICE

CURTIS
«50 CENT»
JACKSON

CON AARON PHILIP CLARK

TRADUCCIÓN DE HERCILIA MENDIZABAL FRERS

HarperCollins *Español*

CÓMPLICE. Copyright © 2024 de Curtis J. Jackson, III. Copyright de la traduccion © 2025 de HarperCollins Publishers. Todos los derechos reservados. Impreso en los Estados Unidos de América. Ninguna sección de este libro podrá ser utilizada ni reproducida bajo ningún concepto sin autorización previa y por escrito, salvo citas breves para artículos y reseñas en revistas. Para más información, póngase en contacto con HarperCollins Publishers, 195 Broadway, New York, NY 10007. En Europa, HarperCollins Publishers, Macken House, 39/40 Mayor Street Upper, Dublín 1, D01 C9W8, Irlanda.

Los libros de HarperCollins Español pueden ser adquiridos con fines educativos, empresariales o promocionales. Para más información, envíe un correo electrónico a SPsales@harpercollins.com.

harpercollins.com

Título original: *The Accomplice*

Publicado en inglés por Amistad, un sello de HarperCollins Publishers, en los Estados Unidos en 2024.

PRIMERA EDICIÓN EN ESPAÑOL, 2025

Traducción: Hercilia Mendizabal Frers

Este libro ha sido debidamente catalogado en la Biblioteca del Congreso de los Estados Unidos.

ISBN 978-0-06-344544-4

25 26 27 28 29   HDC   5 4 3 2 1

CÓMPLICE

NIA

Palestine, Texas
2023

Nia Adams no tiene buena mano para las plantas, pero es implacable a la hora de regar su jardín, de ocuparse de la tierra, de las flores y de domar las malezas. Su planta perenne favorita es el *Lupinus texensis*, el lupino de Texas. Los pétalos azul brillante son el centro de atención del jardín frente a su casa. Las flores crecen fuertes a pleno sol y en la tierra húmeda, y son resistentes en las temporadas de sequía. Son sobrevivientes, como Nia.

El sol del mediodía calienta la piel de Nia mientras ella arranca los últimos dientes de león. Está cubierta en sudor y siente con gusto el alivio de una repentina brisa fresca. El viento sacude las hojas de los encinos blancos que dan sombra al jardín delantero. El sonido del aire que azota las hojas la hace sentir en casa… la hace sentir segura. Está por cumplir los setenta, edad en la que un paso en falso puede resultar catastrófico: una cadera rota, un esguince de tobillo, una lesión de columna… Cree que un perro podría ser buena compañía, aunque le da pavor la responsabilidad de limpiar, bañar y pasear a un perro. Pero los perros pueden funcionar como un buen elemento disuasorio ante peligrosos merodeadores que tienen como objetivo a mujeres solas, un blanco fácil.

Tal vez algún día, piensa, un perro podría ayudarla; cuando empiece a quedarse sorda. Pero por ahora, sus sentidos gozan de una agudeza absoluta. Oye el traqueteo de la camioneta diésel blanca de cuatro puertas antes de verla avanzar a toda marcha hacia su propiedad. No son muy frecuentes las visitas, en especial en estos días, pero el vehículo se mueve a una velocidad deliberada.

Mete el manojo de malezas en una bolsa de basura pequeña, se quita los guantes de jardinería amarillos, sale del jardín de flores y se dirige a la entrada de carros. Camina por la entrada con su Ruger calibre .22 en el bolsillo derecho del pantalón cargo cubierto de tierra. A medida que la camioneta se aproxima, ella saca el arma, la blande para que el conductor la vea, y se queda parada en absoluta calma. Viejas mañas de policía.

A Nia le gusta creer que sigue intimidando a pesar de no llevar placa. Se ha encogido un centímetro desde sus días de *Texas Ranger*. Siempre fue menuda, y luego le cayó encima la edad. Alguien con la lengua suelta le sugirió en una cita que se vería de cincuenta si se tiñera las canas. Pero a Nia no le importa la edad: quiere decir que ha vivido la vida. Tiene cicatrices e historias que las acompañan.

La camioneta se detiene. Nia sigue firme. Detrás del volante hay un hombre blanco con sombrero de vaquero. Parece joven, pero no podría adivinar su edad. Un parabrisas polvoriento puede suavizar las facciones. Reconoce a la mujer sentada del lado del acompañante: es la *ranger* Brianna Castro.

Nia no baja el arma.

Brianna sale de la camioneta. Está más avejentada que la última vez que la vio Nia: más pesada, más lenta. Pero aún bella de certamen.

—¿Qué onda con el arma, Adams? —pregunta Brianna.

—¿Pasabas nomás de casualidad por el vecindario?

—Pues, hola a usted también, señora —dice el hombre—. No es nuestra intención molestarla.

Nia puede verlo mejor afuera de la camioneta. Tiene un rostro endurecido... picado de viruela, como si se hubiese pasado años afeitándose con hojitas de afeitar desafiladas. Exmilitar, piensa Nia.

—Ella no molesta. Castro siempre es bienvenida aquí —dice Nia, y baja la mano con el arma y la coloca a un costado de su cuerpo—. Pero no sé quién demonios eres tú.

—William Ray Boyd. *Texas Ranger*.

Boyd tiene un acento del sur de Texas, pero no es tejano, aunque esté desesperado por parecerlo. La enorme hebilla de su cinturón reluce. Seguramente la pule a diario.

—Boyd es mi compañero, Adams —dice Brianna.

—¿Hace cuánto?

—Ya van diez años.

—Diez años —dice Nia—. Supongo que ha pasado el tiempo.

—Castro me ha contado mucho de usted —dice él.

—¿Te contó por qué tardó tanto en venir a verme?

—Le dije la verdad —dice Brianna—. Me enseñaste todo lo que valía la pena aprender. Me ayudaste a ver las cosas con más claridad. Espero que puedas ayudarme otra vez.

Brianna sigue teniendo el aspecto de alguien que levanta sacos de arena por pura diversión. Sobre los hombros le cuelga una chaqueta deportiva de hombre. Viste el típico atuendo de un *ranger*: camisa Oxford blanca, corbata básica, sombrero marrón claro de *ranger* que hace juego con el pantalón de un almidonado intermedio, y un par de botas tejanas —taco bajo, suelas de goma— marrones. Siempre marrones.

—Supongo que una visita es mejor que nada —sonríe Nia—. Todo bien, Castro.

—¿Lo suficientemente bien como para que guardes esa arma?

Nia devuelve la pistola a su bolsillo, pero deja las manos cerca de la cintura. Viejas mañas de poli y todo eso, o la vida en Texas. No está segura de cuál.

—¿Se quedan a cenar?

—Me temo que no es una visita social. Estamos aquí por un caso.

—Desmond Bell —dice Boyd—. El principal sospechoso de una

seguidilla de atracos en los noventa. El último podría haber sido en 2004.

Nia no lo ha oído nombrar en décadas. Su nombre existe en su cabeza, donde retumba y le altera los nervios, a veces toda la noche.

—¿Qué nos puede decir sobre él? —pregunta Boyd.

—Pasen. Preparo café.

Nia hace pasar a los *rangers* a su casa. Es modesta y cómoda, y se siente como un hotel de media pensión, incluso para ella. Tiene un empapelado floral, pisos de madera y ladrillos a la vista. No ha recibido visitas en años, pero, a no ser por el piano empolvado, intenta mantener todo prolijo. El polvo no le molesta como antes. Además, Castro la conoce demasiado bien como para que le incomode el desorden doméstico de Nia: como dijo ella, no es una visita social.

Nia saca una cucharada de café de una lata y la mete en un filtro de papel marrón. Enciende la máquina de café y regresa a la sala donde los *rangers* la esperan en el sofá.

Se sienta en un sillón reclinable color borgoña. Le tiembla la mano. Deben de ser los nervios, piensa.

Boyd parece incómodo. Nia se pregunta si visitará casas de gente negra a menudo. Él levanta la mirada hacia un cuadro de Annie Lee que cuelga sobre la chimenea. Los colores son una gama de marrones: vivos, intensos y terrosos. Hay niños que saltan a la doble cuerda frente a los escalones de la entrada de una casa de piedra rojiza; tan solo gente negra, existiendo. Es idílico. A Nia le recuerda Queens, en Nueva York, donde se crio. Espera que el paraíso sea tan magnífico como ese cuadro... si es que llega allí.

—Se titula *Juneteenth* —dice—. Cultura negra norteamericana, según el mundo del arte.

—Sí —dice Boyd—. Es lindo... muy lindo. Pero casi todo el arte que veo es lindo.

—Lo es —dice Nia afirmando la humilde valoración que hace Boyd de la obra. No sabe una mierda de arte y se hace cargo de su ignorancia. La mayoría de la gente hace un esfuerzo terrible por sonar inteligente, lo cual la irrita a más no poder.

—¿Recuerdas el atraco en el Colonial Trust? —pregunta Brianna—. 2004.

Nia asiente con la cabeza:

—Por supuesto.

—Ocurrió de nuevo —dice—. Otro *modus operandi*, pero hay algo que parecería asemejarlo al atraco de Bell.

—¿Qué quieres decir? No… no importa. Ahórrame los detalles. —Rechaza su propia pregunta con un movimiento de la mano—. No quiero enterarme de nada. Ya estoy más allá de todo eso.

—Nunca atraparon a Bell, ¿o sí? —pregunta Boyd.

—Sabes bien que no —dice Nia, incapaz de permanecer callada—. Pero incluso si estuviera vivo, lo cual dudo, tendría más de setenta. ¿Han visto a muchos septuagenarios dando grandes golpes últimamente?

—Solo le estamos pidiendo lo que pueda recordar —dice él y abre su portafolio—. Tal vez pueda echarle un vistazo al expediente…

—No —dice Nia con tono severo—. Ni se te ocurra abrir ese maldito caso. Dije que no me interesa.

—Nos sería de mucha ayuda.

—No lo entienden, ¿verdad? Sigan mi consejo. Lo que sea que esté pasando, es mucho más grande de lo que se imaginan y, créanme, cuanto más lejos estén, mejor. Los arruinará. Igual que me pasó a mí.

—Adams, por favor. —Brianna junta las manos. Parece como si quisiera rogar. Nia espera que no lo haga.

La cafetera hace un clic.

Nia siente el aroma. Huele a la estación de *rangers* y, antes que eso, a la delegación del Departamento de Policía de Houston.

—Está listo el café —dice—. Solo tengo azúcar.

—No hay problema —dice Brianna—. Azúcar está bien.

Nia siente un cosquilleo en el pecho. Empieza como algo pequeño, pero crece y late. No puede levantarse del sillón. No puede mover los brazos. Tampoco las piernas. Ni siquiera está segura de poder sentirlos.

Es un maldito infarto, un derrame cerebral, piensa.

—¿Adams? —pregunta Brianna—. ¿Estás bien?

Nia no puede hablar. Siente medio cuerpo entumecido.

Se desploma y no logra fijar la vista. Desmond Bell… nunca quiso morir pensando en él…

«Ese hijo de puta…».

«Donde sea que estés, espero que te estés pudriendo».

CAPÍTULO UNO

NIA

Houston, Texas
2004

L a radio crepita. «10-35. Atraco en curso. Banco Central de Texas. 1100 calle Main».

Nia detesta estas llamadas. Nunca terminan bien. Ha interceptado nueve atracos activos en sus seis años de carrera con los *rangers* de Texas y hay dos cosas de las que está segura: los sospechosos no se rinden voluntariamente y va a haber bajas. A veces, rehenes. Otras veces, agentes policiales. Por lo general, los sospechosos.

«A cinco minutos».

Nia ve el banco a la distancia. Ya lo sobrevuela un helicóptero del Departamento de Policía de Houston.

Suenan las sirenas. Las luces destellan. Nia conduce la Blazer a ciento treinta kilómetros por hora por la calle principal. Hay carros abandonados a los costados. La policía local ha despejado el camino. No se ven civiles. Una Suburban con miembros del Equipo de Respuesta Especial sigue a la Blazer de Nia. Algunos de ellos han estado esperando este momento, ansiosos: es el boleto de entrada al espectáculo.

Este es el epicentro de la ciudad, su motor: compañías energéticas, bufetes de abogados, oficinas centrales de aerolíneas, la Iglesia del Centro de San Juan, el parque Sam Houston y bancos, muchos bancos. La ciudad tiene unos ciento cincuenta, con más de dos mil sucursales. Como ocurre en la mayoría de las ciudades, las sucursales más grandes están en el centro y, por lo general, tienen la mayor cantidad de dinero. El Banco Central de Texas no es la excepción.

La ciudad ha sufrido veintidós robos a mano armada a bancos en los últimos tres meses. Muchos de los sospechosos son delincuentes seriales que dan el golpe en más de una sucursal en un día. Los recortes presupuestarios han diezmado al Departamento de Policía de Houston. No tienen suficientes recursos ni policías. Usan al FBI para ampliar investigaciones que involucran grandes crímenes: atracos a mano armada, situaciones con rehenes y terrorismo. El FBI usa al SRT, el Equipo de Respuesta Especial, como primer contacto, porque los oficiales del SRT se movilizan más rápido, conocen mejor la zona y, por lo general, son oriundos de Texas.

Nia no nació en Texas, pero lo considera su hogar adoptivo. Conoce su cultura y a su gente, y quiere protegerlos. Eso es lo que les dijo a los investigadores a cargo de la revisión de sus antecedentes durante su evaluación, pero no es la única razón por la que decidió ser *ranger*. Nunca hay una sola razón para hacer las cosas.

La Blazer frena en seco detrás de la barricada policial. Nia le echa un vistazo a la Suburban por el espejo retrovisor. Viene a toda velocidad y desaparece con un chirrido. El líder de su brigada, el *ranger* Josiah Powers, va al volante. Sabe cómo dar un espectáculo.

El Departamento de Policía de Houston ha hecho lo que ha podido. Despejó a los civiles. Hay una fila de unos seis carros de la brigada. Un puñado de uniformes azules apostados y con sus armas listas.

Los miembros del SRT bajan de la Suburban y se dispersan. Chalecos tácticos sobre camisas *Oxford* y corbatas. Seis hombres: tres veteranos del Ejército devenidos *rangers*, un patrullero de carreteras y dos agentes especiales de la División de Investigaciones Criminales del Departamento de Seguridad Pública.

Nia es el séptimo miembro de la brigada. Cuando cuajan y trabajan como una máquina, juraría que pueden leerse las mentes; es una sensación bíblica. Nunca diría que concuerdan en todo su accionar, como los babilonios, pero se les parecen. Se dice a sí misma que el trabajo policial es el trabajo de Dios. El tatuaje en su hombro derecho dice: «*Alabados sean los pacificadores*». Pero la paz tiene un precio; se paga con sangre. Nia lo sabe; la brigada lo sabe.

—Tenemos que evaluar la situación —dice Powers—. ¿Quién crees que esté a cargo?

—A tus espaldas —dice Nia—. Chaqueta marrón.

—Entendido. —Powers masca chicle como si rumiara un bolo alimenticio. A Nia le resulta irritante, pero así es él. Dice que lo mantiene alerta. Ella observa cómo sondea a la multitud de uniformes azules. Es un hombre corpulento que sabe cómo imponerse. Los demás polis no lo miran a los ojos. Separa a un hombre alto de la multitud. Es blanco, con pelo canoso desgreñado y lleva un impermeable a lo Perry Mason. Del cuello le cuelgan unos binoculares.

Impermeable y Powers conversan brevemente, y luego el hombre del impermeable camina hasta donde está Nia.

—Adams —dice—. Siempre un gusto verte. Ojalá fuera en mejores circunstancias.

—Lo mismo digo, sargento Keeler.

—Detesto que hayas tenido que venir hasta aquí —dice—. No sé quién te llamó, pero tenemos todo bajo control.

—Usted sabe quién nos llamó.

Keeler succiona sus mejillas hacia dentro y toma aire como un pez.

—Tú sabes que son pendejadas, ¿no?

—¿Preferiría que estuvieran aquí los federales?

—Tiene a nuestro departamento entre ceja y ceja. Cree que no podemos manejarlo.

—La alcaldesa solo quiere que esto termine de forma pacífica. Hemos estado lidiando con estos atracos de norte a sur. Estamos muy familiarizados con cómo funcionan.

—Entonces, ¿quién está detrás?

—Creemos que es una pandilla. Bastante organizada. Además de robar bancos trafican armas y drogas. Cocaína. Heroína. Tiene canales directos a California, Chicago, Detroit y México.

—¿Proveedores de los carteles?

—No tienen los cojones tan grandes todavía. Pero van en camino.

—No si los acabamos hoy —dice Keeler.

—Ese es el plan. ¿Estableció contacto?

—Lo intenté. No contestan.

—¿Alguna idea de cuántos sospechosos hay adentro?

—Uno de mis hombres cree haber visto tres. Otro dice cuatro. No estoy seguro.

—¿Rehenes?

—Echa un vistazo —dice y le pasa los binoculares—. Multitud de mediodía. Calculo que unos quince o veinte.

Nia se coloca los binoculares sobre los ojos y recorre el banco.

—Parece que están acorralados en la pared este.

Le devuelve los binoculares a Keeler; él cambia la cara amarga.

—No me acostumbro —dice.

—¿A qué?

—Al sombrero. Las botas. Todo el atuendo… ¿En serio vas a decirme que no extrañas el Departamento de Policía de Houston?

—Por supuesto que lo extraño —dice Nia—. Pero necesitaba un cambio, nada más.

—Sí… pero ¿los *rangers*? No es lo mismo. Nosotros teníamos un lugar para ti.

—¡Adams! Hay movimiento en el primer piso —grita Powers desde la línea—. ¡Atenta!

En el primer piso estalla una ventana. El vidrio llueve sobre la calle. Aparece un cañón largo.

—¡Arma! —Nia y Keeler se resguardan detrás de la Blazer.

Pum… Pum… Pum… Pum…

—¿Alcanzaste a ver algo? —Keeler jadea; no está en buen estado físico—. ¿Qué tiene?

—Semiautomática. Fusil de asalto de uso militar. —Nia espía alrededor de la luz trasera de la Blazer y mira hacia la ventana más arriba—. Carajo. ¡Aquí vamos!

Una ráfaga de balas impacta contra los carros de policía. Las balas atraviesan metal y vidrio. Los policías gritan con voces tensas por el pánico. Keeler pide refuerzos por la radio. Habla rápido y sigue jadeando. No se le entiende nada.

Los superan en armas. Nia ve cómo cae un oficial. Le siguen más bajas. Están cayendo rápido, piensa Nia. A un oficial le explota la nuca. Juraría que la detonación fue desde dentro de su cráneo. Otros oficiales cojean buscando resguardo junto con dos miembros de su equipo: Powers y Cooper.

—Mierda —dice Keeler—. Nos tienen acorralados.

Los sospechosos tienen ventaja. Armas de asalto. Tal vez chalecos antibalas. La potencia de fuego parece interminable. Es un desastre… un fracaso de liderazgo.

—Por favor, dígame que el equipo SWAT viene en camino —dice Nia.

—Diez minutos.

Las ventanillas de la Suburban del SRT están hechas trizas. Los carros están totalmente acribillados, llenos de agujeros humeantes. Nia huele gasolina.

—Tenemos que movernos de aquí —dice.

Algunos oficiales se agachan detrás de un camión industrial. Grandes ruedas. Mucho metal. También muchos espacios abiertos. No es la protección ideal, pero no hay demasiadas opciones.

—¿Crees que podemos lograrlo? —pregunta Keeler.

—¿Qué?

—El camión de CenterPoint Energy —dice—. Es nuestra mejor opción.

—Vaya usted —dice Nia—. Yo lo cubro.

Keeler asiente. Se pone de pie. Acomoda su cuerpo como un corredor: cabeza hacia delante, pierna derecha hacia atrás, pecho recto. Mira hacia el camión.

—Dime cuándo.

Hay una pausa en los disparos. Nia mira para arriba hacia la ventana. Los sospechosos deben de estar cargando sus armas.

—¡Ahora! —Nia apunta su Colt M1911 y dispara. Keeler arranca: corre agachado y en diagonal—. Vamos... —mascula Nia—. Vamos...

Keeler cae a menos de medio metro del camión. El impacto lo impulsa hacia delante. Su cuerpo pega contra el pavimento, con los brazos abiertos, quieto. Segundos más tarde, la sangre comienza a fluir de su pelvis y de su abdomen.

—Mierda —dice Nia. Había sido su comandante durante su época en la brigada Vice. Era un buen hombre. Justo y honesto. Nunca intentó agarrarle el trasero. Nunca usó lenguaje inapropiado con ella. Ya habrá tiempo para hacer el luto más tarde. Ahora necesita mantenerse con vida y ponerle fin al atraco del banco. Nia llama a su equipo por la radio—. ¿Situación?

—Cayeron Cortez y Jiménez —dice Powers—. Cooper está herido. —Suena agitado; las palabras se desprenden como fragmentos—. Browning y Navarro... —intenta mantener la compostura—, vi que les dieron, Adams. No pude hacer nada.

—¿Tú estás bien?

—Un raspón. Nada grave.

—Voy a entrar.

—No —dice Powers—. Esperamos hasta que llegue el equipo SWAT.

—No tenemos tanto tiempo.

Todo lo que en algún momento fue un resguardo apropiado es metal astillado y cemento desmoronado. Los sospechosos han convertido la cuadra en una zona de guerra. Cientos de balas perforaron vehículos, paredes de tiendas y ventanas. El aire está saturado de cordita.

El helicóptero del Departamento de Policía de Houston vuela en círculos y luego se acerca al edificio. Cuando le dan, se retira. No hay ojos sobre ellos. Nadie sabe con seguridad su ubicación. Cuando lleguen los del equipo SWAT, se verán abrumados por los disparos.

No estarán listos. Su mejor opción será acceder al edificio por el techo del banco, una pesadilla táctica. Hará falta apoyo y coordinación aérea.

No hay mucho tiempo para eso.

—No voy a morir aquí —dice Nia—. Voy a entrar.

—No seas estúpida, Adams.

—¿Vienes conmigo? ¿Sí o no? —Powers se queda en silencio; por la radio solo se oye su jadeo—. ¿Powers?

—Maldita sea —dice—. ¿Cuál es el plan?

—Voy a meterme en el banco con la Blazer —dice ella—. Nos movilizamos y buscamos resguardo. Luego nos abrimos camino por el interior del edificio.

El día que Nia prestó juramento como oficial de policía, entendió que el trabajo aumentaba las probabilidades de morir. Y no una muerte común y corriente, sino una muerte violenta. Veneraba esa parte de la profesión, pero la condición humana exige supervivencia. Hay un deseo de vivir, de progresar. Pero ahora no puede pensar en eso. Si muere, al menos meterá algunas balas en la gente responsable de la carnicería perpetrada en la ciudad.

Nia rodea la Blazer, abre la puerta trasera del lado del conductor y se trepa al asiento. Se le incrustan pedacitos de vidrio en las rodillas y las espinillas. Toma su rifle táctico y cargadores adicionales. Tira el arma en el asiento del acompañante y luego lanza el cuerpo hacia delante hasta poder deslizarse detrás del volante. Se coloca el cinturón de seguridad y pone en marcha el motor de la Blazer que ruge. La pone en *drive*, pisa el acelerador y hace que la Blazer atraviese la barricada de madera. Cruza una franja de verde y hace una curva para entrar en la calle. Le entran balas por el techo que perforan el tapizado de los asientos. Con el pedal a fondo, la Blazer atraviesa el vidrio del banco y se detiene a centímetros de demoler el cajero automático.

El humo sale despedido del compartimiento del motor y llena la cabina. El sombrero de Nia se pierde entre los despojos. Siente un tajo en la frente. Tiene los dedos ensangrentados. Se cortó, tal vez con los pedazos serrados de parabrisas que se han acumulado en el tablero y en los asientos.

Powers aparece detrás de la camioneta con una escopeta en las manos y balas amarradas a su pecho.

—¡Vamos, Adams! ¡Sal de ahí!

Nia está aturdida. Mira a su derecha y ve rehenes acurrucados cerca de una bóveda abierta. Dos están muertos: un guardia de seguridad que todavía sostiene el arma en la mano y una mujer con falda de tubo y blusa. Hay otros nueve. Algunos asisten a los heridos.

—Adams, ¿estás bien? —pregunta Powers.

Nia tiene el pecho adolorido del golpe contra el volante. Tose con fuerza. No hay sangre.

—Estoy bien. Vamos.

Agarra el rifle del asiento del acompañante, sale de la Blazer y se ubica detrás de Powers que va al frente.

—Cerca de mí —dice y se dirige hacia unas escaleras a la izquierda del elevador.

Powers sube las escaleras pegado a la pared. Nia está atenta a cualquier ruido de los sospechosos. Hay un silencio inquietante. Cuando doblan una esquina, irrumpe una balacera que casi le da a Powers. Nia lo agarra del chaleco táctico y tira de él para sacarlo de la refriega.

Powers se pega a la pared.

—Tienen suficientes municiones, de eso no me cabe la más puta duda.

—Parece que son dos tiradores, contra la ventana. Y registré tiros desde esa oficina. Tendremos que estar alertas a un posible cuarto. —Nia ojea la oficina del gerente de la sucursal—. Si despejamos esa oficina, tal vez podamos resguardarnos allí.

—Yo digo que caguemos a tiros a estos hijos de puta —dice Powers—. Los acorralamos.

—Tenemos cero chances contra su potencia de fuego.

—Entonces, voy a tener que acercarme —dice—. No le voy a pegar a una mierda desde esta distancia.

—Entendido.

—Apunta y descarga, Adams. No pares hasta que haya despejado esa oficina.

—Comprendido.

—A la cuenta de tres —dice—. Uno... dos... tres.

Powers salta de las escaleras mientras Nia les dispara a los sospechosos cerca de la ventana. Le da a uno. Su cuerpo pega contra el vidrio y se desliza hacia el piso dejando una mancha de sangre en el cristal. El otro se pone a resguardo mientras Nia continúa con su ataque.

Powers se agazapa y rueda por el piso. Una vez que está junto a la entrada de la oficina, se agacha y apunta su Mossberg. La puerta está apenas entreabierta. Nia ve a unos de los sospechosos moverse adentro.

Se asoma la punta de un rifle de cañón largo y abre un poco más la puerta. La mirada de Nia se cruza con la del tirador. Está vestido de ropa militar negra. Ojos intrépidos, una sonrisa rabiosa.

Powers sigue agazapado, no lo ven.

«Espera».

«Espera».

El sospechoso apunta su arma hacia Nia. Ella le gesticula un «Ahora» a Powers, que se despega de la pared, inclina su cuerpo y dispara una bala en el pecho del sospechoso. El sospechoso suelta el arma y cae hacia atrás, hacia el interior de la oficina. Powers arremete con su rifle en posición para disparar.

—¡Despejado! —grita unos instantes después.

Nia cruza hacia donde está Powers. El otro sospechoso se ha resguardado cerca del alféizar de la ventana. Ella ve una bota de combate que sobresale detrás de un escritorio ejecutivo largo. Concentra su descarga sobre el escritorio, atravesando madera y metal. La torre y el monitor de la computadora vuelan en mil pedazos.

—¡Perra de mierda! —grita el sospechoso—. ¡Te voy a matar, puta!

El sospechoso se levanta de un salto aferrado al rifle semiautomático que Nia llegó a ver desde la calle. Ella no duda. Antes de que él llegue a disparar, le descarga una ráfaga de balas. Pega en el pecho y el estómago del sospechoso. Una bala le penetra el ojo, le vacía la órbita y sale por la parte posterior del cráneo.

Nia se para sobre el hombre sin vida. Es joven, no debe de tener más de veinticinco años, cree. Tiene la cara tatuada: lágrimas salpicadas debajo de donde antes tenía el ojo; una calavera y huesos cruzados en la mejilla. Cabeza rapada, cejas afeitadas y más tatuajes en el cuello. Pandilleros equipados con armas de los carteles.

«Van tres».

—¿Adams?

—Estoy bien —dice ella—. Sigamos.

Se juntan y avanzan hacia dos oficinas al final del piso. Las puertas están cerradas. Las luces apagadas. Powers le hace un gesto a Nia para que avance hasta la puerta. Ella gira el picaporte, se inclina hacia delante con el hombro y se agacha.

El cuarto está vacío.

El alivio dura poco. Se desplazan hasta la siguiente oficina. Nia gira el picaporte ensangrentado y empuja la puerta.

—Hay movimiento —dice Powers y apunta su rifle hacia un sospechoso en el piso. Está vestido igual que el resto, con ropa militar negra. Lleva una bandana verde atada alrededor de la frente. Tiene barba. Parece mayor. Podría ser el cabecilla, piensa Nia.

—¡Suelta el arma! —ordena Powers.

La pistola del sospechoso se desliza de su puño.

—Me rindo. No disparen.

Está sentado sobre heces y sangre.

—¿Cuántos hay?

—Cuatro —dice. La sangre gorgotea en su garganta y se derrama por la comisura de su boca—. Somos solo cuatro.

—Más te vale no estar mintiendo.

—No miento, mano. Por favor, estoy herido. Necesito ayuda.

—Sí, ya veo.

Nia saca las esposas del estuche, toma la cadena y se acerca al hombre moribundo.

—Espera —le dice Powers y la frena con el brazo.

—¿Qué? Tenemos que custodiarlo.

—Ey, hombre —dice—. Levanta el arma.

—Naa, mano.

—¡Que lo hagas!

—¿Powers? —pregunta Nia—. ¿Qué está pasando?

—No interfieras, Adams —le dice a Nia. Luego, le repite al sospechoso—: Te dije que lo hagas.

—No hace falta que hagas esto, mano —dice el sospechoso—. Voy a colaborar... sé mucha mierda. Te puedo contar todo.

—No pareces un soplón.

Una lágrima recorre la mejilla del hombre.

—Por favor, mano. Lo que quieras saber.

—Levántala —dice Powers—. No me hagas perder tiempo.

El sospechoso solloza en un susurro.

—Levántala, cabrón.

El sospechoso toma el arma y desliza el dedo en el seguro.

—Levántala —dice Powers.

La mano del hombre se pone rígida mientras levanta la pistola. Sabe lo que sigue... es dócil y acepta su destino.

Pum.

La cacofonía llena la habitación. En la cabeza de Nia se dispara una alarma. Cree que se le van a aflojar las piernas. Intenta mantenerse erguida y concentrarse. «Tranquila. Cálmate». Mira al sospechoso muerto. Desde la herida flota un humo espiralado, un agujero del tamaño de una pelota de béisbol en la parte superior del esternón. Trozos de sangre y tejido revuelto que parecen cerdo picado, inflado y rosa.

Oye pasos pesados. Ha llegado el equipo SWAT. Gritan órdenes. No llega a oír qué dicen...

Un miembro del equipo SWAT grita:

—¡Manos arriba!

Powers suelta su arma. Nia tiene el criterio suficiente como para hacer lo mismo.

—¡Somos *rangers*! —dice Powers—. ¡SRT!

Los oficiales del equipo SWAT marchan hasta donde se encuentran ellos.

—Giren, de cara a nosotros —dice el oficial al mando.

Los *rangers* giran lentamente con las manos por encima de sus cabezas.

«Qué puto desastre».

—Den el cese de alarma —dice Powers con calma—. Ya los tenemos. Se acabó.

• • •

Un paramédico evalúa los cortes y moretones de Nia en el interior de una ambulancia. El paramédico presiona suavemente la piel lesionada en su pecho. Nia hace una mueca. Le duele; hay diferentes tonos de violeta y gris sobre su esternón.

—Debería ir a la Sala de Urgencias, en serio —dice el paramédico.

—¿Y esperar cinco horas para que me den una compresa fría? No, gracias.

—Como guste.

El FBI ha llegado al lugar. Los investigadores forenses con chaquetas azules e inscripciones amarillas se desplazan recolectando casquillos de balas, reconstruyendo la escena y creando una línea de tiempo de lo sucedido. Los agentes no han llegado hasta Nia todavía, pero ella sabe que lo harán. Powers ha estado parloteando con los federales durante treinta minutos. De vez en cuando alza la mirada hacia donde está Nia, sonríe satisfecho y continúa hablando.

Va a ser una noche larga.

El teniente Mitch McCann baja de un Ford sedán blanco y comienza a caminar hacia la ambulancia. Tiene cabello claro y el bronceado de un niño de campo. Hay algo torpe en él: suele quedarse mirando fijo; hace pausas demasiado largas entre oraciones. Nia ya está acostumbrada, pero hay otros en su equipo que lo llaman «marciano» o «lameculos». No importa. Es un buen poli —*ranger de rangers*— que sigue las reglas.

McCann le da un golpecito al paramédico en el hombro y le muestra su placa.

—¿Me permite unas palabras con ella?

El paramédico se va a asistir a otros policías heridos.

—¿Cómo está eso? —Los ojos de McCann se concentran en el pecho de Nia—. ¿Algo roto?

—Contusión.

—Pues, se ve fatal.

—Estoy viva. Es lo único que importa.

McCann suspira.

—Es un puto desastre, ¿no?

—Sí, señor.

—El FBI tiene un arduo trabajo por delante —dice—. Van a reconstruir qué falló, pero yo preferiría oírlo de tu boca.

—Hubo aspectos de la situación que no tenemos claros —dice ella—. Deberíamos haber estado mejor preparados.

—¿Eso es lo que vas a escribir en tu informe?

—Mi intención es brindar una descripción completa y detallada de lo ocurrido, señor.

—Hay dos miembros del equipo muertos, y uno en estado crítico.

—Sí, señor —dice con un atisbo de vergüenza—. Hemos experimentado serias fallas. Hay gente que perdió la vida por eso.

—Y tú obtendrás la Medalla de Valor —dice—. Más allá de las pésimas comunicaciones y tácticas desplegadas hoy, tú y Powers salvaron vidas.

—Señor, no sé qué decir...

—No digas nada. Powers va a hablar lo suficiente por ambos.

—Con respecto a Powers, señor...

—¿Qué?

Nia traga con fuerza y susurra:

—El último sospechoso intentaba entregarse. Yo estaba lista para esposarlo cuando Powers le ordenó al sospechoso que tomara su arma. Luego Powers le disparó.

McCann la mira fijo, como si pudiera ver a través de Nia, como si se hubiese vuelto traslúcida. Se aclara la garganta y se mete las manos en los bolsillos del pantalón.

—Ya veo —dice—. Incluso si fuera a creer semejante cosa, ¿qué resultado esperas obtener?

—No lo sé. Pero ocurrió.

—Hay gente que murió a manos de estos animales. Estos pandilleros de mierda vienen de las cloacas de Los Ángeles, Nueva York, Phoenix y Chicago. Inundan nuestro gran estado con sus drogas, su mugre y sus asesinatos. Para serte honesto, me tienen cansado.

—Comprendo, señor, pero lo que hizo Powers…

—Ya basta —dice con firmeza—. No le vas a mencionar nada de esto a nadie. Ni una palabra al FBI ni al Departamento de Policía de Houston. ¿Entendido?

—Sí, señor —dice ella.

—Ahora vete a tu casa —le dice—. Te voy a dar licencia hasta que te recuperes.

—Pero, señor. Estoy bien… en serio.

—Necesitas descansar, Adams. No se discute.

Nia mira por encima del hombro de McCann y su mirada se cruza con la de Powers. Jamás habría delatado al líder de su brigada si lo hubiese pensado mejor. Pero hacía unas horas, había estado cara a cara con la muerte y había sobrevivido. Tal vez fuera rectitud, o querer irse a casa con la conciencia tranquila…

Su casa está en Sugar Land. A treinta kilómetros de allí, donde vive con Sharon.

Dulce Sharon. ¿Qué le va a decir? ¿Cómo diablos le explica todo esto?

Nia imagina que el trayecto se sentirá eterno. Los pensamientos intensos pueden hacer más lento el tiempo, pero no hay modo de escapar de ellos. Algunos polis ponen todo sobre el tapete con curas y pastores. Otros se lo confían a amantes y bailarinas en cabarés. Ella no tiene más que la oreja altruista de Sharon, y, en sus momentos de más duda, se pregunta por cuánto tiempo más.

CAPÍTULO DOS

DESMOND

Vietnam queda a 14 513 kilómetros de Houston, pero Desmond Bell nunca se aleja demasiado de ese monte, nunca se aleja demasiado de la guerra. Ha estado viviendo durante meses en una pensión en Little Saigon, la comunidad vietnamita e indochina de la ciudad. Al ser un hombre negro en un enclave homogéneo llama la atención, razón por la cual no sale mucho, a menos que su trabajo lo obligue a hacerlo.

En un pequeño televisor suenan las noticias. Desmond presta atención a medias. Está ocupado preparándose. Sobre su cama hay una SIG 9mm, un fusil de asalto, municiones y una sierra circular portátil a gasolina. Hay un mapa del estado, planos, una caja de pelotitas de *ping-pong*, papel aluminio, un chaleco táctico y una máscara de látex de George Bush que compró en una tienda de Halloween el octubre pasado.

Cuando el presentador habla del atraco fallido en la sede del Banco Central de Texas del centro, Desmond reacciona y presta atención. Conoce muy bien ese banco. Robó esa misma sucursal hace cinco años. Fue la última vez que robó dinero de un banco, y por una buena razón. El reconocimiento del lugar, la logística, el número de personas involucradas, el transporte… no justificaban la ganancia de unos cientos de miles de dólares que de inmediato le daba a Marco, su operador.

Alguien golpea la puerta. Desmond baja el volumen del televisor y se dirige a la puerta en camiseta y pantalón deportivo; el piso cruje bajo sus pies a cada paso. Mira a través de la mirilla.

—Sí —dice.

Linh está ahí parada con una bandeja en la mano en la que sostiene una gran cazuela de arcilla, un cuenco y una cuchara que parece un minicucharón. Es vietnamita. De entre treinta y treinta y cinco años, cree Desmond. Pero se desenvuelve como si hubiese vivido toda una vida.

—Perdón —dice Desmond—. ¿Te molesta la televisión? Voy a bajar el volumen.

—No, no me molesta. Creí que tal vez le gustaría comer un poco de *pho*. Mondongo y falda. Con brotes extra como a usted le gusta.

Desmond abre un poquito la puerta para no revelar sus provisiones.

—C'mon —dice y acepta la bandeja—. Huele bien.

Linh parece considerar una sonrisa, pero se contiene y mantiene su expresión plácida.

—Había una fuga en el baño —le dice Desmond—. Debajo del lavamanos.

—Lo siento mucho. Haré que lo arreglen.

—No hará falta. Ya lo arreglé. Solo necesitaba un ajuste y algo de epoxi.

—No debió molestarse...

—No fue ninguna molestia. Feliz de arreglarlo.

—Gracias, pero no debería arreglar cosas. Yo soy la que le cobra la renta, ¿recuerda?

—Es una casa grande. Tú estás sola con todo.

—No fue siempre así. Era la casa de mi abuela —dice—. Cuando yo era pequeña, parecía mucho más grande.

—Perspectiva...

—Sí —dice ella—. Es interesante... cómo cambian las cosas.

Desmond no es ajeno a la historia de la casa. Revisó los registros de propiedad en la oficina del asesor fiscal antes de llamar parar alquilar una habitación en la pensión de seis habitaciones. Necesitaba un lugar donde mantener un perfil bajo, que no llamara mucho la atención, lo cual significaba que no podía haber impuestos inmobiliarios impagos ni gravámenes. No quería merodeadores, en especial trabajadores del condado. Supo que Linh había heredado la casa hacía una década de su abuela, una cocinera excepcional que convirtió la planta baja en un café famoso por su café vietnamita, sus sándwiches y su *pho*. Luego de la muerte de su abuela, el café cerró; Linh lo convirtió en un salón para banquetes y empezó a alquilar las habitaciones por mes. Una estadía incluía tres comidas al día, el uso del baño comunitario y acceso al jardín trasero, un lote amplio bajo la sombra de árboles de magnolia.

Los precios son razonables, y Linh exige que la renta se pague en efectivo. Él sólo ha visto a otros dos inquilinos: un estudiante de una universidad de la zona y una mujer mayor cuya dentadura postiza hace clic cuando habla. La primera semana que pasó en la pensión, cuando la mujer hablaba, el ruido lo fastidiaba tanto que la ignoró y se negó a saludarla. Desde entonces se ha acostumbrado al sonido. Los inquilinos son exclusivamente vietnamitas o, en el caso de Desmond, conocedores de su lengua y sus costumbres.

—Mañana por la noche habrá una pequeña fiesta —dice ella—. El domingo se casa el amigo de un amigo.

—¿Una despedida de soltero?

—Prometieron no hacer demasiado ruido. Les expliqué que a usted le gusta estar tranquilo. Si quiere, puedo traerle la cena a su habitación alrededor de las siete.

—No hará falta. No voy a estar en la ciudad.

—Ah —dice ella—. ¿Se va de viaje? ¿Negocios o placer?

—Ninguno de los dos.

—Okey. No lo molesto más. Seguro que tiene cosas que hacer.

Él quiere decirle que no lo molesta y que siempre espera con ansias sus conversaciones, pero no le salen las palabras.

—Que disfrute de la sopa —dice Linh—. Deje la bandeja afuera cuando termine, que yo la voy a recoger.

—De acuerdo —dice Desmond antes de cerrar la puerta.

Se queda allí parado un momento, agarrando con fuerza el picaporte, sintiéndose como un *người đần độn*, como un idiota, un zopenco. Nunca se le ha dado muy bien socializar. Detesta hablar de bueyes perdidos. Pero tal vez debería haber dicho un poco más. Preguntar sobre su día o sus intereses. Tanto aislamiento ha afectado su destreza a la hora de conversar. No sabe relacionarse en situaciones sociales, y su actitud distante no le ha hecho ningún favor con las mujeres.

Tal vez sea para mejor, piensa. ¿Qué beneficio habría en conocer mejor a Linh?

Pero de una cosa está seguro: es demasiado joven para estar tan cansada. Es lo que solía decirle su madre cuando él regresaba después de un largo período de trabajo en los barcos de pesca del golfo. Eso fue antes de que se alistara en la Marina, antes de la guerra, antes de encontrar un propósito.

Saca un bolso de debajo de la cama y empieza a meterle los artículos. El fusil y las municiones son lo último que mete.

En el ropero está colgado un overol gris de mantenimiento. Lo tira sobre la cama y saca un par de botas. En un rincón de la habitación hay un pequeño escritorio con una silla. Sobre el escritorio hay una fotografía enmarcada de Desmond: más joven, con los ojos vacíos de un asesino y uniforme del Cuerpo de Marines. Le cuelga un M16 del hombro y un cigarrillo de la comisura de los labios.

Le da un golpecito a la imagen de otro hombre, bajo, pesado y de piel oscura.

—*Semper fidelis* —dice en voz baja—. Nos vemos pronto, hermano.

· · ·

La camioneta Toyota —azul oscuro, común y corriente— suelta un quejido cuando Desmond hace un rebaje a segunda. Tiene pegada una calcomanía de «MARINE VETERANO» en letras naranjas brillantes sobre un fondo negro.

El tanque está lleno. A pesar de tener más de diez años, la camioneta rinde treinta y cinco millas por galón, así que no tendrá que detenerse a cargar gasolina en el viaje de tres horas a Waxahachie.

Desmond baja la ventanilla y enciende un cigarrillo. En la radio suena George Michael; antes de él sonaba Luther Vandross. *Smooth R & B* y jazz… música de la buena.

Pasa las estaciones hasta que escucha a Teena Marie. Suena como una verdadera afroamericana, piensa. Tiene *soul* y puede mantener una nota como su madre. No le gusta pensar en su madre, pero últimamente su cabeza ha estado puesta en su familia.

Toma la I-45; la carretera polvorienta divide la tierra plana. La ruta a Waxahachie va derecho hasta el norte: Madisonville, Buffalo, Fairfield, Corsicana, etc. El tráfico se tolera, pero hay muchos más carros en la ruta que de costumbre. Esta noche es la Convención Nacional Republicana en Nueva York, pero los políticos tienen planeadas fiestas por toda la ciudad. Lo pone contento no estar allí. Va a haber fuegos artificiales; los fuegos artificiales lo crispan.

En el asiento del acompañante hay un paquete entero de cigarrillos, una botella de agua y dos *banh mi* de cerdo envueltos en papel aluminio. Su bolso está en la caja de la camioneta, debajo de una lona. Consideró por un momento cubrir la caja con una caseta rígida, pero decidió que sería demasiado sospechoso. Las cajas cubiertas de camionetas llaman la atención: son la manera en que los contrabandistas transportan gente y drogas a través de la frontera con México para ingresar al estado.

Es una guerra que no van a ganar jamás, piensa Desmond. Luego de tres períodos de servicio en Vietnam, reconoce una batalla perdida a kilómetros de distancia. Aunque Texas y los Estados Unidos no lo admitan, se han acostumbrado a depender de la mano de obra barata que provee la inmigración ilegal, y los narcóticos se ajustan más que nada al apetito de los Estados Unidos.

Desmond se ubica en un carril vacío. Baja la velocidad de la camioneta a sesenta y cinco millas por hora. Pasa por más estaciones de radio hasta que encuentra una de *rock* clásico y temas viejos, y luego pierde la señal.

El sol comienza a ponerse. Enciende las luces de la camioneta, abre uno de los *banh mi* que le preparó Linh ayer y le da un mordisco. Como sabía que iba a tener hambre en el viaje, en vez de comerse los sándwiches para el almuerzo, se los guardó.

El conductor de un sedán japonés en el carril de al lado parece irritado por el tráfico. Da golpes en el volante con las manos. Lleva una corbata a cuadros floja alrededor del cuello y la camisa arremangada hasta los codos... Desmond sabe cómo se ve el final de un día de mierda. Tiene muchos en su haber. Pero hasta su peor día en pleno combate no se comparaba con los días de mierda que experimenta la mayoría de la gente en un trabajo común y corriente. La vida en un cubículo de oficina es una sentencia de muerte. Hay quien dice que Vietnam también lo fue, pero al menos pudo sentir cuánto valía, y sus esfuerzos significaron algo. Nadie estaba allí por la paga. Nada de trámites burocráticos, ni de conversaciones en la fuente de agua ni de lamer culos para lograr un ascenso. Despidos y cesantías: una puta vorágine.

La gente se mata trabajando en cosas que detesta... es un largo suicidio.

Desmond conoce la mirada perdida; la ha reconocido en las caras de empleados bancarios, gerentes de sucursales y guardias de seguridad que ha metido en bóvedas a punta de pistola. A la mayoría no le gusta que robe el banco, pero pocos están demasiado comprometidos con detenerlo. La gente quiere creer que le importa a la compañía y que su lealtad es recíproca. Sus compañeros de trabajo son como su familia, y los clientes son amigos, no conocidos. Pero esa no es la realidad: los trabajadores son engranajes en una máquina. Números. Descartables. Y si ellos no estuvieran allí parados con los brazos arriba a punta de pistola, habría otros en su lugar.

La mayoría de la gente —la gente inteligente— quiere regresar a sus familias, pero aquellos que quieren ser héroes no obtienen ningún beneficio: solo narices rotas, clavículas destrozadas, fémures quebrados, brazos descolocados. Es doloroso y es desagradable, y

Desmond prefiere que las cosas no lleguen a lo físico, pero cuando lo ponen a prueba les da el gusto.

Un Camaro negro con capó blanco y una barra de luces se le pega al parachoques. Segundos más tarde, en su espejo retrovisor destellan luces azules y rojas.

—Carajo —dice, dobla para detenerse en el arcén y apaga la camioneta. Toma la cartera de su bolsillo y saca su licencia de conducir. El nombre en el documento es Martin Chambliss, uno de sus muchos alias.

Baja la ventanilla, coloca las manos sobre el volante y espera.

El policía se baja del Camaro, camina hacia la ventanilla del conductor y alumbra el interior de la camioneta con una linterna. Es un hombre blanco de gran estatura con su típico uniforme marrón colgado de sus rollos.

—Buenas —dice con la mano derecha en la cadera—. Licencia y registro de la camioneta.

—Sí. —Desmond abre despacio la guantera, saca el registro y se lo entrega al policía junto con su licencia.

El policía inspecciona las credenciales falsas. Según la licencia de conducir, Martin Chambliss vive en Austin y es donante de órganos. Pero el verdadero Martin Chambliss, o «Marty Chambers», como se lo conocía en su círculo, ha muerto hace una década. Desmond lo sabe porque fue él quien le pegó el tiro mortal y se deshizo de sus restos en las costas de Cuba. No fue injustificado. Chambers habría matado a Desmond primero si hubiese tenido la oportunidad de hacerlo.

—Sr. Chambliss —dice el policía—. Está lejos de Austin.

—Vengo de Houston. Fui a visitar a mi hermana.

—La lona está suelta. No parece bien sujeta —dice el policía—. No querría que se le vuele y que cubra el parabrisas de otro conductor.

—Ah, demonios —dice Desmond—. Yo sabía que debí haber usado más correas.

—En la próxima salida hay un área de descanso. Le sugiero que la arregle. Esta vez es una advertencia pero, si lo detienen otra vez, va a ser una citación.

—Se lo agradezco mucho, oficial.

—¿Usted es marine?

—Así es, señor.

—Yo era demasiado joven para ir a Vietnam —dice el policía, y le devuelve la licencia y el registro—. Pero habría ido si hubiera podido.

—Entonces, ¿la Tormenta del Desierto?

El policía asiente con la cabeza.

—Creo que la mayoría de la gente la ha olvidado.

—¿Por qué lo cree?

—Fue condenadamente corta —dice—. Nada que ver con esta guerra contra el terrorismo. ¿Qué dice eso de nosotros como nación si solo recordamos las guerras que no podemos ganar?

—No lo sé.

El policía le da una palmada al techo de la camioneta.

—Puede irse —dice—. Arregle la lona.

Desmond espera hasta que el policía regrese al Camaro; luego se mete de nuevo en el tráfico y se aleja por la interestatal.

Sale por una calle de dos carriles y se mete a una gasolinera junto a un restaurante abarrotado de gente. Una promoción en el vidrio ofrece el plato del día: sopa o ensalada, pastel de carne y puré de papas. Del techo del restaurante sale humo. El olor a carne asada y papas fritas impregna el aire. Si existe un olor típicamente estadounidense, es ese: hamburguesas, papas y carnes fritas en abundante aceite. Eso es por lo que peleamos. Así le dijeron que olía la libertad.

«No hay tiempo que perder».

Sale de la camioneta y revisa la lona. No está tan suelta como le dijo el policía. La ajusta un poco más, pero sabe que tiene que ganar tiempo por los veinte minutos que perdió cuando lo detuvo el policía.

Solo necesita llegar. Una vez que esté en Waxahachie se podrá relajar, despejar la mente y concentrarse en el trabajo que tiene que hacer.

Cuando regresa a la carretera, el tráfico no ha mejorado en lo más mínimo. Tal vez hasta haya empeorado. Desmond está inquieto, con el estómago tenso. No es hambre, pero se come el otro sándwich *banh mi* de todos modos y se fuma un cigarrillo. Pone la radio y encuentra una estación que cree que lo mantendrá despierto: mucha ira con respecto a la economía, la guerra y el presidente. No dicen demasiado, pero hay gritos de sobra. Prueba con otras estaciones y cae en una con una canción de rap con mucho bajo. El *disc-jockey* le dice *hip-hop* sureño: «Straight Outta Cashville». Desmond debe reconocer que no escucha ni rap ni *hip-hop*, pero los entiende. Es música de mierda con corazón y emoción, pero su oído no está hecho para las palabras —van muy rápido, demasiado fuerte— que le recuerdan a un sargento que tuvo en Vietnam que gritaba cuando hablaba, menos el ritmo. Igual, son canciones que no ha logrado comprender más allá de las palabras. No entiende cómo canciones sobre tiroteos y asesinatos pueden entretener. Ha estado rodeado por la muerte, en comunión con ella, y no hay nada de ella que le haya resultado entretenido.

• • •

Cuando Desmond llega a Waxahachie, ya son más de las diez de la noche. Encuentra una parada de camiones a una milla de la carretera y se estaciona allí para pasar la noche. Le da cuerda a un pequeño reloj despertador, lo programa para que suene a las 5 a. m. y lo coloca sobre el tablero. Tiene su SIG 9mm en la cadera. Cubre su cuerpo y el arma con una frazada.

Cierra los ojos, pero no va a dormir demasiado. Cuatro horas, con suerte. En el pasado ha hecho trabajos con poco sueño. El sueño llega después, cuando el trabajo está hecho. Hay que ganárselo.

• • •

Se despierta antes de que suene la alarma. Sigue completamente oscuro; el cielo está cubierto de estrellas brillantes.

Un bostezo, un estirón; se aprieta el hombro adolorido con los nudillos. Dormir en una camioneta se pone cada vez más difícil con la edad. Se baja de la camioneta y se dirige al baño a ponerse el overol, esquivando un preservativo y tres uñas postizas que por un momento confunde con papas fritas.

Hace años, una trabajadora sexual de carretera le ofreció sus servicios. Tendría entre veinte y veinticinco años, con maquillaje de brillantina y delineador violeta. Llevaba una camiseta de un concierto de Prince que conmemoraba su gira *Dirty Mind* de 1981 en Dallas. Él rechazó su ofrecimiento; y, por el resto de la noche, pensó en su pequeña y en lo que anhelaba para ella. Los padres deberían temer que sus hijas se conviertan en prostitutas de carretera, pensó; deberían temerle a casi todo por sus hijas.

El baño está impregnado de mierda que embadurna el techo y las paredes. También hay sangre. Trata de no tocar nada, se cambia a toda prisa, y luego mea en el mingitorio. El expendedor de jabón está vacío; se enjuaga las manos con agua caliente y se va.

Afuera siente una ráfaga de olor a marihuana y oye los gemidos sensuales de una mujer. Alguien ha pagado para darle toda la noche. Es raro oírlo después de las 4 a. m., y son las cinco y media. La mayoría de los camioneros necesitan descansar a menos que estén sobrestimulados con anfetaminas o con coca, y transpirar encima de una chocha en oferta y aspirar polvo son actividades que atraen a los policías.

Es hora de irse, piensa.

Vuelve a la camioneta, la enciende y se larga del estacionamiento. Veinte minutos después se fuma un cigarrillo, siempre manejando por debajo del límite de velocidad de la carretera. Ha cometido docenas de atracos y robos. Hay días en que no puede recordarlos todos, y aun así su estómago está haciendo esa cosa que hace justo antes de dar un golpe: la panza se le convierte en gelatina y todos los nervios se disparan al mismo tiempo. El mentol ayuda. Aspira con calma y exhala por la nariz; echa humo como si tuviera el morro de un toro.

Quince minutos más de carretera y llegará…

• • •

Entra al estacionamiento del Colonial Trust Bank de Texas y apaga el motor a unos siete metros de la entrada.

Son las seis.

Estira el brazo por debajo del asiento del acompañante y toma una bolsa de compras. Adentro hay papel aluminio y pelotitas de *ping-pong*. Aprieta las pelotitas con las manos hasta que parecen cáscaras de huevo rotas y las mete en el papel aluminio.

Estacionan más vehículos: una Ford Expedition y un Chrysler Sebring. Unos minutos después, llega un Lincoln Town pulido como para una sala de exposición. Se estaciona en el lugar con el cartel de «Gerente». Un hombre blanco de traje cuadriculado baja del carro y camina hacia la entrada. Se le unen dos más con andar despreocupado y sonrisas llenas de dientes: un hombre alto de pelo oscuro con saco azul y una mujer rubia con el pelo voluminoso y un *blazer* holgado.

Son las seis y cuarto. Van a empezar a llegar los primeros clientes.

Se pone la máscara de George Bush y se mira en el espejito de la visera. La barbilla de goma está demasiado alta y la nariz está torcida. Hace algunos ajustes y se pone la gorra negra.

«Hora de entrar en acción».

Salta de la camioneta, toma el bolso de la caja y camina a toda prisa mirando fijo hacia abajo. Ingresa al banco sin desacelerar la marcha en ningún momento.

En las paredes hay cámaras. A la izquierda hay escaleras que descienden a una bóveda.

Tres cajeros —dos mujeres de diferentes edades y el hombre de traje azul— se acomodan en sus puestos. Una mujer canosa recorre la oficina del gerente del banco mientras él, el dueño del Lincoln, habla por teléfono, sentado detrás de un largo escritorio. El guardia de seguridad, un hombre negro corpulento con cicatrices de quemaduras en el cuello y aspecto cansado, se acerca a Desmond.

—¿Lo puedo ayudar en algo? —pregunta el guardia de seguridad.

Desmond le da un golpe en la cara. La mandíbula del guardia salta hacia delante. Se tambalea y luego cae. Desmond le quita las esposas; fuerza sus brazos detrás de su espalda y se las coloca bien ajustadas alrededor de las muñecas.

La gente grita.

—¡Alguien llega a tocar la alarma y los mato a todos! —grita Desmond.

La mujer mayor de traje sastre anticuado sale de la oficina del gerente junto con el gerente que pregunta:

—¿Qué demonios está pasando aquí?

Desmond traba la puerta y saca el fusil de su bolso.

—¡Todos al piso! —Apunta con el arma a los cajeros—. Vengan aquí.

Los cajeros salen de detrás de sus puestos. Se unen al gerente y a la señora mayor, y se tiran al piso con sus mejillas y narices contra el mármol frío.

—Tú —le dice a la señora mayor—. ¡Arriba!

La mujer se levanta con dificultad. Problemas en las rodillas, tal vez. Quizá un reemplazo total de cadera.

—Todos, escuchen bien —dice—. Cuando yo les diga, van a caminar a la bóveda. Cualquier desvío de mis órdenes va a tener serias consecuencias. ¿Entendido?

Se oyen murmullos.

Desmond estudia a los rehenes.

—Ahora levántense —dice—. A la bóveda.

Los cajeros y el gerente se levantan, corren escaleras abajo y se meten en la bóveda. La mujer mayor avanza más despacio.

—Tú —le dice a ella—. ¿Hace cuánto que trabajas aquí?

—¿Yo? —pregunta ella.

—Sí, tú. ¿Hace cuánto?

—Veintiocho años —dice—. No guardamos mucho dinero aquí. Somos una sucursal pequeña, de las más viejas. Somos más una como una rareza.

—¿Tienes acceso al depósito?

—Sí.

Desmond ordena que los demás rehenes se metan al fondo de la bóveda. A medida que se cierra la bóveda, aumenta el pánico y se oyen más gritos.

—No van a poder respirar ahí dentro por mucho tiempo —dice la mujer.

—Preocúpate por lo tuyo. Llévame al depósito.

Desmond mira el reloj. Según sus cálculos, la bóveda tiene suficiente oxígeno para que los rehenes aguanten cuarenta y cinco minutos, tal vez un poco más si no hablan.

—Es por aquí —dice la mujer y sube las escaleras hasta la planta principal—. Casi no lo usamos últimamente. No hay nada allí más que cajas de archivos viejos.

La sigue hasta una puerta al final del pasillo.

—Ábrela —le dice.

La mujer saca una larga llave de latón de su bolsillo. Destraba la puerta y la abre. Enciende una luz y se ven pilas de cajas de cartón.

—¿Ve? —dice—. Viejos archivos, como le dije.

Desmond deja el arma en el piso y saca un precinto de su bolso.

—Las manos detrás de la espalda.

—¿Hace falta? No voy a causar ningún problema.

—Ahora.

La mujer se da vuelta y pone las muñecas contra la parte baja de la espalda. Desmond le coloca el precinto y después comienza a mover las cajas. Las tira al pasillo hasta que aparece una pequeña caja fuerte montada en la pared.

—¿Qué demonios...? —dice la mujer—. ¿Cómo sabía que eso estaba ahí?

La caja fuerte es vieja —una Mosler de mediados del siglo dieciocho—, de grado B con un mínimo de corrosión. Desmond pone la oreja contra la puerta de acero y gira el dial de la combinación mientras escucha.

—Nadie le ha visto la cara —dice la mujer—. Y no se ha llevado nada... todavía.

Él rota el dial y sigue intentando escuchar el sonido... *tic, tic, tic.*

—Le prometo que si se va ahora me aseguraré de que nadie le diga nada a la policía. Le doy mi palabra.

Tic, tic, tic.

La caja de seguridad es demasiado vieja. Va a tardar demasiado en abrirla, incluso con su mecanismo simple de cerrado. Saca la sierra de su bolso y se arremanga, dejando al descubierto un tatuaje en su antebrazo: una calavera con un casco antibalas. A cada lado hay una rosa sangrante y un fusil M16.

Desmond corta el metal. Vuelan chispas. La mujer mantiene la distancia pegada a la pared, mientras sigue intentando convencerlo de que se marche.

La caja de seguridad se abre y revela telarañas y polvo. Adentro hay un libro con tapa de cuero y una bolsa de tela. Desmond limpia algo del polvo de la tapa del libro y revisa las páginas. Abre la bolsa y mira adentro. Satisfecho, coloca los artículos en su bolso.

Mira su reloj: han transcurrido siete minutos, lo cual le da tres minutos para retirarse.

—Por favor, déjeme ir, señor —dice la mujer—. Ya tiene lo que quería.

Desmond saca una navaja de su bolsillo.

—Date vuelta —le dice a la mujer. Ella acata su orden. Él corta el precinto de sus muñecas—. Ve a la bóveda.

La mujer avanza unos pasos por delante de Desmond. A medida que se acercan él mete la mano en el bolso y saca el bollo de papel aluminio lleno de pelotitas de *ping-pong* hechas añicos. Abre su Zippo y prende fuego al plástico triturado. Un humo blanco sale de una pequeña abertura en el papel aluminio.

Arroja el bollo en la recepción del banco.

—Déjalos salir cuando me haya ido —dice—. Ni un segundo antes.

La mujer asiente con la cabeza.

El humo llena la recepción, inocuo, melodramático, un vapor on-dulante. Desmond se dirige hacia el fondo del banco, empuja de un golpe la barra de una salida de emergencia y sale al sonido de una alarma.

Ya afuera se quita la máscara, se pone el bolso al hombro y espía por el costado del edificio. En la entrada hay dos clientes dándole golpes a la puerta de vidrio.

—¡Fuego! ¡Fuego! —gritan.

El humo es una distracción útil. Camina rápido hacia la camio-neta, se sube, arroja el bolso en el asiento del acompañante y en-ciende el motor.

Se abre la puerta del banco. Los rehenes sales despavoridos, se-guidos por el humo. Tosen y se doblan hacia delante con las manos en las rodillas.

Desmond abandona el estacionamiento, se aleja por una calle, dobla a la izquierda y se mete en el tráfico.

• • •

Llega a un centro comercial sobre la autopista 77 y estaciona afuera del local de hamburguesas Whataburger. Hay adolescentes con cami-setas extragrandes y *jeans* flojos haciendo *kickflips* con sus patinetas y fumando cigarrillos. En un estéreo portátil, suena *Still Tippin* de Mike Jones. Desmond limpia el interior de la camioneta con un trapo em-papado en blanqueador; se deshace de cualquier cosa que pueda iden-tificarlo y tira el trapo en una bolsa de residuos junto con las llaves de la camioneta, el fusil desmantelado, la sierra eléctrica y la máscara de George Bush. Se baja de la camioneta y deposita la bolsa llena de evi-dencia en un receptáculo para donaciones del Ejército de Salvación.

Entra al Whataburger, pide una Coca Cola y una hamburguesa con queso y pepinos extra en el mostrador, y se la come de prisa. En el baño tira el overol en el bote de basura, y se pone unos *jeans* y una camisa a cuadros.

Luego camina casi un kilómetro hasta la estación de autobuses

Greyhound, una reliquia de los años cincuenta, y compra un boleto de ida a Houston. Se sienta en la sala de espera tres horas mientras mira las noticias en un televisor atornillado a un librero. No hay ninguna mención del atraco. No le sorprende. El banco nunca admitiría tener en su poder oro español saqueado y un manifiesto de esclavos. Es el tipo de cosa que haría que el banco apareciera en la tapa de la revista *TIME* y fuera la historia principal en *60 Minutes*.

Desmond sube al autobús y escoge un asiento en el fondo. Un hombre blanco más viejo con la nariz llena de ampollas por el sol lo mira de arriba abajo. Desmond lucha contra el impulso de encarar al hombre malhumorado usando el mismo nivel de hostilidad. Mirar a alguien demasiado tiempo aumenta el riesgo de que lo identifiquen si en algún momento llegara a ese punto. Además, es una mirada que ha soportado toda su vida. Él sabe lo que ve el hombre: piel negra como el carbón, ropa ordinaria y pestilencia de todo un día. Jamás se imaginaría que hace unas horas Desmond robó del banco más antiguo de Texas dos millones de dólares en oro español y un manifiesto que implica a los Duchamp, una de las familias más acaudaladas de Texas, como especuladores en el comercio transatlántico de esclavos. Tal vez el hombre se reiría por despecho: llamaría a Desmond mentiroso, le escupiría en la cara por hablar mal de los adorados Duchamp, cuyos seguidores suelen ser fanáticos. Y con Corbin Duchamp listo para iniciar su candidatura a la Casa Blanca, la nación ha recibido un curso acelerado sobre las ideas políticas del barón del petróleo y sobre su pedigrí de antigua familia adinerada.

Los Duchamp se las han arreglado para mantener en secreto los detalles sórdidos de sus años de apogeo. Hasta donde el mundo sabe, el dueño del banco es ahora un grupo de inversores, un conglomerado acaudalado que escudó a los Duchamp del escrutinio público y preservó su estatus como el epítome del sueño americano.

Desmond intenta ver los golpes que hace como simples trabajos, como una forma de ganarse la vida, nada más; en cambio, Corbin Duchamp es una marioneta de su padre megalómano. El joven Duchamp lleva una vida de privilegio que la mayoría de los estadounidenses jamás entendería y, sin embargo, lo alientan con su estilo a lo Kennedy y sus ideas políticas de muchacho blanco arcaico. Pero Desmond reconoce a un estafador cuando lo ve, y si Corbin Duchamp llegara a presidente, sería malo no solo para el país, sino para el mundo.

• • •

Son más de las nueve y ya es de noche. El autobús se detiene en un área de descanso a casi quinientos kilómetros de Houston. Desmond calcula que si el autobús continúa al mismo ritmo llegará a la ciudad a eso de la medianoche.

Se compra un café grande y un sándwich de pavo en una expendedora de comida ubicada cerca del baño de hombres. Se toma la mitad del café aguachento mientras camina de una punta a la otra de la acera para estimular la circulación y luego regresa al autobús.

El hombre blanco de mirada reprobatoria nunca se bajó, lo cual no llama la atención de Desmond hasta que nota una placa dorada que cuelga de su cadera, apenas oculta por la parte baja posterior de la camisa. ¿Aduana y Protección Fronteriza de Estados Unidos? ¿FBI, tal vez? ¿Policía local? Tal vez no sea nada, piensa Desmond. Una coincidencia. Un oficial que viaja por trabajo…

Desmond regresa a su asiento y le da un mordisco a su sándwich frío y duro lleno de lechuga marchita, tomate agrio y pavo seco. «Tres horas», se recuerda. Solo tres horas más y estará en casa.

• • •

El autobús entra a Houston a las 11:15 p. m. Desmond se deleita al ver el perfil del centro. El emblema de la ciudad, la Torre JP Morgan Chase, se eleva hacia los cielos. Ha visto edificios más altos en otras ciudades —Chicago, Nueva York y Los Ángeles—, y muchísimos por Asia, pero una torre en la llanura de Texas se luce como nada. El autobús maniobra a través de las calles angostas, entra en la terminal de la calle Main y estaciona.

La conductora, una mujer mayor de piel oscura con uñas fucsia, se levanta de su asiento y se dirige a los pasajeros:

—Por favor, permanezcan sentados. Van a abordar el autobús agentes federales.

Las palabras son monótonas. Un tanto temblorosas. Ensayadas.

El murmullo entre los pasajeros crece, acompañado de miradas confundidas que se convierten en preocupación con un par de parpadeos. Desmond mira al hombre de la placa dorada. Se acomodó de modo que sus caderas queden de costado y sus piernas apunten hacia el pasillo. Tiene una mirada despiadada y está tranquilo como un apostador profesional. Lleva una pistola negra bruñida en la cadera. Una Glock, tal vez… algo que le haría un buen agujero a alguien.

El agente está operativo, pero ¿quién es el objetivo?

Desmond se concentra en los pasajeros, analiza sus rostros. Se asegura de no mirar demasiado a nadie, pero lo suficiente como para leer sus expresiones, ver qué hay detrás de sus miradas. Nota a un hombre mayor con la cara como papel arrugado, piel áspera color bronce, llena de dobleces y floja. Lleva una gorra de camionero de gasolinera con un *snapback* de plástico de mala calidad y una visera deformada.

Un par de agentes fronterizos suben armados al autobús. El agente salta como si le hubiese picado algo, saca su arma y le apunta al hombre de la gorra.

—Manuel Ruiz. Queda detenido —dice y salpica saliva—. ¡Las manos donde podamos verlas!

El viejo parece demasiado cansado como dar pelea; levanta los brazos huesudos por encima de su cabeza. Tiene las palmas llenas de costras, algunos cortes recientes, como si hubiera estado luchando contra alambres de púas.

—Arriba. Despacio.

Ruiz se levanta y camina arrastrando los pies hasta los agentes. El agente que le apunta lo toma del brazo, lo tira sobre el asiento y lo esposa.

Gritos ahogados y suspiros.

No hay forma de saber lo que hizo Ruiz, pero es demasiado viejo como para que lo empujen para todos lados como una bolsa de papas.

—No parece estar oponiendo mucha resistencia —dice Desmond—. ¿Es necesario todo esto?

—Métete en tus asuntos, muchacho —dice el agente—. O vienes con él.

Desmond está cansado y no puede hilar bien sus pensamientos. En general meterse en sus asuntos es lo que mejor hace, aparte de robar.

El agente escolta a Ruiz y bajan del autobús. Cuando se han retirado todos los agentes, la charla de los pasajeros comienza de nuevo. Desmond se frota los ojos. Está seguro de que los tiene rojos.

—Ya pueden bajar —dice la conductora.

La gente se apura y se aglomera en el pasillo. Desmond espera hasta que la mayoría de los pasajeros hayan bajado antes de dirigirse a la parte delantera del autobús.

Afuera, los pasajeros se agolpan alrededor de un empleado que saca equipaje del maletero y lo apila en la acera. Desmond pasa de largo y se para debajo de un cartel con la palabra «TAXI» que cuelga de una cadena. Un taxi amarillo le hace luces; una mano le hace una seña para que avance.

Desmond sube y pone su bolso en el asiento.

—¿Dirección? —pregunta el taxista.

—5233 calle South Emanuel.

—¿Little Saigon?

—Así es.

• • •

La casa está inesperadamente ruidosa. A Desmond le toma unos segundos, pero luego recuerda por qué. Linh alquiló el café para una despedida de soltero. Seguían en eso, a pesar de ya ser de madrugada. Un joven vietnamita con pelo mojado y brazos tatuados vaguea por el porche mientras fuma un cigarrillo. Está borracho, le pega al aire: gancho de izquierda, derechazo cruzado, *uppercut*.

—¿Quién mierda eres tú? —le pregunta el hombre a Desmond cuando se acerca—. Es una fiesta privada.

—Yo vivo aquí.

—¿Tú? ¿Aquí? Este no es tu vecindario.

—¿Dónde está Linh?

El hombre se encoje de hombros.

—¿Quién mierda es Linh?

Desmond entra y deja que el hombre siga boxeando con un fantasma. Hay seis hombres borrachos, con diversos grados de conciencia. Las botellas de cerveza vacías ruedan por el piso y hay fideos de arroz pegados a la pared. Un hombre cogotudo con corte *mullet* y tatuajes está parado sobre una silla, meneando las caderas y cantando «Tiến Qân Ca», el himno nacional vietnamita. Tiene la boca pegada al micrófono —retorno, estática—; los oídos de Desmond zumban.

Los cinco hombres restantes están tirados por los rincones y boca abajo sobre las mesas con las bocas cubiertas de arroz pegajoso.

Hay tazas rotas en el piso. Del borde de una mesa cae *pho* y forma un charco. Es un puto desastre, y él sabe que no es lo que arreglaron con Linh.

Desmond sube las escaleras y toca a la puerta de Linh.

—Soy yo —dice.

Ella corre el pestillo y abre la puerta.

Linh emerge del cuarto en penumbras con la cabeza gacha. Desmond no llega a verle los ojos, y le quita el pelo de la cara. Ha estado llorando y tiene un moretón en la clavícula.

—Lo siento, Desmond —dice—. Les rogué que se fueran…

Desmond examina las lesiones moradas a lo largo de la curva delicada de su cuello.

—¿Te pagaron? —le pregunta.

Linh asiente con la cabeza.

—Cierra la puerta con llave hasta que yo regrese.

Cruza el pasillo y entra a su cuarto. La cama con el colchón desgastado nunca se ha visto más tentadora. Darse una ducha, luego dormir… eso es lo que debería estar haciendo. Pero los hombres abajo han trastocado sus prioridades. Abre la caja fuerte y mete los objetos robados. Una vez que el oro y el manifiesto están seguros, saca de uno de los cajones de la cómoda un palo de ratán con una de las puntas envuelta en cinta de boxeo, y se dirige abajo.

Dos hombres que antes habían parecido conscientes ya no están alertas. El hombre cogotudo ha pasado de himnos patrióticos a «P.I.M.P.» de 50 Cent. Está por terminar la canción cuando Desmond desenchufa la máquina de karaoke.

—Se van todos a la mierda —dice—. Todos.

El animador borracho se baja de la silla con el micrófono colgando de la mano. Es más bajo que Desmond y, más allá de su cuello hinchado, parece macizo en los lugares que cuentan: brazos, pecho, hombros. Desmond sostiene el bastón de arnis detrás de su espalda. No quiere empeorar las cosas, a menos que haga falta.

—Pagué por toda la noche —dice el hombre.

—La noche se acabó.

—Ah, vete a la verga… Voy a disfrutar de mi última noche de libertad…

—¿*Libertad*? —Desmond sonríe.

—¿Tienes algún problema con eso, viejo?

—¿Cuántas veces le pegaste?

—¿Qué?

—A tu futura esposa —dice Desmond—. ¿Cuántas veces?

—¿Con quién te crees que hablas? Tú no me conoces una mierda.

—Sé que eres débil… *yếu đuối* —dice—. Y esa marca en el cuello de Linh, se la hiciste tú, ¿verdad?

—Se llama bailar, *mano*. No hay nada de malo con perrear un poquito, ¿me captas?

El borracho toca a Desmond en el pecho con el dedo. El entrenamiento se apodera de él. La memoria muscular. Desmond agarra la muñeca del hombre, la tuerce hasta ponerla en un ángulo antinatural, y luego le parte el arnis en la cabeza. Los ojos del borracho parecen salirse de sus órbitas. Se tensa, sin estar sobrio todavía, pero lo suficientemente alarmado como para dar pelea.

—Junta a tus amigos y lárgate —le dice Desmond—. No lo voy a repetir.

El hombre se toca la cabeza en el punto donde le dio el bastón. Sus dedos están llenos de sangre.

—Puto cabrón...

Desmond esquiva un golpe; luego coloca el bastón a la altura de las rodillas del hombre, le barre las piernas y lo tira al piso.

—¡Huy! —grita el hombre.

Se abre la puerta del café. Huy, el boxeador beodo del porche, entra y, gritando en vietnamita, se le va encima a Desmond. Desmond gira sobre su eje, le mete la punta del bastón a Huy en las costillas y le da un codazo en la mandíbula. Huy colapsa en el piso junto a su camarada, *người bạn*.

Linh aparece en las escaleras:

—¡Ya basta!

Desmond baja el bastón y se aleja de los hombres malheridos.

—Junten sus cosas y váyanse —dice Linh—. Y no vuelvan nunca más.

Los borrachos se paran. Escupen sangre mientras se tambalean por el café y van despertando a los que se durmieron.

—Rápido —dice Linh agarrada del barandal—. Los quiero fuera de mi vista.

Mientras Huy y el futuro novio despiertan a los últimos hombres dormidos, Desmond observa con el bastón pegado al hombro. Luego de que el último hombre se precipita por la puerta del café, Linh baja y evalúa los daños.

—Te puedo ayudar a limpiar —dice Desmond y apoya el bastón de arnis sobre la mesa.

—Ya ha hecho suficiente.

—Por favor —dice él—. No podré dormir si sé que estás haciendo todo esto tú sola. Además, ¿qué tal si se les pasa la borrachera y regresan?

—No volverán.

—Creo que es mejor que me quede. Para estar seguros.

Linh camina hasta un armario y saca dos escobas con mango de madera y cerdas de paja. Le da una a Desmond.

—Va a llevar un rato… ¿Café?

—Sí, gracias.

Ella le toca el hombro; él se estremece.

—No, gracias a usted —dice y se va a la cocina.

CAPÍTULO TRES

NIA

El agua atenúa el sonido. Hace que el mundo sea más silencioso. A Nia la ayuda a pensar. De pequeña podía aguantar la respiración en el fondo de la piscina de su casa durante tres minutos, a veces más, antes de salir a la superficie a tomar aire. Ahora está más grande, y tres minutos parecen una eternidad.

Sharon entra al baño vestida con un traje azul a rayas y tacones de cinco centímetros, una altura prudente para una jueza. Regresó del juzgado antes que de costumbre. Dice algo que Nia no llega a entender. Su voz ruge como un aire acondicionado sobrecargado.

Nia sale a tomar aire.

—¿Es necesario hacer eso? —pregunta Sharon y se asoma sobre la bañera—. Te ves como una víctima ahogada. Me vas a matar de un susto.

—Lo siento.

—¿Ya fuiste al supermercado? —Sharon se saca las horquillas del moño y se suelta el pelo que le cae sobre la espalda con su permanente recién hecha.

—No —dice Nia—. Me distraje.

—No tenemos leche. —Sharon se quita el rubor de las mejillas con un pañuelo desechable—. De hecho, no tenemos casi nada, y no descongelamos los bistecs para la cena.

—Tuve la intención de sacarlos... Se me olvidó.

—Ajá.

—Podemos pedir algo. ¿Pizza?

—Seguro —suspira Sharon—. ¿Qué más da? —Alto sarcasmo.

—Bueno.

—¿Es todo lo que tienes que decir?

—¿Qué más quieres que diga?

—No tiene por qué ser tan incómodo —dice Sharon—. Podemos hablar.

—Te estoy hablando. —Nia sale de la bañera—. ¿No nos estamos comunicando acaso?

—Sabes perfectamente a qué me refiero.

Nia agarra una toalla de la barra de latón y se envuelve el cuerpo.

—Justo cuando creo que ya hemos superado lo peor —dice Sharon—, pasa algo y te vuelves a cerrar.

—No me estoy cerrando...

—Entonces háblame, santo cielo. —Sharon toma otro pañuelo descartable de la caja y se saca el lápiz labial—. Dime qué pasa en esa cabeza.

Nia se pone detrás de ella, aprieta su pecho contra la espalda de Sharon y la barbilla sobre su hombro. Este tipo de gestos son su manera de decir «Tienes razón, y te necesito», pero Sharon jamás oirá esas palabras. Nia no es así, de las personas que comparten sus sentimientos. Se crio creyendo que demostrar sentimientos es de gente débil.

En su cuadra, en Queens, una lágrima era señal de muerte. No fue sino hasta que su familia se mudó a Texas que sintió que podía respirar. Pero, para ese entonces, Nueva York había dejado su impronta: los niños en la escuela la llamaban «la reina del hielo» porque no se interesaba en ellos. A Nia le gustaban las chicas, y había sido así desde los seis años. Después de ver a una hermosa rubia con rizos que bailaba en el *Club de Mickey Mouse*, pensó en escribirle una carta para confesarle lo que sentía, y fantaseó con que se enamoraban y compartían un helado como había visto que hacían en las películas.

A Sharon no le cuenta todo esto, pero tal vez debería intentarlo.

—No te preocupes —dice Nia con los brazos alrededor de la cintura de Sharon—. Es solo que con todo lo que pasó en el banco…

—Te sacudió. Lo sé.

Hizo más que eso, piensa Nia. Fue cómplice de la ejecución de un sospechoso a manos de un compañero *ranger*. Nada de eso le parece bien, y así debe ser.

El teléfono de Nia vibra en su mesa de luz.

—De no creer el *timing* —dice Sharon—. Ve, atiende.

Sus miradas se cruzan en el espejo del baño. Nia desvía la mirada… siempre desvía la mirada.

Va a la habitación y contesta la llamada. Es el teniente McCann.

—¿Hola?

—Adams, ¿en qué andas?

—Estoy en casa, teniente —dice—. ¿Qué sucede?

—Tengo algo que me gustaría que investigues.

—Okey —responde Nia.

—Lo conversamos más a fondo en la oficina.

—Ya salgo para allá.

Cuelga la llamada.

—¿McCann, tan pronto? —pregunta Sharon en la puerta del baño.

—Me necesitan en el campo.

—Se supone que deberías estar recuperándote.

—Estoy bien.

—Maldita sea, Nia. Te van a usar hasta que no quede nada, y tú vas a dejar que esos pendejos se salgan con la suya.

Nia aspira entre dientes.

—Me tengo que ir…

—¿Qué hay de la cena? Tenía la ilusión de que pudiéramos hablar.

—Lo siento. Tendrá que esperar.

Sharon queda con la mirada ausente. Sin una pisca de emoción. Siempre es lo mismo.

Así es el trabajo, y no hay nada que Nia pueda hacer al respecto.

Cancelar cenas, perderse ocasiones especiales, noches eternas lejos de casa, todo eso debería de haber estado incluido en la letra chica cuando solicitó el ingreso al Departamento de Policía de Houston y luego a la Escuela de Rangers, pero fue algo que aprendió más tarde. Y no le había molestado hasta que conoció a Sharon; fue entonces cuando empezó a importarle estar presente y cuando empezó a romper promesas.

—Yo me las arreglo con la comida —dice Sharon—. Ya vete.

Antes de que Nia llegue a responder, Sharon cierra la puerta del baño. Nia se levanta y pone la mano sobre el picaporte. Quiere entrar, explicarle a Sharon… que la entienda. Pero Nia no tiene tiempo de aplacar las dudas de Sharon y, de todos modos, no sabría qué decir.

En este momento necesita trabajar.

• • •

—¿Por qué no se ocupa el *sheriff*? —Nia se acerca la taza descascarada de café a los labios y bebe.

No puede sacarle los ojos de encima al bote de basura junto al escritorio de McCann. Es como si no lo hubieran vaciado en varios días: los envoltorios de hamburguesas, las latas de refrescos y las cajas de comidas para microondas llegan casi hasta el tope. Come como si fuera un hombre sin familia. Para los polis es fácil quedar atrapados en la euforia de la comida chatarra. Nia detesta el azúcar y las grasas saturadas, pero entiende su atractivo. Pensar que tal vez mañana ya no estés significa vivir el presente. *Come lo que quieras, podría ser tu última comida.* La dona con glaseado de chocolate de Shipley's sobre el escritorio de McCann es otro ejemplo perfecto.

—El *sheriff* cree que tú podrías esclarecer algunas cosas —dice McCann—. *Esclarecer* fue la palabra que usó él.

—¿Y el banco no detalló qué se robaron?

—De lo único de lo que están seguros es de que se abrió una caja fuerte y de que lo que sea que hubiera adentro ya no está. —Una mosca sobrevuela su dona. Él la ahuyenta de un manotazo y casi le pega.

—Waxahachie —dice ella—. ¿Y dónde demonios queda eso?

—Medio lejos —dice él antes de darle un mordisco a la dona. Los pedacitos del glaseado de chocolate se le acumulan en el labio superior y en el cepillo de cerda que hace llamar bigote.

Nia está entretenidísima.

McCann chasquea los labios y las migas se le meten aún más en el vello grueso.

—Como dije, te solicitaron a ti por tu experiencia.

—¿Un pequeño pueblo como ese? ¿Cuándo fue la última vez que un *ranger* puso un pie ahí?

—Las noticias corren rápido sobre lo que hiciste en el Banco Central. La gente cree que fue un jodido milagro. No perdemos nada con echar un vistazo.

—O sea, ¿me está asignando un caso?

—Sí, nuevas órdenes.

—Los médicos no me dieron el alta todavía.

—No te preocupes por eso. Yo me ocupo.

Nia suspira.

—¿Qué quieres que te diga? —pregunta McCann—. Te convertiste en toda una celebridad. La gente no hace más que elogiar lo que hicieron Powers y tú.

—Entonces deberían haber solicitado a Powers.

—Lo hicieron —dice, dándole un golpe a la mosca con la palma de la mano. El insecto cae deshecho sobre su escritorio, pero todavía zumba—. Está pasando tiempo con su familia.

—Tiempo con su familia… *por supuesto.*

—No finjas haber estado disfrutando de la vida hogareña —dice y se limpia los restos de mosca de la mano con una servilleta—. Los dos sabemos que no puedes estarte quieta ni un minuto.

McCann puede ser desagradable, siempre haciéndose el listo, pero ha dado en la tecla. Nia tiende a ser una persona nerviosa y en general inquieta, y últimamente en casa ha sido aún peor. Su nerviosismo la atormentaba tanto en la escuela primaria que sus maestros creían que tenía un trastorno por déficit de atención. Su padre creía que le faltaba concentración y confianza, así que decidió que la cura era enseñarle destrezas útiles. Empezó con el entrenamiento con las armas de fuego: primero y principal, la seguridad; luego, la carga rápida y la manipulación; y cuando fue hora de disparar, se aseguró de que su empuñadura fuera firme y de que no jalara el gatillo, sino que presionara hasta que ocurriera la *detonación sorpresa*. Por último, le enseñó a nunca errarle a un objetivo, incluso si este estaba en movimiento. Su padre tenía mucha experiencia con todo tipo de instrumentos de violencia, y no fue sino hasta el cumpleaños número siete de Nia cuando supo por qué.

—Es un viaje largo —dice McCann—. Más vale que vayas arrancando.

Tira la servilleta con la mosca en el bote de basura.

—¿Se supone que me tengo que ir ahora? ¿Y el caso del Banco Central?

—Los federales se han adjudicado la autoridad total. No es nuestro circo, Adams.

McCann es deliberadamente displicente al respecto, y a Nia ya no le hace gracia que mastique como Mister Ed, el caballo que habla. Le encantaba ver repeticiones del programa con su padre, que le explicó que al caballo le ponían mantequilla de maní en las encías para que pareciera que hablaba.

No tiene sentido desafiar a McCann. Hay un acuerdo tácito entre ellos. Ella hace lo que le piden sin quejarse, y él la trata con respeto. Informar lo que hizo Powers podría haber puesto en peligro todo su trabajo y esfuerzo de tantos años; y, aunque McCann jamás lo diría, Nia es una pieza importante para los *rangers*, para sus filas y su imagen pública. Es la primera mujer negra en integrar el cuerpo policial desde su fundación en 1823. Marie Reynolds Garcia y Cheryl Steadman la precedieron, pero ninguna compartía el color de piel de Adams. Todas ellas se enfrentaron al escrutinio y al acoso, pero no renunciaron.

A pesar del infierno que pasaron, Nia no se arrepiente de haberse unido a la fraternidad de agentes con un legado empapado en sangre.

Muchos mexicanos estadounidenses inocentes fueron abatidos por balas de *rangers*, pero los *rangers* eran vistos como protectores a cargo de erradicar el odio. Mierda del Antiguo Testamento. Aun así, quiso hacerse de la placa circular con la estrella, a sabiendas del mundo en que viviría.

A Sharon le gusta recordarle a Nia que fue ella quien decidió convertirse en *ranger*, como si Nia necesitara que se lo recordasen. «Nadie te obligó a convertirte en *ranger*. Nadie te lo impuso», dice Sharon, a lo que Nia responde invariablemente, «Y nadie me lo puede sacar tampoco».

· · ·

Nia llega a Waxahachie a eso de las 10 p. m. y se registra en el motel de dos estrellas del centro. Llama al *sheriff* desde su celular. Después de un minuto de cumplidos, acuerdan reunirse en el banco a las 8 a. m. del día siguiente.

Llama a Sharon.

—Pensé en darte las buenas noches —dice Nia.

—Suenas agotada.

—Fue un día largo.

—Deberías irte a dormir entonces. Me sorprende que hayas tenido la energía como para llamarme.

Nia aún percibe algo de irritación en la voz de Sharon.

—Tienes razón —dice Nia—. De todos modos, me tengo que levantar en unas horas.

—Claro que tengo razón… siempre tengo razón.

Nia gime como si alguien la pinchara con un destornillador en las costillas.

—Te llamo de nuevo cuando pueda —dice—. En la mañana voy a estar muy ocupada, pero calculo que para el mediodía ya habremos terminado.

—Okey.

—Hablamos luego.

—Cuídate, Nia…

Nia nunca sabe qué contestar cuando oye esas palabras. No necesita que nadie le recuerde lo que ya sabe. Hace décadas que es policía; y mujer, desde siempre. Cuidarse siempre está en su cabeza.

Corta la llamada y apaga la luz.

• • •

Nia se despierta a las 5:30 a. m., media hora antes de la hora programada en la alarma. Ha descansado y no recuerda haber soñado. Prefiere que sea así. Los sueños tienen una tendencia a pegársele. Luego de que su padre fuera a prisión, soñó con él tras las rejas al menos dos veces por semana durante un año. Era un canto de sirena. No importaba cuánta dicha se las arreglara para evocar en su mente, siempre terminaba por revivir los catorce minutos y medio que les tomó a los *ranger* de Texas entregarle una orden de detención por delito, arrestar a su papito delincuente y que se los tragara la noche.

La trayectoria de la vida de su padre siempre pareció sugerir que la prisión sería su destino final. Su padre se había criado en Texas y se había ido en busca de una vida más estimulante a Nueva York. Aterrizó en Queens y conoció a la madre de Nia. Años más tarde, la vida estimulante se apagó cuando su padre se cruzó con la gente equivocada, y fueron forzados a huir a su humilde hogar en Houston, donde continuó con su vida criminal.

A los siete años, Nia se enteró de que su padre era un delincuente cuando encontró planos y un cuaderno que detallaba el robo que planeaba hacer en un banco. Cuando lo apresaron, ella tenía trece años.

No fue sino hasta que ingresó a la Universidad St. Mary's que su rigurosa agenda de clases y su agitada vida social tomaron precedencia por sobre la ruina de su padre. Pensaba menos en su padre y su dilema, y más en sus estudios y sus opciones de carreras. Las únicas materias que le generaban algún tipo de interés eran Ciencia Policial y Criminología.

Nia mira por la ventana hacia la oscuridad. Es un pueblo fantasma. No se parece en nada a Houston, cuyo pulso débil late hasta el amanecer.

Almidona y plancha rayas impecables en su Oxford blanca. Luego de darse una ducha, se viste y baja a la recepción donde el bar del desayuno continental del hotel despliega copas de frutas, minicajas de cereal con leche y una variedad de *muffins*.

Después de tomarse dos tazas de café aguachento, sale a la calle, se sube a su Ford Explorer blanca, el reemplazo de la Blazer con la que se metió en el Banco Central, y recorre la calle Main hasta el Colonial Trust. Nia reflexiona. Casi todas las ciudades y los pueblos de Texas tienen una calle central, la calle Main, con un banco. Según indica la historia, los esclavos eran vendidos en las calles Main. Supone que habrá pasado lo mismo en otras ciudades de Texas… y de los Estados Unidos.

• • •

El estacionamiento está vacío; llegó diez minutos antes, lo que para Nia es llegar puntual. El banco es modesto, tal como se lo imaginó: una cápsula del tiempo de 1930, un blanco bastante improbable para un atraco.

No tiene la menor idea de por qué McCann la mandó a este pueblito soporífero y, dado el aumento en la tasa de crímenes en Texas, en especial en Houston, podría estar investigando crímenes menos insípidos. La pandilla responsable del robo al Banco Central todavía no ha sido apresada.

Una camioneta Ford blanca entra al estacionamiento. En el costado se lee «*SHERIFF*» en letras grandes marrones, y debajo dice «CONDADO DE ELLIS». Se baja un hombre panzón de uniforme: camisa verde, pantalón azul y un sombrero de vaquero *beige*. Cierra la puerta de la camioneta de un portazo, y luego se apoya en el vehículo mientras estudia la Explorer de Nia.

Minutos después se acomoda el cinturón Sam Browne, tira para arriba de su pantalón y camina hacia la entrada del banco. Estrecha la mano del gerente y se demora, como hacen los policías, con las manos apoyadas en el cinturón y el peso del cuerpo sobre la pierna que sostiene el arma.

No tiene sentido perder tiempo. Cuanto antes pueda involucrarse en el caso y resolverlo, más rápido podrá regresar a Houston. Baja de su vehículo y camina hacia los hombres que conversan entretenidos, lo cual se corta cuando Nia está lo suficientemente cerca como para oírlos.

—Buenos días —dice el *sheriff*—. Nos preguntábamos cuándo se nos iba a unir. Adams, ¿no es así?

—*Ranger* Nia Adams.

—Nia... suena exótico.

—Adams o *ranger* está bien.

—De acuerdo. —El *sheriff* mira al gerente del banco que frunce el ceño—. Soy el *sheriff* Clifford Rowe. Este es Don Silvestri, el gerente del banco. Bienvenida al condado de Ellis.

—¿Cómo estuvo el viaje? —pregunta Don.

—Intrascendente. Llegué anoche.

—¿Se está quedando aquí entonces?

Nia se concentra en el pañuelo que asoma del bolsillo del saco de Don. Seda con estampado de flores. Minuciosamente doblado. Realza un traje que de otro modo sería totalmente apagado.

—Me estoy quedando en un motel —le dice.

—¿Vino sola? —pregunta el *sheriff*. Su cuello grueso se dilata como las branquias de un pez y su nariz parece haber sido aplanada con una pala.

—¿Algún problema?

—No —dice—. Creí que McCann había enviado a un equipo o a alguien más...

—¿Mayor? —dice Nia evitando lo que de seguro habría sido un comentario ofensivo—. Sí, siempre me dicen lo mismo.

—Me imagino. —El *sheriff* se empuja las gafas de marco grueso hasta el puente de la nariz llena de manchas—. Don estuvo presente durante el atraco.

—No estoy seguro de que podamos llamarlo atraco —dice Don—. No sabemos si robaron algo.

Nia gira hacia Rowe:

—¿Sheriff?

—Don tiene sus teorías. A mí, por otro lado, me preocupa que esto haya sido un simulacro. Un profesional que quiso poner a prueba nuestra capacidad y la rapidez de nuestra respuesta.

—Que sería... —dice Nia.

—La policía llegó diez minutos después del llamado, pero el delincuente ya se había ido.

Nia saca una libreta y un bolígrafo de su bolsillo.

—Me gustaría ver la caja fuerte.

—Por supuesto —dice Don—. O sea, si vino hasta aquí...

En la puerta del banco hay un cartel que dice «CERRADO». Nia sigue a los hombres al interior.

Al igual que el exterior, la recepción sugiere que el banco podría ser uno de los más antiguos del país, lo cual agrega aún más perplejidad al hecho de que alguien pudiera considerarlo un buen objetivo.

—Este es el lugar de la detonación. —Don señala el lugar en el piso donde hay desparramados papel aluminio carbonizado y cenizas.

—¿Detonación?

—Pelotitas de *ping-pong* envueltas en papel aluminio —dice Rowe—. Hasta donde sabemos, el sospechoso lo encendió cuando escapaba. Seguramente como una distracción.

—¿Una bomba de humo?

—Tradicional, ya lo sé. Pero logró que un puñado de clientes creyeran que se incendiaba el banco. El servicio de emergencias priorizó enviar a los bomberos, lo cual explica nuestra demora en llegar al lugar. —Rowe se agarra la barriga con los dedos y se balancea sobre los talones—. Uno de ellos pudo llamar al 911 desde un teléfono público.

—¿Roban muchos bancos en Ellis?

—Dos o tres... por década.

—¿El sospechoso tenía un arma? ¿Puede describirlo?

—La Sra. Maynard llegó a verle el brazo. Dice que puede haber sido un tipo negro. Con respecto al arma, llevaba un fusil —dice Rowe—. Parece que de grado militar, según lo que dijeron algunos testigos.

—Yo soy pésimo para identificar armas —dice Don—. Pero era bastante imponente. Nos dio un buen susto a todos.

—El delincuente llevaba una máscara —dice Rowe—. Del presidente Bush.

—¿Hijo? —pregunta Nia.

—Nop. Padre.

—¿Cree que estos días se venden esas máscaras en tiendas de disfraces?

—Probablemente la compró en internet.

—O es vieja —dice ella—. Podría revisar expedientes de sospechosos. Ver cuáles usaron máscaras para cometer delitos.

—Ah, casi me olvido... —Don hurga en el bolsillo de su pantalón—. La Sra. Maynard hizo este bosquejo. —Le entrega a Nia un papel doblado—. Dice que le vio este tatuaje en el brazo.

Ella lo abre como una carta: una calavera burdamente dibujada con un sombrero.

—¿Le dice algo? —pregunta Rowe.

—La verdad que no. Pero parece militar. ¿Le importa si me lo quedo?

—No hay problema —dice Rowe—. Hicimos muchísimas copias.

—La caja fuerte está por aquí —dice Don.

Nia lo sigue al fondo del banco, bajando por unas escaleras cortas y a lo largo de un pasillo hasta el depósito.

—No concibo cómo el sospechoso pudo saber que aquí había una caja fuerte —dice Rowe—. Don trabaja en esta sucursal hace casi veinte años y no tenía idea de que existía hasta, ¿cuándo? ¿Hace cinco años?

—Así es. —Don se queda mirando la caja fuerte con gesto acusatorio, como si hubiese conspirado en su contra—. Encontré unos viejos planos en el sótano y me puse a hacer una búsqueda del tesoro, aunque no fue un gran misterio que digamos. Me tomó una hora darme cuenta de que la caja fuerte estaba en este depósito.

—Los planos... —dice Nia mientras examina la caja fuerte vacía en la pared—. ¿Alguien más tuvo acceso a esos planos?

—No podemos saberlo con seguridad. Es una sucursal vieja. Por aquí una llave abre casi todas las puertas, incluido el acceso al sótano. Pero tendrían que saber lo que estaban buscando.

—¿Y usted no tiene la más mínima idea de lo que se guardaba aquí? —pregunta ella.

—No se me ocurre nada —dice—. Es una lástima que se haya venido hasta aquí, pero no tocaron un centavo. Ya le solicitamos a nuestra oficina central que refuerce nuestra seguridad, y accedieron a agregar cámaras.

—¿Dónde estaba el guardia de seguridad durante el atraco?

—Sangrando en el piso —dice Rowe—. Sufrió un golpe terrible en la boca. Perdió un diente.

—Como si eso fuera poco, el sospechoso lo amarró con sus propias esposas —dice Don y niega con la cabeza, indignado—. Es una pena que Fletch haya tenido que pasar por todo eso.

—Es lisa y llanamente una falta de respeto tratar así a un veterano de guerra —agrega Rowe—, no cabe duda.

Don concuerda y asiente con la cabeza.

—Para Fletch, no fue su mejor momento, pero al menos no murió nadie.

—¿Dice que su nombre es Fletch?

—Hackeem Fletch. Es nuestro guardia desde enero.

—¿Estaba armado?

—No —dice Don—. La oficina central no quería pagar por un guardia armado, teniendo en cuenta que este banco es de bajo riesgo… *era* de bajo riesgo.

—Voy a necesitar una lista de todas las personas que estuvieron en el banco ese día, y legajos de todos los empleados, con direcciones y el tiempo que han trabajado aquí.

—Cómo no —dice Don—. Todo lo que necesita está en mi oficina.

—Tiene la frente empapada de transpiración. Nia cree que su pulso debe de estar acelerado—. Así que, ¿en serio va a ocurrir? Quiero decir, ¿una investigación *formal*?

—¿Qué tal si me consigue esos legajos? —dice ella—. Y yo me preocupo por la investigación.

—Claro, claro. Ya me ocupo. —Se aleja penosamente por el pasillo con sus mocasines lustrados.

Al principio la risita de Rowe suena como si tuviera piedras en la garganta; luego se la aclara y dice:

—Ya sé lo que está pensando, *ranger*. Y no estoy seguro de que le convenga meter las narices ahí.

—¿Perdón?

—Un trabajo interno —dice—. La explicación más simple. La manera en la que alguien se podría haber cruzado con esos planos y haberse enterado de la caja fuerte.

—¿Ya lo consideró?

—Así es —dice—. Y habría investigado por ese lado si hubiese un móvil.

—¿Esto no es móvil suficiente para usted?

—Un hombre perdió un diente y detonaron una bomba de humo. No creo que amerite la Inquisición.

—¿Y qué amerita?

—Bueno, si encuentro a quien lo hizo, lo arrestaré por agresión y disturbio.

Don regresa con una caja debajo del brazo llena de carpetas.

—También hice una lista de todos los empleados que estuvieron en el banco durante el atraco —dice y le entrega la caja a Nia.

—¿Hay grabaciones de las cámaras de seguridad? —le pregunta.

—Las tenemos en la estación de policía —dice Rowe—. Las estuvimos revisando. Pase cuando guste para verlas usted misma.

—Así lo haré. Gracias por su tiempo, caballeros —dice Nia y se retira con la caja hacia la recepción.

Afuera, Nia pone la caja en el asiento trasero de la Explorer. El *sheriff* se acerca a paso tranquilo hacia ella, mete la barriga y esboza una sonrisa torcida.

—¿Hay algo más? —pregunta Nia.

Rowe tartamudea.

—Me preguntaba si le gustaría cenar más tarde. Tenemos parrillas bastante buenas aquí en Ellis. Nada que se asemeje a Houston, desde luego, pero…

—Soy vegetariana.

—Vege… ¿qué?

—No como carne.

—Ah, ya veo. Estoy seguro de que podemos prepararle coles o ejotes asados…

—Hoy paso, *sheriff*.

—Tiene un acento muy interesante.

—¿Perdón?

—No es de Texas, ¿verdad?

—¿Eso me convierte en forastera?

—Bueno, no necesariamente. Pareciera que ha estado aquí el tiempo suficiente como para manejarse muy bien en pueblos como el nuestro, pero es extraño…

—¿Qué es extraño?

—Que los *rangers* hayan aceptado a una yanqui.

—He vivido aquí el tiempo suficiente como para considerarme texana, y me gané el puesto como todos los demás.

—Claro, claro. No quise decir…

Nia se sube a la Explorer y enciende el motor.

—Si no le importa traer la grabación de la cámara de seguridad a mi motel, le estaría muy agradecida.

—Bueno, está bien. Pero espero que cambie de parecer acerca de la cena.

Se quita el sombrero y lo apoya en el pecho, un gesto de caballerosidad. El sol incipiente rebota sobre la parte calva de su cabeza. A Nia nunca le ha atraído un hombre, con excepción de Usher, a quien vio en conciertos dos veces; y, a pesar de que no podría describir a Rowe como feo, su aspecto está llegando a su fecha de vencimiento. Y su enfoque rudimentario de una investigación criminal le confirma que tendrían poco tema de conversación, cena mediocre de por medio.

—Llame a la estación si me necesita; yo le alcanzo esa grabación a la brevedad —dice Rowe.

—¿Sabe dónde me alojo?

—Por supuesto —dice—. Es el único motel del pueblo.

—Claro... vaya sorpresa... —Nia acelera la Explorer y sale del estacionamiento.

• • •

Cuando llega al motel llama a McCann; practica sus temas de conversación y filtra las groserías mientras espera que él conteste la llamada.

—Aquí McCann. —Está grogui, más de lo habitual.

—Habla Adams.

—Supuse que llamarías —dice—. ¿Llegaste bien a Waxahachie?

—Aquí estoy. Aunque no me queda claro por qué.

—¿Qué problema hay? ¿Rowe ya te puso los nervios de punta?

—¿Usted conoce a ese tipo?

—De hace décadas —dice—. Dudo que él o el pueblo hayan cambiado demasiado.

—Me gustaría saber por qué me envió aquí. Nada de este supuesto crimen amerita una investigación de los *rangers*.

—Creí que sería bueno para ti…

—¿De qué manera, señor? Esta gente ni siquiera está segura de que se haya cometido un delito. Me da la sensación de que el gerente del banco preferiría dar por terminado el asunto.

McCann guarda silencio.

—Señor, ¿sigue ahí? ¿Oyó lo que le acabo de decir?

—Te oí perfectamente, Adams.

—Sea franco conmigo, señor. ¿Qué hago aquí?

Él suspira.

—Ah… maldita sea.

Nia ha oído esa expresión de sobra en su infancia. Su padre la pronunciaba rutinariamente cuando estaba a punto de enterarse de algo desastroso, y luego, una vez que caía en la cuenta de la revelación, lanzaba más «Ah… maldita sea», junto con otros improperios por los que su madre lo reprendía cuando los usaba delante de Nia.

—¿Señor?

—Quieren investigarte a ti. Y a Powers también.

—¿La Unidad de Integridad Pública?

—Sí —dice—. Hay un consenso cada vez más grande de que el SRT debería haber esperado al FBI.

—¿Y dejar que muriera más gente?

—Y hay algo más…

—Santo cielo. Dígame.

—La familia del sospechoso al que le disparó Powers solicitó una autopsia independiente. Reunieron suficientes fondos y contrataron a un abogado.

—Yo le dije lo que ocurrió en ese lugar, señor…

—Ya lo sé. Y debí haberte escuchado. Pero avalaste todo lo que dijo Powers en su informe y, si queremos mantener nuestros puestos de trabajo, no hay vuelta atrás. Tenemos que adherirnos a la historia de Powers.

—¿Cuánto tiempo debo quedarme aquí?

—El suficiente hasta que surja la próxima crisis. Tal vez la gente se olvidará del Banco Central.

—La familia de ese hombre no se va a olvidar.

—En la corte de la opinión pública, los *rangers* son héroes. Es lo único que importa.

Golpean la puerta.

—Vino alguien —dice Nia—. Tengo que colgar.

—Tal vez no lo parezca, pero te envié a Ellis por tu propio bien —dice McCann—. Tienes un gran futuro por delante, Adams. No lo olvides.

—Entendido, señor —dice antes de cortar la llamada.

Otros tres golpes pesados a la puerta. Debe de ser Rowe. No importa a qué agencia pertenezca un oficial, los policías siempre golpean igual.

Nia camina hacia la puerta y espía por la pequeña mirilla. Hay una capa blanca acumulada en la diminuta ventanita, y apenas si puede ver al *sheriff* Rowe parado, incómodo, con un VHS contra el pecho como si sostuviera un ramo de flores.

Nia abre la puerta lo suficiente como para ver que tiene la cara y el torso empapados en sudor.

—Mamá siempre me decía que nunca llamara a la puerta de una mujer con las manos vacías.

Ella le saca el videocasete de la mano.

—Gracias.

—¿Todo bien?

—Mejor imposible.

Nia se dispone a cerrar la puerta.

—Para que sepa… —le alcanza a decir—, la oferta sigue en pie.

—¿La oferta?

—La cena en la parrilla… The Smokehouse.

—Qué original —dice ella.

—La gente no es muy creativa por estos lugares.

—Pues, como ya le dije, la verdad es que no es mi tipo de cocina.

—Cierto… el temita de la carne. —Se da una palmada en el muslo cuando recuerda la conversación—. Pero apuesto que podemos prepararle algunos acompañamientos. Pan de elote come, ¿verdad?

Nia toleraba la mayoría de las recetas de pan de elote. Nada se asemejaba al que hacía Sharon. Tal vez hubiera comenzado con una mezcla de caja, pero la había perfeccionado agregando una lata de maíz cremoso, dulce de panal rallado y mantequilla batida que se deslizaba por los bordes crujientes y se absorbía con rapidez en el centro amarillo y húmedo. Era más como un postre que un acompañamiento, pero Sharon no había preparado pan de elote en meses. De hecho, Nia no recordaba la última vez que habían compartido una verdadera cena.

—Tengo pensado pedir comida a mi habitación —le dice—. Hay un buen número de legajos que necesito revisar.

—Pues, está bien. La dejo tranquila. —Rowe deja caer la barbilla y dice—: Sé cómo aceptar una derrota.

—Aquí tiene mi tarjeta con mi número de celular —dice Nia y le entrega una tarjeta profesional básica—. Si surge algo, llámeme. —Cierra la puerta, corre el pestillo y colapsa sobre el colchón de resortes—. ¿Por qué yo, Dios? —dice con un quejido estridente—. De todos los malditos casos…

Revisa la caja llena de legajos. Los acomoda sobre la cama. Once empleados. No está tan mal, piensa. Según cuán detallados sean los archivos, debería tomarle unas horas tener una primera impresión de todos los presentes durante el atraco.

Mira el reloj. 10:30 a. m.

Más vale empezar…

• • •

Nia toma prestado un reproductor de VHS del gerente del hotel, que exige un depósito de sesenta dólares por si lo regresa averiado. Es una máquina polvorienta con botones que requieren de una presión considerable para oprimirlos. La grabación son ocho minutos de material borroso que muestra al sospechoso con la máscara de George Bush que mencionó Rowe y un bolso en la mano. Nia observa el ataque a Fletch, que parece innecesariamente brutal. Como dijo Don, Fletch está desarmado, pero no intenta protegerse la cara, incluso cuando la mano del sospechoso se le viene encima.

• • •

El hambre acecha cerca del mediodía. Nia desentierra dos barras de cereal de su bolso, las devora junto con una banana que tomó de la recepción del hotel y regresa a su lectura de los legajos de los empleados. No son nada fuera de lo común. Más allá de dos empleados —una cajera que llega tarde de manera crónica y un conserje con problemas de alcoholismo—, Don no ha echado a nadie en más de una década. Pero igual vale la pena darles una ojeada. La gente despedida se queda con resentimiento, pero ¿lo suficiente como para querer robar el banco?

Los robos motivados por una venganza suelen ser impulsivos, los guía la emoción. No tienen nada que ver con el dinero o los objetos robados. Lo que importa es el acto mismo, hacer justicia. Atacar de modo feroz por una supuesta transgresión. Una escopeta de dos cañones a centímetros de la barbilla del supervisor culpable, el del peluquín enmarañado que le entregó la carta de despido dos semanas antes. De eso se trata la venganza y, a pesar de que Nia no la aprueba, la entiende.

Pero este atraco es diferente. Hay algo más que hizo que el sospechoso eligiera este banco. Es desapasionado, alerta, calculador… no se parece en nada a los criminales estúpidos que Nia ha encarcelado a través de los años. Ha habido algunos casos atípicos. Recuerda un trabajo conjunto con el Departamento de Justicia de California para atrapar a una pandilla de Dallas que transportaba cincuenta toneladas de latas de cerveza vacías a California. Su objetivo era sacar provecho de la lucrativa industria del reciclado de California. Hubieran ganado casi un millón de dólares si Nia y el Departamento de Justicia no hubiesen intervenido.

Y luego está Fletch. En teoría, es un empleado excepcional. Conocimiento militar. Graduado de la Academia de Entrenamiento de Seguridad Pinnacle. Las notas de Don dicen: «entrenado, complaciente, confiable».

¿Podría ser un infiltrado? Vale la pena indagar.

Nia escribe la dirección de Fletch en su libreta, toma sus llaves y sale.

• • •

La casa de Fletch es modesta: césped cortado y cercos de setos podados. En el jardín delantero hay un letrero de una inmobiliaria que anuncia una venta judicial.

Nia baja de la Explorer y cruza la calle. Camina por la entrada de carros hasta la puerta principal, y pasa junto a un ahumador tipo barril ennegrecido y abollado.

Mira hacia el techo donde una sección averiada de la canaleta cuelga de una tira de metal. Ante la precariedad, se para a una distancia prudente y toca el timbre.

El estómago le ruge. Debió haber comido un almuerzo como la gente. Sharon suele regañarla por saltarse comidas, pero es fácil hacerlo cuando está rastreando un caso.

La puerta se abre y una joven negra la mira, ya irritada.

—¿Sí? —dice—. ¿En qué puedo ayudarla?

Nia nota su tersa piel morena. Es joven, tal vez diez años menor que Nia.

—*Ranger* Nia Adams —dice y señala su placa—. Busco a Hakeem Fletcher.

—¿Es *ranger*?

—Así es.

—A ver…

Nia se quita la placa y la extiende para que la muchacha la vea.

—No manche —dice—. ¿En serio?

—Señorita, ¿se encuentra Hakeem Fletcher, sí o no?

—Nop.

—¿Sabe dónde podría encontrarlo?

—No se perdió —dice la chica—. Sigue en el hospital… le están acomodando la mandíbula.

—¿Puedo preguntarle quién es usted?

—¿Tengo que responder?

—No, pero me sería útil. —Nia se da cuenta de que la chica no tiene veintipico, sino que es una adolescente grosera escondida detrás del labial y el rubor, metida a presión en un *top* y con unos *jeans* holgados amarrados a la cintura.

—Ajá. —La chica se cruza de brazos—. Seguro. Fletch es mi papi.

—¿Se encuentra su madre?

—Na, está en el trabajo.

—Veo el anuncio de la venta judicial en el jardín.

—Supongo que le funcionan los ojos entonces.

Nia suspira.

—¿Qué banco es?

—¿Quiere decir qué institución inhumana y jodida está arruinando la vida de mi familia?

—Eh... sí.

—El Colonial Trust. ¿Quién mierda si no?

—Siento mucho por lo que está atravesando su familia.

—*Sentirlo* no va a pagar lo que debe mi papi. Así que por qué no se mete sus «lo siento» donde ya sabe.

—¿Puedo preguntarle una cosa más?

—Okey, pero dese prisa —dice la chica—. Tengo cosas que hacer antes de que llegue mi mamá.

—¿En qué hospital está su padre?

—En el único que tenemos. Ellis General.

—¿Dónde queda?

—En la calle Main. Donde está todo lo que valga un carajo la pena.

Cierra de un portazo y Nia vuelve por la entrada de carros hasta la Explorer. En la esquina hay un sedán gris llamativo: de carrocería enorme, vidrios ahumados y ruedas de mercado de repuestos.

Nia le echa un vistazo al conductor. Es difícil distinguir las facciones a través del reflejo del parabrisas, pero es un hombre blanco, calvo... tal vez algo de vello facial, pero para asegurarse debería observarlo más tiempo y, en estas situaciones, es mejor no comprometerse demasiado. Sigue caminando, relajada, hasta que está dentro de la Explorer.

Observa por el espejo retrovisor el carro que sigue ahí parado con el motor en marcha. El vehículo parece fuera de lugar en esa calle, pero no de la manera en que estaría fuera de lugar un conductor extraviado. Espera con intención.

Nia garabatea el número de matrícula en su libreta. El carro se despega de la acera y ella se encoje en su asiento cuando avanza a su lado.

• • •

El hospital del condado se parece más al Departamento de Vehículos Motorizados que a un centro de salud: tres pisos, ladrillo a la vista, ventanas de ocho hojas y letreros con grandes flechas que dirigen a los visitantes hacia la entrada principal o a la sala de emergencias. A algunos el ambiente provinciano les puede resultar simpático, pero Nia no es una de esas personas. Los viejos condados, como Ellis, son monumentos a pasados horrorosos. Sharon, que se las da de historiadora local, le recuerda acertadamente a Nia que Houston también tiene una historia sórdida de intolerancia, no solo los pequeños pueblos rurales con los que Nia tiene un problema. De todos modos, Nia nunca le ha temido a su ciudad como les teme a algunos condados rurales que le dan escalofríos, en especial después de la puesta de sol.

Ingresa a la recepción a través de una puerta corrediza que chirría como si el riel necesitara que lo aceiten. La recepcionista, una rubia con sombra de ojos a lo Tammy Faye Bakker, parece haber sido tomada por sorpresa.

—Hola, caballer…

Dados el sombrero de ala ancha, el pantalón de vestir y la chaqueta deportiva de hombre, ya no sorprende que la gente asuma que Nia es hombre. Para cuando ven su placa o ella ya se ha presentado como *ranger* Adams, o se deshacen en disculpas o están al borde de un ataque de horror.

—Hola —dice Nia con la placa visible en su cintura—. Estoy aquí para ver a un paciente.

La recepcionista clava los ojos en su computadora.

—¿Nombre?

—Hakeem Fletcher.

—Fletcher —repite la recepcionista mientras sus uñas golpean las teclas—. Aquí está. Es la habitación 216.

—De acuerdo.

—Va a necesitar un pase para visitas. La muñeca izquierda, por favor. —La recepcionista coloca una pulsera amarilla en la muñeca de Nia y aprieta nerviosa las dos puntas pegajosas—. ¿Puede deletrear su nombre, por favor?

—Es *ranger* Adams. A-D-A-M-S.

La recepcionista escribe el nombre en una etiqueta apenas más grande que una tarjeta profesional.

—Aquí tiene. —Su aliento tiene un sutil aroma a menta. Nia nota el chicle color lima entre sus dientes—. Póngala donde esté visible. ¿Ahí, tal vez? —Estira el brazo levemente hacia el pecho izquierdo de Nia para colocar la etiqueta, pero retira la mano al instante ni bien le surge un pánico interno—. Bueno, mejor dejo que lo haga usted.

Nia le saca la etiqueta de la mano y la pega de un manotazo sobre su chaqueta.

—El elevador se encuentra al final del pasillo.

—Gracias. —A su paso, muchos ojos se posan sobre ella y algunas caras con ceño fruncido.

Los elevadores se encuentran entre bebederos a ambos lados de la recepción. Nia está segura de que la disposición es un remanente de la época de la segregación. Un elevador y un bebedero para la gente negra; el otro reservado para los blancos.

El elevador se abre. Nia sube al segundo piso.

Sale a un pasillo ajetreado y se acerca hasta la estación de enfermería. Una enfermera de expresión somnolienta sostiene un teléfono en su oreja.

—¿La habitación 216? —pregunta Nia.

La enfermera señala hacia la punta más abarrotada del pasillo, llena de gente con ropa quirúrgica y batas blancas. Nia camina a través de pacientes en sillas de ruedas aferrados a andadores y acostados en camillas, y tiene la precaución de evitar golpear el brazo de algún médico cuando la rozan al pasar, a la carrera respondiendo a una llamada.

Afuera de la habitación de Fletch, mira a través de la pequeña ventana de observación y ve que está solo. Golpea la puerta dos veces con suavidad, apenas audible. Lo hace por cortesía y por una enfermera atenta que no le saca los ojos entrometidos de encima.

Nia entra a la habitación y cierra la puerta. Se para como una centinela a los pies de la cama de Fletch. Él se endereza enseguida, la espalda recta. Tiene la boca cerrada, y su mandíbula cuelga como si tuviera un pisapapeles en vez de una lengua.

—Soy la *ranger* Adams. —Saca su libreta y un bolígrafo—. ¿Es usted Hakeem Fletcher?

Él asiente de mala gana con la cabeza.

—Me gustaría hacerle algunas preguntas sobre el atraco al banco. —Le ofrece la libreta y el bolígrafo—. Puede escribir lo que haga falta aquí.

Fletch intenta hablar, pero solo llega a balbucear. Tal vez sea la memoria muscular y tenga que recordarle a su cerebro que tiene la mandíbula destrozada.

—Como dije, mejor usar la libreta.

Él toma la libreta y el bolígrafo que le extiende Nia y se pone a escribir. El bolígrafo se mueve con lentitud sobre el papel, como haría un niño que sigue una línea punteada. Luego le devuelve la libreta y el bolígrafo a Nia.

Ella lee.

—¿No recuerda nada?

Él le pide los elementos de escritura otra vez; ella se los entrega. Fletch escribe algo más.

Ella lee un momento.

—¿Pérdida de la memoria? Amnesia parcial.

Fletch se encoge de hombros y le devuelve definitivamente la libreta y el bolígrafo.

Nia mete los elementos en el bolsillo de la chaqueta y le entrega su tarjeta profesional. Es lo que se acostumbra, pero duda que él vaya a llamarla.

—Por si esa memoria empieza a funcionar de nuevo.

Él coloca la tarjeta sobre la bandeja junto a su cama, se mueve y acomoda debajo de las sábanas y cierra los ojos. La entrevista ha terminado.

No es la primera vez que Nia trabaja en un caso en el que se enfrenta a una barricada. Incluso ha trabajado en investigaciones con callejones sin salida. Pero este caso parece contradecir toda razón. Ni el gerente del banco ni Fletch parecen bien predispuestos.

Se abre la puerta e ingresa un hombre alto de pelo oscuro con bata blanca que arrastra los pies en los que calza tenis con cierre de Velcro; del cuello le cuelga un estetoscopio.

—Sr. Fletcher —dice—, vamos a echar un vistazo a esa mandíbula. —Levanta la mirada de la historia clínica y ve a Nia. Ella sonríe, simulando que su visita a Fletcher fue placentera—. Ah, no sabía que tenía visitas, Sr. Fletcher. —Si lo sorprende ver a un policía en la habitación, lo disimula bastante bien—. Soy el Dr. Sadeghi.

—Buenas tardes, doctor —dice Nia.

—Espero no estar interrumpiendo.

—Justo terminábamos. Parece que Fletch no está con muchas ganas de hablar. —Le lanza una sonrisita y le da un golpecito al doctor en el brazo—. Un poco de humor hospitalario.

—Ah, sí —dice él y se ríe—, buen chiste.

La risa del Dr. Sadeghi se apaga a medida que Nia abandona la habitación.

• • •

Nia circula por la calle Main, camino al motel. Tal vez sea hora de regresar a Houston para enfrentar la investigación y el infierno que traiga consigo. Seguro la operación se complicó, pero Nia salvó muchas vidas. Le puso fin al ataque, que es para lo que la entrenaron: evaluar y responder. Si hay alguien a quien deberían investigar, es a Powers; es sucio y es un juicio con patas.

Pasa por la estación del *sheriff* y ve estacionado el gran sedán que vio afuera de la casa de Fletcher. Nia da la vuelta en U y se mete en el estacionamiento de la estación.

Se detiene con la Explorer junto al sedán y se baja. Hurga en el bolsillo de su chaqueta, saca la libreta y busca la hoja donde escribió el número de matrícula. Se ubica atrás del Buick Century... el número coincide. Se pregunta si el *sheriff* ordenó que la siguieran, pero la matrícula de Texas no indica que sea exenta, lo cual descarta cualquier agencia policial o gubernamental.

Nia sabe que debería regresar a Houston. No hay ninguna buena razón para ingresar a la estación del *sheriff*. Pero le da curiosidad. Ese es el tema con los policías; la curiosidad no es algo menor. El atraco al banco es más que un simple reconocimiento del lugar o un empleado resentido. Existen objetivos más grandes: bancos más importantes y lucrativos. ¿Por qué molestarse con una antigua sucursal insignificante? A menos que la sucursal oculte algo. Y las probabilidades de que un exempleado vengativo sea el responsable parecen ser ínfimas. Lo único que tiene es a Fletch y un misterioso Buick Century.

● ● ●

Nia ha estado en decenas de estaciones de policía, y ninguna es tan sofisticada como la división por la que se paseaba Eddie Murphy en *Un detective suelto en Hollywood*. La mayoría de las estaciones son funcionales, deslucidas como un par de zapatos viejos. Funcionan si las suelas están intactas; y la suela de la Estación del Sheriff del Condado de Ellis es un edificio de una planta con oficinas divididas por particiones de vidrio en las que hombres blancos mastican tabaco mientras trabajan en sus escritorios.

—¿Puedo ayudarla, señora? —pregunta una mujer pelirroja en el escritorio de entrada.

Hace mucho que Nia no ve a un adulto con tantas pecas y, aunque sabe que los niños con pecas también crecen, el aspecto de la mujer le resulta aniñado.

—El *sheriff* Rowe, por favor.

—¿Su nombre?

—*Ranger* Nia Adams.

—¿Una *ranger*? —dice—. Pues, vaya qué…

—¿Vaya que… qué?

Pecas se ruboriza hasta que su cara y su pelo hacen juego en color carmesí.

—Ah, no… nada… es que nunca había visto una *ranger* mujer.

—Pues ahora la vio.

—Sí, así parece… —Habla en un susurro—. No se lo tome a mal. Me parece genial.

—No me lo tomo para nada a mal. Ahora me gustaría ver al *sheriff* Rowe.

—Ah, sí, claro. ¿Sabe que venía?

—Me sorprendería que no lo supiera.

Nia acompaña a la mujer hacia una oficina grande al fondo del edificio. Rowe conversa con un hombre alto: calvo, traje negro, corbata y botas tejanas haciendo juego. Seguramente de piel de serpiente. A ella no le gusta Johnny Cash —una gran decepción para Sharon—, pero un hombre vestido completamente de negro parece disfrazado. Un atuendo todo negro debería ser exclusividad del Sr. Cash o de un director de funeraria, y el señor calvo no se parece a ninguno de los dos.

—Hablando del rey de Roma… —dice Rowe y le hace un gesto a Nia para que pase a la oficina—. *Ranger* Adams, permítame presentarlos. Este es el Sr. Bartholomew Katz.

El nombre suena ficticio, pero de algún modo le va al hombre grandote de cabeza puntiaguda como una pelota de fútbol americano. Nia nota la estrella de David que cuelga de su cuello; el dorado brilla contra el vacío de su vestimenta negra.

—El Sr. Katz representa al Colonial Trust. Ha venido a aportar a nuestra investigación.

—No creí que la investigación necesitara más aportes —dice Nia—. Tenía pensado regresar a Houston en cuanto esclareciera una cosa.

—No me diga… —dice Rowe—. ¿Y qué cosa sería?

—¿Sabía que van a ejecutar la casa de Hakeem Fletcher?

—No, no lo sabía. Pero ¿le importaría explicarme la relevancia?

—Con gusto —dice Nia—. El banco que retiene su escritura es el Colonial Trust.

—Guau. Yo sabía que era toda una superdetective...

—Ahórrese el sarcasmo. ¿Por qué no investigó por ese lado?

—Hace años que conocemos a Fletch y, para serle franco, siempre ha tenido problemas con sus empleos, por sus temitas. Estos veteranos tienen mucho dándoles vuelta aquí arriba. —Rowe se señala la sien, sonríe bizco y hace rotar su dedo—. Un poco chiflado, que Dios lo bendiga.

—Eso no quiere decir que no haya un móvil.

—¿Qué? ¿Robar del banco que amenaza con ejecutar su casa? Aunque creyera que tiene los cojones para hacerlo, ¿por qué elegiría la sucursal donde trabaja?

—No lo sé —dice Nia—. Tal vez la clave esté en lo que sustrajeron. Podría haber valido más que todos los billetes que pudiera sacar de allí su cómplice.

—¿Y qué hay de su mandíbula? —pregunta Rowe—. Como bien dijo usted, es el único herido en todo este entuerto. Parece un poco exagerado zafarle la mandíbula, ¿no le parece? Un puñetazo al estómago habría sido igual de efectivo.

—Tal vez ese sea el punto... Exagerar para no levantar sospechas. Incapacitarlo. Que no pueda hablar.

—Una teoría interesante, pero no hay necesidad de seguir investigando —explica Katz—. Mi empleador se toma este tipo de cosas muy en serio, por eso me enviaron aquí.

Nia no llega a reconocer su acento. Suena extranjero y familiar. De Medio Oriente tal vez... o una imitación bastante mala.

Sigue hablando:

—Esa sucursal es uno de los bancos más antiguos de Texas y ha pertenecido a la familia de mi empleador durante siglos. Semejante tesoro debería preservarse a toda costa, ¿no le parece?

—Y ¿quién es su empleador, exactamente? —pregunta Nia.

—No puedo revelar esa información, pero me enviaron para que me asegure de que el banco no sufra ningún daño.

—¿Quiere decir, la gente del banco?

Katz asiente con la cabeza.

—Sí, claro. Nuestra prioridad es que todos estén seguros.

—Entonces, ¿ya vio a Hakeem Fletcher?

—No… espero verlo cuando le den el alta en el hospital.

—Por lo que he oído, debería ser esta tarde —dice Rowe—. Mi exmujer es enfermera en el piso de Fletch. Ha estado pendiente de él mientras se recupera.

—Qué considerado de su parte.

—Tiene sus virtudes —dice Rowe—. Pero igual me alegro de no estar casado con esa vieja.

—Yo no soy nativo de Texas, como se habrá dado cuenta —dice Katz—. Pero el espíritu de Ellis… el sentido incomparable de comunidad. Es una maravilla.

—Sin duda lo es —dice Rowe—, y es nuestra intención proteger a nuestra comunidad de la pandilla nefasta que puso los ojos en el banco.

—¿Cuál es su plan exactamente, Sr. Katz? —pregunta Nia—. ¿Qué puede brindar que no tengamos el *sheriff* y yo?

—Supongo que el *sheriff* Rowe y usted tendrán temas más importantes de qué ocuparse. Yo vine para que ustedes puedan regresar a sus quehaceres. Voy a salvaguardar el banco y a asegurarme de que todo siga en *statu quo*, y si alguien se atreve a intentar algo, notificaré al *sheriff* de inmediato.

—¿Su plan es patrullar el banco solo? —pregunta Nia.

—Correcto —dice Katz—. Dados los metros cuadrados, no es una tarea monumental.

Rowe saca un cigarrillo del paquete que tiene en el bolsillo de su uniforme. Le ofrece uno a Katz, que lo rechaza.

—Yo ya sé que la señorita Vegetariana aquí presente no toca estas cosas.

Nia pone los ojos en blanco.

—Sr. Katz, ¿cuánto tiempo piensa quedarse en Waxahachie?

—El tiempo que haga falta.

—Estoy seguro de que va a estar cómodo aquí —dice Rowe—. El Sr. Katz recién me contaba de sus trabajos anteriores. Fue guardaespaldas de Justin Bieber y de los Backstreet Boys. Unas semanas en Waxahachie deberían ser pan comido.

—Así es —dice Katz—. Será como tomarme unas vacaciones. Costillas en salsa barbacoa y música de verdad. ¿Qué más se puede pedir?

—Entonces… ¿cuándo comienza esta operación? —pregunta Nia.

—Voy a empezar con la vigilancia esta noche.

Está apostado como un soldado: hombros hacia atrás, pecho henchido y brazos pegados al cuerpo.

—No se preocupe, *ranger* Adams, Colonial Bank está en buenas manos —dice Rowe con su encanto libidinoso elevado al máximo. Hace que Nia quiera darse una ducha caliente.

—Hasta que atrapemos a esta persona, lo único que tengo son preocupaciones —dice Nia.

Rowe saluda con un toque de la mano a su sombrero y sale a fumar, seguido por Katz.

CAPÍTULO CUATRO

KATZ

Bartholomew Katz cena solo. Siempre. No es por elección, sino por necesidad. No hay lugar para la banalidad en su vida, y la mayoría de las personas que conoce le aburren incluso antes de que abran la boca. Hay un aspecto frívolo de los seres humanos que nunca ha comprendido. A pesar de que los ha estudiado y se ha adaptado a sus costumbres, sus acentos y sus formas de hablar, hace rato que abandonó todo intento por encontrar algún sentido en la existencia humana. La mayoría de la gente vive sin un propósito. No tiene matices, le falta fascinación. Pero él hace tiempo encontró una vocación que mantiene su interés —la absoluta y total ruina de las personas— y, como todo buen artista, siempre anda en busca de una musa.

—¿Más té? —pregunta la mesera. Es joven, bonita, mexicana... podría ser su tipo si tuviera uno.

El restaurante está prácticamente vacío, y ella le ha prestado más atención de la que él puede justificar. Se terminó su hamburguesa con queso hace diez minutos, y ella ya le ha servido dos tazas más de té.

—Agua está bien —dice él y abandona su acento falso.

Ella llena su vaso hasta el tope más que nada con hielo.

—¿Cómo se llama? —pregunta ella—. No lo he visto antes por aquí.

—Bart.

Ella suelta una risita.

—¿Como el personaje de *Los Simpson*?

—Supongo que sí… claro, como Bart Simpson.

—Tierno.

—¿Le parece?

—Nunca conocí a ningún Bart.

—Y como nunca conociste a ningún Bart, ¿te parece tierno?

Ella balbucea en un intento por decir algo.

—O sea… sí. No sé. Solo estoy tratando de ser amigable, señor.

—¿Acaso me veo como alguien que necesita un amigo?

—Está aquí sentado, solo —dice ella—. El plato de papas fritas se enfrió hace media hora.

—Valoro mis momentos solo.

—Sí, lo entiendo.

—¿Me entiendes?

—Sí… —dice ella—. Yo pienso mejor cuando estoy sola. Y también tengo un buen lugar para pensar. Me tiro en la caja de la camioneta de mi hermano, miro las estrellas y dejo que mi mente vuele.

—Y ¿en qué piensa una niña como tú?

—Cosas —dice despreocupada—. Como qué haría si algún día pudiera largarme de este pueblo tan aburrido.

—¿Y?

—Me iría a Nueva York o a Miami…

—Sobrevalorados.

—Tal vez a algún lugar nuevo. Austin parece chido. Buena música. Buena comida. Tal vez conozca a alguien.

—O podría ser indiscutiblemente horrible.

—Úrale, qué onda con el matasueños. No hay nada de malo con soñar con algo un poco mejor, señor.

—Ese es el tema con lo que uno sueña. Suele quedarse corto.

—Pero vale la pena intentarlo. Uno no puede vivir toda la vida asustado.

—Claro que puede. Es la razón por la que los humanos han sobrevivido todo este tiempo.

—La verdad es que usted es un puto canto a la vida, ¿qué no?

—A la gente no le gusta oír la verdad.

—Okey, entonces, ¿qué hay de usted? —pregunta—. Ya que parece tener todas las respuestas.

—¿Qué hay de mí?

—¿En qué piensa? ¿O ya alcanzó el máximo de felicidad?

Nadie le ha hecho esa pregunta, jamás. Merece más que una respuesta para salir del paso. Pero los pensamientos que se amontonan en su cabeza lo acechan y entusiasman por igual. Compartirlos mandaría a la muchacha directo a la cocina a llamar a la policía.

—En nada importante. —Le mira la clavícula. Se pregunta cuántos kilos de fuerza le tomaría destrozarla; ella es una picadura que no puede rascarse. Mejor no tentar a la suerte—. Será mejor que me vaya o llegaré tarde.

—¿Trabaja de noche?

—Es cuando mejor trabajo.

—¿Quiere llevarse las papas fritas? Se las puedo envolver para llevar.

—No voy a tener mucho tiempo de comer. —Toma del vaso de agua hasta que solo queda hielo.

—Bueno, si alguna vez regresa a Waxahachie, pase por aquí —dice y levanta su plato—. Tal vez pueda probar el pastel de carne. Es de morir. —Pone la cuenta sobre la mesa—. Son diez dólares.

—¿Regresar a este lugar? Lo dudo. —Abre la cartera, saca un billete de veinte y lo pone sobre la mesa.

—Espéreme tantito que le traigo el cambio —dice.

Él posa su mano sobre la de ella; sus gruesos dedos de maquinista tienen ampollas y están resecos.

—No te preocupes —dice, y retira la mano lentamente—. Te lo ganaste.

—¿Me lo gané?

—Esa sonrisa tuya me hizo la noche. Voy a pensar en ella por un buen rato.

—Eh... gracias —dice ella, incómoda—. Buena suerte con lo que sea que vaya a hacer esta noche.

—Realmente espero que puedas irte de este lugar —dice mientras se desliza para salir del banco de su reservado—. Una niña como tú se merece ver el mundo y todo lo que tiene para ofrecer.

Parado junto a ella, es mucho más alto que la menuda camarera. La mira como si ella escondiera un secreto. Y cree que lo esconde. Todas las muchachas jóvenes y bellas esconden algo...

• • •

Regresa a la casa de Fletch y se estaciona en la acera de enfrente. Y al igual que hizo antes, observa la casa, enfocado con intensidad en los movimientos adentro.

En el buzón hay atados tres globos de helio que dicen «QUE TE MEJORES» en letras grandes y brillantes. Hakeem Fletcher ha vuelto a su casa a recuperarse.

El Sr. Katz se calza un par de guantes de piel. Abre la cajuela desde dentro del carro y se baja. El aire de la noche está fresco, pero está cómodo con su traje. Adentro de la cajuela hay una caja de herramientas de chapa diamantada de acero. Destraba la caja y saca una pistola de bajo calibre, un silenciador y cargadores, un cuchillo Bowie, precintos y una linterna. En el bolsillo ya lleva un frasco de sales aromáticas y un rociador de cloroformo de grado de laboratorio. Cierra la caja de herramientas, la saca de la cajuela y cruza la calle hacia la casa de Fletcher.

Toca el timbre. Se enciende la luz del porche y se abre la puerta.

La hija de Fletch está parada en la entrada con su pequeña contextura nada imponente.

—¿Sí?

Una voz de mujer llama desde la habitación:

—Fontaine, ¿quién es?

—No sé —dice Fontaine—. Un tipo.

—¿Se encuentra Fletch? —pregunta el Sr. Katz con el acento am-

biguo que ha perfeccionado—. Me enteré de la situación desafortu-
nada en el banco, y me gustaría verlo.

—¿Usted quién es? —pregunta Fontaine.

—Un amigo del servicio militar —dice—. De Vietnam.

—No sabía que papi tuviera amigos blancos de la guerra.

—¿En serio? Me cuesta creer que nunca me haya mencionado.

Una mujer regordeta de tez caramelo y pelo completamente ali-
sado empuja a Fontaine a un lado. Está vestida de oficina: traje gris
planchado, blusa, tacones y aros de perlas.

—¿Y usted quién es? —pregunta.

—Soy el Sr. Katz —responde—. Un amigo de nuestros días en
Vietnam. Pensé en venir a visitar a Fletch.

—¿Usted sirvió con Hakeem?

—Sí, señora.

—¿Cuál es su nombre de pila?

—Bartholomew, señora, pero puede decirme Bart. Como *Los
Simpson*.

—Fontaine, ve y busca a tu padre.

La adolescente se encoge de hombros y se va por el pasillo.

—¡Papi! Vino a verte un tipo blanco.

—¿Le molesta si espero adentro? —pregunta el Sr. Katz—. Fue un
viaje largo, me gustaría descansar las piernas.

—¿Qué lleva en la caja?

—Ah, ¿esto? —Sacude la caja de herramientas—. Viejas fotos de
nuestros días en la guerra. Se me ocurrió que le gustaría rememorar
épocas pasadas.

—¿Creyó que mi marido iba a querer rememorar sobre Vietnam?

—Bueno, sí…

—Hakeem odió Vietnam. Todo ese… ¿cómo cuernos le dicen…?
Agente Naranja que le metieron al aire le dejó unas migrañas terribles. A veces no puede ni dormir ni comer de lo fuertes que son. Y
ahora tiene la mandíbula hecha mierda.

—Entiendo su sufrimiento…

—Esa maldita guerra no tuvo sentido.

—Se podría decir lo mismo de todas las guerras, la verdad.

—Me llama la atención que nunca lo haya mencionado. —Lo mira fijo con desconfianza, concentrada en las manos enguantadas—. ¿Qué período de servicio hicieron juntos?

—Usted parece una buena mujer —le dice—. Hakeem fue muy afortunado de tenerla.

—¿Qué quiere decir con que *fue*?

El Sr. Katz le clava el cuchillo Bowie en el abdomen a la mujer, le tapa la boca con la mano y pasa por la puerta. La cierra suavemente con el talón al tiempo que mantiene la mano firme sobre la boca de la mujer.

A veces es difícil contener la euforia y mantener la claridad mental. Pero ha disciplinado su mente para poder contemplar cada uno de los escenarios posibles. Debe actuar rápido sin conocer la disposición de la casa de Fletch. Sabe que Fletch se encuentra en algún lugar de la casa, y podría haber ocupantes adicionales. Fletch es veterano de guerra y tejano —no hay duda de que tiene armas a mano—, razón por la cual el Sr. Katz debe procurar no alarmarlo ni darle tiempo para que busque un arma.

La mujer gime y cae al suelo. Se está ahogando con su sangre y sufriendo sin propósito. No tiene ningún valor contractual; a él solo le interesa lo que sepa Fletch.

Saca el cuchillo de su estómago y la degüella, asegurándose de que la hoja corte la válvula aórtica.

Cuando aparece Fontaine, la toma por detrás y le rocía el cloroformo en la boca. Segundos después la niña se desploma; y él las arrastra rápido a ella y a su madre muerta hasta un rincón del comedor. Saca la pistola de la caja de herramientas, coloca el silenciador en la boca del arma y espera.

Fletch aparece desde el pasillo y hace una pausa cuando ve sangre en los mosaicos de la entrada. Grita a través de su mandíbula rota. Los alambres amarrados al hueso se estiran y lo desgarran. El Sr. Katz sale de la oscuridad y le pone la pistola en el pecho a Fletch.

—Silencio —le dice—. Su esposa está muerta, pero si usted hace lo que le digo, su hija va a vivir.

Fletch intenta hablar entre la sangre y la baba; las palabras salen fragmentadas:

—N... No... No le haga daño.

—Responda mis preguntas y me voy. Miéntame, y usted y su hija mueren. ¿Entendido?

A Fletch le corren lágrimas por las mejillas; asiente con la cabeza. El Sr. Katz toma una silla de la mesa del comedor.

—Siéntese.

Fletch se sienta en la silla, cerca de donde yacen su esposa y su hija. Cierra los ojos, luego los abre lentamente y solloza.

—No está soñando, Sr. Fletcher. Esto no es una pesadilla, en el sentido lógico. Se la voy a hacer fácil. Un dedo significa sí. Dos dedos significan no. Simple, ¿verdad?

Fletch asiente con la cabeza.

—¿Tuvo algo que ver con el atraco al Colonial Trust Bank?

Levanta un dedo tembloroso.

—¿Compartió los planos con el ladrón? ¿Es por eso que sabía de la vieja caja fuerte?

Otro dedo solo...

—¿Ve? Fácil —dice el Sr. Katz—. Ahora, deme el nombre de su cómplice.

Las rodillas de Fletch se sacuden. Retiene suficiente compostura como para gestualizar que le dé algo para escribir.

—Va a escribir en la mesa. —El Sr. Katz lo agarra de atrás por el cuello, lo hace levantar de la silla y lo empuja al suelo—. Use su sangre —le dice y señala a la esposa muerta de Fletch.

La respiración de Fletch se torna errática; lo sostienen inhalaciones ahogadas.

—Podemos terminar con esto en instantes. Solo deme el nombre.

Fletch se postra a los pies del Sr. Katz; implora y lloriquea. Las lágrimas caen sobre las botas de piel de serpiente del asesino.

—Me está haciendo perder el tiempo. —El Sr. Katz aprieta el arma contra la sien de Fletch—. Ahora muévase.

Fletch separa los dedos y extiende lentamente la mano hasta el tajo abierto en el cuello de su esposa. Abrumado por el terror, pero incapaz de gritar, se muerde fuerte la lengua mientras pasa los dedos por el cuello degollado de su esposa.

—Bien —dice el Sr. Katz—. Empiece a escribir.

Fletch se pone de pie y, luego, se desploma en la silla. Usa los dedos como un pincel, acariciando las vetas de la madera.

El pecho angosto de Fontaine hace un movimiento sutil.

—Es muy bonita —dice el Sr. Katz—. Nada refinada, pero eso podría decirse de todas las *belles* de Texas, ¿no le parece?

Fletch mira al asesino a los ojos, que revelan sus deseos virulentos. Sabe de lo que es capaz el Sr. Katz, y sabe que no puede hacer más que gemir ante el inevitable tormento.

—Dese prisa, Sr. Fletcher. Va a despertarse pronto.

Las letras rojas cruzan toda la mesa. Fletch sigue escribiendo.

Los ojos del Sr. Katz permanecen posados en Fontaine.

—Se está convirtiendo en toda una mujer, ¿no es así? Creciendo como una flor salvaje; y con ese tipo de belleza, los hombres le van a hacer lo que ella quiera.

La sangre está casi seca cuando aparece el nombre: Al Bouchard.

—¿Quién mierda es Al Bouchard? —El Sr. Katz no espera que le respondan. Presiona el cañón silenciado contra la cabeza de Fletch y jala el gatillo.

Va hasta la sala, saca su teléfono y llama a su compañero de trabajo, un hombre solo conocido como Dice.

—Soy yo —dice—. Haz una búsqueda del nombre Al Bouchard y de cualquier alias… Podría haber alguna conexión con el Cuerpo de Marines… Llámame cuando tengas algo.

El Sr. Katz corta la llamada, mira a la inconsciente Fontaine y sonríe radiante…

CAPÍTULO CINCO

DESMOND

Desmond habla con un teléfono satelital que le permite llamar a cualquier lugar del mundo:

—¿Cuál es nuestro próximo movimiento?

—Vas a traerme los artículos a mí. —La voz del hombre suena pulida y sofisticada, como la de un presentador de radio—. Ahí discutiremos el tema del pago.

—¿Y el próximo trabajo?

El hombre cuelga la llamada de manera grosera.

Desmond camina por la habitación. No ha salido de la pensión en días. Guardarse es lo mejor más allá de la atención policial que atraiga, o no atraiga, un golpe. Pero entenderlo no impide que se vuelva loco. Anhela un poco de aire fresco, de sol, romper con el confinamiento de esas cuatro paredes.

Toc. Toc.

—¿Sí? —dice Desmond.

—Soy Linh.

Él abre la puerta.

—¿Pasó algo?

Lleva puesto un pareo floreado. De lino, cree él, y una blusa blanca y sandalias. Su pelo se ve diferente: ondulado y brillante. Nunca la ha visto sin el pelo recogido; a menudo lleva el pelo debajo de una gorra o de un sombrero entretejido de ala ancha.

—No sabía si estaba aquí —dice ella—. No he visto su camioneta en varios días.

—Está en el taller.

—Ya veo… ¿Necesita algo?

Él parece confundido.

—¿Yo? No, tengo todo lo que necesito.

—Quiero decir… —balbucea y desvía la mirada incómoda—. ¿Ya comió?

—No.

—Okey. ¿Le gustaría salir a comer conmigo?

—¿Esta noche?

—Digamos, ¿en una hora?

Desmond lleva un día sin ducharse, tal vez más, pero su olor no ha hecho que Linh huya.

—Voy a necesitar cambiarme —dice él.

—Está bien —dice ella, y nota su camiseta sin mangas y su pantalón de trabajo—. ¿Podría sugerirle una camisa con cuello?

—No es problema. Deme una hora.

—Perfecto. Voy a hacer una reserva.

—Okey.

Linh sonríe y Desmond no puede evitar responder con una sonrisa tímida.

Desmond cierra la puerta y va a toda prisa hasta el espejo para inspeccionar su mandíbula llena de puntitos negros de barba incipiente. Saca su taza, su cepillo y su maquinilla de afeitar, y se esparce la crema por las mejillas y la barbilla.

En el armario tiene un pantalón gris de vestir, una camisa de manga corta blanca y una camiseta polo azul a cuadros. Su «ropa de trabajo», como la llama él, son tres camisetas de mecánico, un pantalón de trabajo Dickies y una chaqueta de *jean* deslavada. La pieza más vieja de su armario son un par de mocasines negros con el talón derecho remendado. Le gusta cómo le abrazan el pie y no puede deshacerse de ellos, a pesar de que han tenido mejores épocas. Rara vez ha usado su único pantalón de vestir más de una vez al año. De vez en cuando, si ha necesitado un atuendo formal, ha encontrado invariablemente trajes de tres piezas y chaquetas deportivas de gran calidad en tiendas de caridad en los alrededores de vecindarios adinerados, predominantemente blancos.

· · ·

Linh llega a su puerta diez minutos después de la hora y bajan juntos; ambos llevan sus mejores fragancias.

La de Desmond: sándalo y cedro; la de Linh: flor de ciruelo con notas de peonía y vainilla.

Él en general se reserva el perfume para ocasiones especiales, como el día de su boda y, muchos años antes, el baile de graduación de grado once en la escuela.

—Yo conduzco —dice Linh y saca las llaves de su bolso.

Es su primera salida con una mujer desde que falleció su esposa, y no está listo. Que en la primera cita conduzca una mujer parece algo poco convencional. A pesar de considerarse un hombre moderno, le incomoda el hecho de que conduzca Linh. Toda la vida le han dicho que los hombres no deben dejar que conduzcan las mujeres, en especial en citas o por la noche. No porque no sean buenas conductoras, sino por respeto y consideración.

—¿Hay algún problema? —pregunta Linh y abre la puerta de su Toyota Corolla 2001—. Parece molesto.

Se suben al carro. Desmond se coloca el cinturón de seguridad y se mueve inquieto.

—No suelo sentarme en el asiento del acompañante…

—¿Le molesta? —pregunta Linh—. Digo… que conduzca yo…

—No lo pondría así.

Linh sonríe.

—No se preocupe, Desmond —dice ella—. Le iba a sugerir que pagáramos a medias, pero, si lo hace sentir mejor, puede pagar usted.

—Con gusto. Y, por favor, puedes tutearme —dice aliviado.

Linh se ríe y desvía la mirada para ahorrarle a Desmond el golpe al ego de que conduzca ella. El gesto le recuerda a Audrey Hepburn en *Desayuno en Tiffany's*. No es que alguna vez haya visto la película completa, pero una noche la pasaron en la base para un grupo de marines con poco que hacer más que tomar y fumar cigarrillos y hablar de lo que darían por tener una cita con esa peculiar actriz.

• • •

Cuando llegan a Sweet Mary's, una de las parrillas más antiguas de la ciudad, la mesa que tienen reservada ya está lista. El anfitrión de la parrilla, un hombre mayor de bigote y pelo que le sale por las orejas, los sienta en una mesa cerca de la ventana. Desmond sostiene la silla para que Linh tome asiento. Él se sienta enfrente, mirando hacia la puerta. Nunca ha salido tan pronto luego de un golpe, pero siente que está haciendo lo correcto. El viejo banco era un objetivo de bajo riesgo, y no se llevó dinero, así que ni los federales ni ninguna otra agencia con algo de dientes lo perseguirá.

Además, sabe cómo evitar dejar rastros y no se podía perder la oportunidad de pasar un rato con Linh. En unos días se mudará a otra ciudad, usará un nuevo alias y planeará el próximo golpe. Eso significa que su salida con Linh será la última, o sea que ¿por qué no disfrutar del momento?

—Eh… —comienza ella—, hace rato que tengo una duda…

—¿Sí?

—¿Por qué hablas tan bien vietnamita? Tu dialecto es muy formal, como si hubieras tenido una verdadera maestra.

—Su nombre era Mai. Les enseñaba a los niños de la provincia.

—¿Y simplemente decidió enseñarte a ti de buena que era, nomás? —se burla Linh mientras ojea el menú.

—Puedo ser muy convincente —bromea él—. Supongo que fui yo quien sugirió que nos enseñáramos mutuamente. Yo la ayudaba con el inglés, y ella me enseñó vietnamita.

—¿Cuánto tiempo fue tu maestra?

—Seis años. A veces siento como si todavía me estuviese enseñando.

Linh pone el menú a un lado.

—No entiendo.

—Nos enamoramos y nos casamos. Tuvimos una niña. Luego las perdí.

—Dios mío —dice ella—. Lo siento tanto.

—Fue en un accidente de carro... —El vaso vacío delante de él lo transporta a esa fatídica noche: la lluvia fría, la carretera en una noche cerrada, la muerte que flotaba en el aire. Recuerda cómo estallaron las ventanillas, cómo el vidrio le cortó la cara y cómo el carro dio tumbos por la carretera y por fin se detuvo en un barranco—. Todo pasó tan rápido...

Linh estira la mano y la apoya sobre la de él.

—Desmond, no sé qué decir...

El camarero, un adolescente con un degradé alto, se acerca y llena los vasos con agua y hielo.

—¿Alguna pregunta sobre el menú?

—Todavía no elegimos —dice Desmond aún perdido en sus recuerdos—. Danos un minuto.

—Les cuento cuáles son los platos del día —dice el muchacho ignorando por completo el pedido de Desmond—. Tenemos costillas de res, salchichas picantes y camotes acaramelados cubiertos de piña.

—Piña —dice Linh—. Inusual.

—Como dicen por ahí, hay que probar antes de hablar. —El adolescente tonto divaga con entusiasmo—. Mi *bro* aquí sabe a lo que me refiero.

—Perdón, ¿a quién le hablas? —pregunta Desmond.

—Ah, bueno, ya saben... —El camarero hace una mueca incómoda—. ¿Qué tal si les doy un par de minutos para que decidan?

—Sí, mejor haz eso —dice Desmond con brusquedad.

El muchacho se acerca con la jarra de agua a otra mesa.

—Quiero que sepas que no hace falta que hablemos del tema —dice Linh.

—No hay problema. Hablar de ellas me hace bien… como si aún fueran parte de mí.

—Porque lo son, y eso no va a cambiar jamás.

Desmond asiente con la cabeza.

—Sí —dice—. Agradezco por eso.

• • •

La buena comida puede hacernos bajar la guardia, y durante dos horas Desmond habla de su vida dentro y fuera del servicio militar. Los detalles son vagos y habla más que nada de sus tres períodos de servicio en Vietnam, de los hombres con los que sirvió y de la hermandad que formaron. Escucha a Linh, que rememora la inmigración de su familia a Texas desde las Filipinas, luego de huir a Manila desde Vietnam, al comienzo de la ocupación estadounidense.

—Todo ese dolor y esa muerte —dice él—. Y al final para nada.

—A mí me gusta creer que todo pasa por algo —dice ella—. Es la razón por la que ahora estamos aquí, disfrutando juntos de esta cena. —Desmond no está seguro de qué debe decir, así que muerde una salchicha y mastica más de lo necesario—. ¿Sigues en contacto con tus compañeros del servicio militar?

—Solo queda uno con vida. Lo estoy ayudando a salir de un apuro.

—¿Qué tipo de apuro? —pregunta Linh y se mete en la boca la última cucharada de camotes acaramelados.

—Hace un tiempo que se enfermó. Le empezaron a dar fuertes dolores de cabeza. Los médicos decían que era estrés postraumático. La mierda que respirábamos allá era veneno. El Agente Naranja era solo una de las cosas a las que estábamos expuestos. Algunos de nosotros quedamos con dolores de cabeza y todo tipo de cánceres; nuestros cuerpos simplemente no funcionaban bien. Los médicos le recetaron a Fletch remedios que ayudaron bastante, y pudo recuperarse. Pero todo ese tiempo sin trabajar, se saltó pagos de la hipoteca de la casa y el banco le dio treinta días para pagar la deuda, o perdería la casa.

—Qué terrible... ¿Cómo lo ayudaste?

—Le conseguí un trabajo. Un día de trabajo y no perdería la casa. Pero no era fácil.

—Suena muy rentable. ¿Puedo preguntarle qué era?

—Algo que requería de habilidades específicas que él tiene —dice con vaguedad.

—Pues, qué bueno que pudiste ayudarlo. Seguro te está muy agradecido.

Desmond le da un sorbo a su café.

—No tengo muchos amigos, así que intento cuidar a los que tengo.

—¿Igual que me cuidaste la otra noche con esos borrachos impresentables?

—Sí.

Linh se ruboriza.

—Y... ¿qué tipo de trabajo haces? No es mi intención curiosear, pero me vengo devanando los sesos con eso. Al principio creí que trabajabas en la construcción o que eras jardinero...

—¿O fugitivo?

—Se me cruzó por la cabeza, pero no pareces ser de ese tipo de gente.

Él se había preparado para la pregunta, y unas horas antes, mientras se afeitaba, había decidido mentir.

—Soy cazador de tesoros.

Linh se ríe tan fuerte que sobresalta a unos comensales en la mesa contigua.

—Santo cielo. Lo siento. —Se cubre la boca con una servilleta—. No me esperaba esa respuesta.

—Está bien. Soy consciente de cómo suena.

—¿En serio? Porque básicamente me estás diciendo que eres Indiana Jones.

—Menos el revólver y el látigo.

—Por favor, explícamelo.

—Viajo por el mundo y consigo cosas para gente.

—¿Gente rica?

—Tienen un apetito feroz por curiosidades invaluables.

—¿Y luego qué?

—Una vez que tengo el artículo, hago la entrega y me pagan.

—Haces que suene tan sencillo, pero debe de haber una razón por la que querrían que un marine veterano haga el trabajo, ¿verdad?

—Habilidades transferibles —dice—. Los artículos que consigo no están siempre en las manos de la mejor gente. Hace falta negociar, y yo soy un muy buen negociador.

—Desmond Bell, eres tal vez la persona más fascinante que haya conocido en mi vida.

El camarero se acerca a la mesa.

—¿Van a ordenar algo más?

—La cuenta —dice Desmond.

Degradé deja la cuenta sobre la mesa y recoge los platos vacíos. Desmond ojea la cuenta rápido, se mete la mano en el bolsillo y saca su cartera. Toma unos billetes que incluyen una propina del diez por ciento y los pone sobre la mesa.

—¿Vamos? —le pregunta a Linh.

Ella asiente con la cabeza y Desmond se pone de pie y le retira la silla.

—Qué caballero.

—Así me enseñó mamá.

—¿Y dónde está mamá por estos días?

Él hace una pausa y dice otra mentira.

—Por desgracia murió.

—Mierda —dice Linh—. No hago más que meter la pata. Lo siento.

—No te preocupes. La gente muere. Me encantaría que no sucediera, pero sucede.

—Pero, igual duele —dice ella—. Yo pienso en mi *bà ngoại* todos los días.

—¿Puedo mostrarte algo?

—Claro que sí.

Salen del restaurante y se suben al carro de Linh. El nerviosismo de Desmond da paso a una sensación cálida y burbujeante en el estómago. Es nueva, o al menos es una sensación que no ha experimentado en mucho tiempo.

—¿Adónde vamos? —pregunta Linh y arranca el motor.

—¿Sabes llegar al centro desde aquí?

—Creo que puedo arreglármelas.

· · ·

Llegan a un parque cerca de Williams Tower, un rascacielos inmenso que se ha convertido en un monumento de Houston por la mera razón de su gran tamaño. Se bajan del carro y caminan por un sendero de concreto rodeado de robles y follaje, hasta que llegan a una imponente fuente con forma de herradura.

—Este es uno de los primeros lugares a los que vine después de dejar el servicio militar. No sé bien por qué, pero estar cerca de esta agua, oírla, me ayuda a pensar.

—Es bellísima —dice Linh—. Enorme, pero bellísima. ¿Cuánta agua cree que bombea esta cosa?

—Oí que es algo como más de cuarenta mil litros por minuto. La llaman la pared de agua.

—No creo haber visto nada igual en mi vida, pero ahora que la he visto, me alegra que haya sido contigo. —Toma la mano de Desmond—. Gracias por ir a cenar conmigo.

—Gracias por golpear a mi puerta para invitarme.

Ella tira de su mano, lo acerca y le besa la mejilla.

—Hay algo que debo decirte —dice Desmond.

—¿Lo que digas va a arruinar este momento?

—Creo que sí… O, bueno, en realidad, no sé. Pero es la verdad…

—Entonces, ¿puede esperar?

—Sí —dice él—, supongo que puede esperar.

—Confío en ti, Desmond. Si puede esperar, entonces disfrutemos de este momento.

—Está bien —dice y se acerca a Linh. La toma de la cintura y la besa como si no importara nada más; y en ese instante nada importa.

. . .

Tras la puesta de sol, encuentran un pequeño bar de cócteles y disfrutan de unos tragos. Se sientan muy juntos y no hablan demasiado mientras observan las carcajadas y sonrisas de la escasa concurrencia que baila al ritmo del *soul* y la música *country*.

Cuando llegan a la pensión, Linh lo guía a través del café y suben las escaleras. Lo besa en el pasillo bajo la tenue luz de una vieja bombilla; luego entra en su habitación y deja la puerta entreabierta. De pronto, Desmond teme. Se pregunta si está cometiendo un error. Cree que está sentando un precedente peligroso. Pero la felicidad no se consigue fácilmente, y tampoco es barata. Y a pesar de que se ha resignado a llevar una vida nómada de gran soledad, no es lo que Mai habría querido para él. Ella querría que él fuera feliz, que conociera el amor una vez más. Y por mucho que él quiera creer que se merece el afecto de Linh, no lo merece. Es un asesino, un ladrón, un mentiroso...

—¿Vienes? —lo llama Linh desde la habitación.

Desmond espía por la abertura. Ella está de pie, desnuda. La luz de la luna ilumina su espalda; la ropa está apilada a sus pies.

—Sí —dice, entra a la habitación y cierra la puerta.

CAPÍTULO SEIS

NIA

Nia se prepara para retirarse del hotel al mediodía. Casi ha terminado de empacar su maleta cuando suena su celular.

—¿Hola? —Al otro lado está el *sheriff* Rowe; habla de prisa—. *Sheriff*, más despacio, por favor —dice Nia.

—Tiene que venir a la casa de Fletch —dice jadeando—. Tenemos una situación. Es complicada, Adams. Mierda que es complicada.

A Nia le toma diez minutos llegar a la casa de Fletch. Se estaciona en la acera de enfrente detrás de una fila de vehículos del *sheriff*. La camioneta de Rowe está estacionada en la entrada de carros de la casa, junto con otros sedanes sin distintivos. Hay vecinos en el borde del jardín con lágrimas en los ojos, congregados alrededor del buzón. Los agentes del *sheriff* marcan un perímetro.

—Esta es la escena de un crimen —dice uno de ellos haciendo un movimiento de brazos para mantener a los vecinos curiosos al margen—. Déjenos hacer nuestro trabajo. O si no tendremos que llevarlos a la estación por interferir con la investigación.

Nia le muestra su placa al agente.

—Rowe está adentro —dice él—. La estaba esperando.

Ella se toca el sombrero a modo de saludo y camina por la entrada de carros hasta el frente de la casa. Hay otro agente apostado en la puerta que se hace a un lado y la deja pasar.

Una vez adentro, Nia rodea el charco de sangre de la entrada. En la casa hay más agentes que caminan de un lado a otro, junto con examinadores médicos y el equipo forense del condado. Nia sigue el sonido de la voz de Rowe hasta el fondo y lo encuentra parado en el pasillo cerca de la puerta, blanco como un fantasma y con la frente empapada.

—Adams —dice—. Vino…

—¿Dónde están los cuerpos?

—En la habitación principal. —Rowe señala la cama *king* saturada de sangre sobre la que Fletch y su esposa fueron descartados y apilados uno sobre el otro como un cúmulo de basura—. Los encontró la enfermera a domicilio. La puerta trasera estaba sin llave. El asesino seguramente salió por ahí.

—Ya veo —dice Nia.

—Nadie ha tocado los cuerpos todavía —dice él—. El equipo sigue juntando evidencia. Tuve la sensatez de llamar al FBI, pero pensé que si usted seguía aquí… —busca las palabras adecuadas—. Es que… no le encuentro explicación. ¿Por qué alguien haría algo así?

Nia se acerca a los cuerpos para verlos bien.

—A él le dispararon. A bocajarro —dice ella—. Creo que el método de ejecución de la femenina fue similar. Cercano. Íntimo.

—Su nombre es Keisha. Era su esposa.

—Keisha —dice Nia de forma sombría y se acerca al cuerpo—. Le cortaron el cuello con una hoja muy afilada. Es casi quirúrgico.

—No hay señal de una entrada forzada —dice Rowe.

—Porque abrieron la puerta. —Nia mira el agujero en la cabeza de Fletch—. No reconocieron el peligro hasta que fue demasiado tarde.

—Hay algo más —dice él.

—¿La hija? ¿Dónde está?

—La encontraron en su habitación. Estrangulada sobre el colchón. Creemos que fue atacada sexualmente. Posiblemente mientras estaba inconsciente. No hay heridas que indiquen que se haya defendido. —Hace una mueca como si oliera algo podrido—. ¿Con qué clase de puto enfermo estamos lidiando?

—Depende.

—¿De qué?

—¿Dónde está su amigo, el Sr. Katz?

La cara de Rowe empalidece aún más.

—Dios santo... —se abanica con el sombrero—. ¿Usted cree...?

—Es la pieza que falta —dice Nia mientras gira y lleva a Rowe hacia el pasillo—. Nunca hubo ningún tipo de intención de investigar el atraco al banco ni de trabajar como seguridad. Quería averiguar qué sabía su departamento. ¿Se tomó el trabajo siquiera de averiguar con el banco si ellos realmente lo habían enviado?

—Pues... no —dice—. No nos pareció necesario.

Ella suspira.

—Claro.

—O sea que, ¿usted me está diciendo que él les hizo esto a Fletch y a su familia?

—Estoy segura.

—Ese pendejo asesino de la verga trajo toda esta locura a nuestro pueblo. —Rowe se seca la frente y el cuello con un pañuelo; sigue luciendo como si estuviera a punto de vomitar—. Lo invité a comer costillas...

—Es causa y efecto —dice Nia—. El atraco precipitó su llegada. La pregunta es quién lo envió. —Va al comedor y analiza la alfombra impregnada de sangre debajo de la mesa—. Todo ocurrió aquí.

—Dirige su atención al nombre ensangrentado que cruza la mesa—. Forzó a Fletch a escribir esto, pero no se molestó en borrarlo. ¿No le resulta extraño?

—¿Tal vez no le dio tiempo? ¿Se distrajo con la muchacha?

—No —dice ella—. Quería que usted lo viera. Ahora se está divirtiendo con usted. Sabe que esto lo excede, *sheriff*.

—¿Perdón?

—No es momento para egos. Katz, o quienquiera que sea, es un asesino profesional. ¿Tiene a alguien investigando su nombre?

—Ya me ocupo —dice—. Y voy a emitir una orden de búsqueda. Que se rastree por todo el condado.

—No se moleste —dice ella—. A estas alturas Katz no está ni remotamente cerca. Seguro ya hay cientos de kilómetros entre él y Ellis. Use a su gente para sondear el vecindario. Vaya puerta por puerta, averigüe si la gente vio u oyó algo. Reúna la mayor cantidad de testimonios que pueda. Tal vez podamos atar los cabos de lo que ocurrió aquí… y averiguar quién mierda es Al Bouchard y por qué un hombre muerto escribió su nombre sobre una mesa.

—Creí que regresaba a Houston. —Rowe pone los brazos en jarra y estira el cuello hacia delante, como un lince que huele a su presa—. O sea, podemos tener aquí al FBI en un abrir y cerrar de ojos.

—No, no pueden… Me necesitan a mí, y, si no lo ve, tal vez no debería llevar esa placa.

—Cómo le da la puta cara…

—Me da porque tengo el deseo de ayudarlo, y como Katz hizo todo esto sabiendo que había una *ranger* en el pueblo, no solo le envió un mensaje a usted, sino que me lo envió a mí también.

—¿Y cuál es el mensaje?

—Que no le teme a nada. ¿Quién sabe hace cuánto se dedica a esto? Puede que tenga más cadáveres en su haber que nosotros dedos en nuestras manos y pies.

—¿Y usted cree que puede detenerlo?

—*Sheriff*, no me queda otra.

• • •

Los técnicos de la Oficina del Médico Forense llegan para retirar los cuerpos de la casa. Los sacan en bolsas, atados a camillas con correas. No importa cuántas veces Nia haya visto llevarse a víctimas fallecidas de la escena del crimen, jamás se vuelve rutinario. Apenas unas horas antes respiraban, vivían sus vidas… y ahora, borrados.

El equipo forense recoge muestras de sangre y esparce polvo para las huellas dactilares. Nia sabe que no van a encontrar nada que le pertenezca a Katz. No es un aficionado.

Su celular vibra. Es un mensaje de texto de McCann. Cinco minutos más tarde le llega uno de Sharon. Nia sale de la casa y pasa junto a un ayudante del *sheriff* que fuma un cigarrillo mientras vigila el perímetro. Al final de la entrada a la casa, hay un niño latino con una camiseta de 2Pac y una gorra de los Houston Rockets ladeada, como si fuera del *uptown* de Harlem. Tiene siete u ocho años, y está montado a una bicicleta que parece pertenecerle a alguien mucho menor.

—¿Está bien Fontaine? —pregunta el niño.

—Hola. ¿Cómo te llamas?

—Tomás.

—¿Conoces a los Fletcher?

—Fontaine a veces me cuida cuando mis padres salen a cenar y regresan tarde. ¿Está bien?

Nia se inclina para quedar a la altura del niño.

—Lo siento —le dice—. Pero Fontaine no está bien.

—Entonces, ¿es verdad? ¿Alguien los mató?

—¿Eso es lo que oíste?

—Todo el mundo anda diciendo lo mismo —dice—. El Sr. Willoughby dice que es un asesino serial.

—¿Y tú qué sabes de asesinos seriales?

—Solo lo que he visto en la tele.

—Bueno, yo no creo que sea un asesino serial, así que no tienes de qué preocuparte.

—Ah, no, yo no estaba preocupado —dice—. Nuestra casa parece la Armería Round Rock. Mi papá dice que ojalá el asesino hubiera golpeado a nuestra puerta.

—¿Puedo hacerte unas preguntas? Me podrían ayudar con la investigación.

—Okey.

—¿Oíste o viste algo extraño anoche? ¿Tal vez alguien que gritaba o chillaba? Tal vez corrían o hacían mucho alboroto en la calle.

—No.

—¿Qué hay de perros que ladraban? ¿Oíste algo de eso?

Hace una pausa y mira hacia el cielo para pensar.

—Oí que los perros del vecino ladraban mucho.

—¿Sabes a qué hora fue eso?

—A eso de las nueve —dice—. Se suponía que debía estar durmiendo, pero los perros del Sr. Willoughby estaban como locos.

—Nueve de la noche. Okey.

—Em, ¿usted es *ranger*? —pregunta.

—Así es.

—¿Alguna vez… o sea…, le disparó a alguien?

Ella duda y luego responde:

—Sí.

—No manches —dice—. Qué loco. O sea que, cuando atrape al
villano, ¿qué si no quiere ir a la cárcel? ¿Ahí es cuando le dispara?

—Esperemos que no haga falta.

—Sí, pero ¿y si no le queda otra?

—Entonces sí —dice ella—. Si no me queda otra…

—¡Qué padre! ¿Cree que algún día tal vez pueda ser *ranger*?

El niño es muy joven, pero Nia se pregunta si el interés que muestra por las armas y por disparar es una curiosidad natural o algo más.

—Puedes ser lo que tú quieras. Solo asegúrate de que, sea lo que
sea, lo hagas por las razones correctas.

—Chido. —El niño gira la bicicleta en la dirección opuesta y se va
pedaleando calle abajo. Luego grita—: ¡Adiós, señora *ranger*!

Nia piensa en Powers y en el tipo de crianza que le estará dando a
sus hijos. ¿Qué tipo de enseñanzas les da un hombre como Powers a
sus hijos? Quizá sean las mismas lecciones que ha estado recibiendo
Tomás en su casa y, de ser así, no puede más que preocuparse por el
futuro y por las próximas generaciones de agentes policiales.

Se mete en la Explorer y llama a McCann.

—Señor —dice—. Habla Adams.

—Vaya desastre que tienen allí en Ellis. Rowe me llamó hará una
hora para ponerme al tanto.

—¿Lo llamó? ¿Qué le dijo, exactamente?

—Que hay una familia entera muerta. Me expresó la necesidad
de que te quedaras en el pueblo.

—No puedo decir que tengan la experiencia suficiente para manejar este tipo de cosas.

—Cuentas con mi autorización, Adams. Lo que le ha sucedido a esa comunidad es algo horroroso. No se lo merecen. Ningún lugar lo merece. Que haya un *ranger* va a enviar el mensaje correcto.

—¿Y cuál sería ese mensaje?

—Que quienquiera que haya matado a esa gente será llevado a la justicia.

—Haré lo que pueda, señor. De lo que pude reconstruir, el sospechoso puede haber matado a las dos víctimas mayores al principio del encuentro; luego abusó de la hija, la estranguló y se retiró del lugar a eso de las nueve, lo cual indicaría que estuvo en la casa una hora o más.

—Por todos los cielos. Absolutamente horroroso.

—¿Le dice algo el nombre Al Bouchard?

—Me temo que no.

—¿Le importaría indagar un poco? No sé cuánto podrá tardar la investigación del *sheriff*, y el tiempo apremia.

—Veré qué puedo averiguar.

Nia cuelga y llama a Sharon. Anticipa que será una conversación corta. Nia siempre es menos locuaz cuando está trabajando en un caso, en especial si es tan desconcertante.

La llamada va al correo de voz:

—Hola, soy yo —dice Nia—. Vi tu mensaje. Por eso te llamo. Espero que estés bien. No estoy segura de cuándo voy a regresar a casa. Te vuelvo a llamar cuando pueda.

Corta la llamada llena de culpa porque en cierta medida siente alivio de que Sharon no haya contestado.

Nia descansa un momento con los ojos cerrados y se prepara mentalmente para regresar a la matanza que hay adentro. Luego se compone y vuelve a entrar a la casa de Fletch. Los agentes y el equipo forense siguen procesando la escena. Concentran todos sus esfuerzos en el comedor donde Fletch y su esposa encontraron su destino final, pero a Nia le interesa un espacio reducido al fondo de la casa que parece haber sido utilizado como oficina o habitación para huéspedes. Contra las paredes hay una cama individual, un pequeño escritorio y un archivador. Nia lo abre. Contiene carpetas colgantes organizadas por tema: arreglos de la casa, banco, impuestos, hipoteca, médicos/salud y una carpeta sin etiqueta. Nia toma la carpeta que dice «Hipoteca» y ojea los documentos, más que nada extractos bancarios que muestran saldos pendientes y cartas del Colonial Trust Bank que amenazan con una venta judicial. La carpeta de «Médicos» contiene cuentas de distintas intervenciones: tomografías computadas, resúmenes de consultas con especialistas neurológicos y visitas al hospital de veteranos de guerra. Toma la carpeta sin etiquetar. Adentro hay tres fotos en blanco y negro de Fletch con uniforme, sus papeles de licencia y su testamento. Nia observa una foto de Fletch donde posa con otro soldado: los torsos desnudos, espaldas anchas, del hombro le cuelga un M16. Tienen tatuajes idénticos en los brazos. Ella recuerda el dibujo que hizo la secretaria del gerente del banco y se lo saca del bolsillo trasero del pantalón. Compara el dibujo con la tinta en los antebrazos de los soldados: asombrosamente, casi idénticos.

Mira el dorso de la fotografía donde alguien ha escrito: «Hermanos de la vida: yo y Al».

Al Bouchard es más que un nombre en una mesa. Es un marine, tal vez aún lo sea, y probablemente sirvió en el pelotón de Fletch. Pero está en algún lado, y está en peligro. Y si Nia quiere encontrarlo antes de que lo encuentre Katz, debe actuar con rapidez.

CAPÍTULO SIETE

KATZ

El Sr. Katz pasa la noche en un motel de Dallas, a sesenta y cinco kilómetros de Waxahachie. Sabe que sería mejor poner más kilómetros entre él y el condado de Ellis, pero necesita ver a su madre. Cuando amanece, conduce hasta la casa de dos plantas en la que se crio y se mete en la entrada para carros.

La casa no ha sido renovada en veinte años. El pasto está crecido, al igual que los arbustos. Su hermana, de mediana edad, esbelta, rubia, sale por la puerta principal con una cangurera de estampado batik colgando de la cadera. Solía guardar su arsenal allí: su coca y sus cigarrillos. Por estos días lleva la medicación de su madre y su celular.

Él se da cuenta enseguida de que está de mal humor: camina agitada y parlotea como un perrito faldero.

—¿Qué haces aquí, Richie?

—Qué gusto verte, Mary Beth.

—No te hagas —dice—. Te dije que no te aparecieras así.

—Andaba por aquí. Quería ver cómo sigue.

—Está bien, y te lo podría haber dicho por teléfono si alguna vez te dignaras a llamar.

—¡No me hables así! —grita al borde de la ira—. No tienes idea de lo mucho que estuve trabajando estos últimos meses, y no hay forma de saber cómo estuviste usando el dinero. Hasta donde yo sé, te inhalaste hasta el último centavo.

—Vete a al carajo, Richie. Mamá está bien cuidada.

—Entonces no tendría que ser un problema que la vea.

—Pero es la hora del desayuno —gimotea como cuando eran niños—. Necesita comer.

—¿Y?

—La última vez no se terminó la comida. Ni siquiera después de que te fuiste.

—No se da todos los días que la venga a visitar su hijo favorito —dice—. Se emociona.

—Ya, vete mucho a la mierda.

—No me voy sin antes verla.

—Carajo —dice ella—. Que sea rápido.

Atraviesan el garaje donde está estacionada una camioneta Buick de 1972. No la han usado en años. Le pidió a su hermana que la vendiera, pero ella se niega; aún alberga la esperanza de que su madre vuelva a manejar algún día. La última vez que su madre caminó sin la ayuda de un bastón fue en 1995. Nunca se levantará de su silla de ruedas, a menos que ocurra un milagro. Y los milagros no existen.

Adentro, los muebles están pasados de moda. Piezas antiguas de los sesenta, cuando los diseños escandinavos de sillas giratorias eran populares y la gente se sentaba en sillones enfundados en plástico.

Él mira hacia la cocina. Hay una cacerola sobre la estufa donde hierve agua.

—¿Qué hay para el desayuno?

—Lo único que come es avena.

Mary Beth lo guía a través de una puerta corrediza de vidrio y hacia el jardín trasero donde está su madre sentada en una silla de ruedas, frente a un enorme roble. Está arropada con una fina frazada que él reconoce de hace diez años. Sus piernas, con una hinchazón del tamaño de un elefante, están metidas a presión en sus zapatillas de cama.

—¿La dejaste así? —pregunta él.

—Está mirando los pájaros.

Las urracas claman y graznan desde lo alto del árbol.

—A nadie le importan una verga los cuervos —dice.

—A ella sí.

—¿Cómo mierda lo sabes?

—Mírala. Se ve feliz —dice Mary Beth—. Todos los días, no ve la hora de hacerlo.

Él se arrodilla delante de su madre.

—Hola, mamá. Tanto tiempo.

La sonrisa de la anciana está torcida; de las encías oscuras brotan dientes manchados. Su piel está plagada de forúnculos y manchas. Parece casi leprosa, pero él nunca lo diría en voz alta. No hay ningún deleite en envejecer, piensa. Es solitario y aburrido y deprimente.

Ella estira el brazo para tomarle la mano y gesticula palabras sin sonido.

—Te lo dije —dice Mary Beth—. Está bien.

—Se ve más flaca.

—Tú intenta hacerla comer algo que no sea avena o un sándwich de queso tostado.

—No importa —dice él—. Mientras coma algo, está bien.

—El otro día me crucé con Christy Robach en Walmart. Me preguntó por ti.

—¿Cómo está? —pregunta él y frota la mano seca y frágil de su madre.

—Se veía bien. O sea, debe de tener treinta y pico ahora. Estaba con un par de chamaquitos. Pero no le vi anillo.

—Qué bien —dice, escuchando a medias—. Me alegro por ella.

—Me preguntó qué andabas haciendo por estos días.

—¿Y qué le dijiste?

—La verdad. No tengo ni idea de qué haces ni por qué mierda estás vestido como para un funeral, y ¿desde cuándo te volviste judío?

Se había olvidado de quitarse la estrella de David del cuello.

—No es nada.

—Definitivamente parece ser algo.

—No molestes, Mary Beth.

—Okey. Como quieras —dice—. En fin... Christy me dio su número. Me dijo que te dijera que la llames.

—No me interesa.

—Mira tú, ¿y por qué? ¿No es tu tipo?

Él mira su reloj.

—Necesito hacer una llamada.

—Ah, okey. Hazla —dice ella—, pero el horario de visita sigue corriendo.

Él se aparta de su madre, entra a la casa y se sienta en la sala. Llama a Dice.

—¿Qué averiguaste? —le pregunta—. Dime que tienes algo.

—Según los registros militares Al Bouchard está muerto.

—¿El cabrón está muerto?

—Accidente de carro en 1986. Parece que también murieron su esposa y su hija.

—No tiene sentido.

—Tal vez Fletcher mintió.

—Yo sé cuando alguien miente.

—La última dirección que se le conoce está en Austin.

—Dámela.

—1568 West Plano Parkway.

—¿Tuviste noticias de los clientes?

—Sí... El Gran Ed llamó dos veces y le gustaría saber por qué te estás tardando tanto.

—Dile a ese rico de la verga que se relaje. El trabajo se va a hacer.

—Richie, ¿estás seguro de que...?

—No, no le digas eso —dice—. Dile que estoy avanzando. En poco tiempo tendrá esos artículos de nuevo en sus manos.

—Se acabó el tiempo —dice Mary Beth y entra con paso firme a la sala—. Necesito seguir con mi día y prepararle el desayuno. Ella tiene hambre, y tú tienes que irte.

—Dame un segundo, ¿okey?

—Nop —dice—. Ya lo acordamos. Se acabó el tiempo.

—Dios, eres insoportable.

—Es mi casa. Mamá me la dejó a mí, y yo digo cómo se hacen las cosas por aquí.

Él balbucea:

—Siempre fuiste una chingada metiche.

—¿Qué mierda dijiste?

Él cuelga la llamada.

—A la mierda, ¡me voy!

—Y no te molestes en volver. —Lo sigue hasta la puerta de entrada—. Estás completamente loco, ¿lo sabías? La próxima vez que vea a Christy Robach le voy a decir la verdad.

—¿Ah, sí? ¿Y cuál es la verdad?

—Que eres un puto friqui. Siempre lo fuiste y siempre lo serás.

—Vete a la verga.

La puerta mosquitera del porche chilla cuando Katz la abre; baja tambaleándose, con Mary Beth pisándole los talones.

—Si llegas a volver, llamo a la policía —le dice—. Puedes quedarte con tu plata de mierda. Nosotras nos arreglamos solas.

Él se sube al carro, mete la llave con fuerza y espera. Está que echa humo. No puede pensar con claridad. No es como cuando trabaja y tiene todo bajo control. Golpea con los puños contra el volante mientras lo bombardean visiones de dolor y sangre.

No lo piensa más, baja del carro y entra a la casa de nuevo. Su hermana está en la cocina, vertiendo la avena en el agua caliente.

Ella pega un grito.

—¿Qué haces? ¡Te dije que te largaras!

Él la agarra del cuello y la tira al piso. La cacerola se derrama desde la estufa y le salpica agua caliente en la piel.

Grita aún más fuerte.

—Debería matarte, mierda —le dice—. La única razón por la que respiras es porque mamá te necesita —tiene la boca a centímetros de su oreja, tan cerca que si quisiera podría masticarle el lóbulo y arrancárselo del cráneo—, que si no, te cortaría el cuello y dejaría que esos putos cuervos te coman los ojos. Le daríamos un buen espectáculo a mamá.

—Por favor, Richie… Por favor… —Está demasiado petrificada como para llorar. Se le llenan los ojos de lágrimas y se quedan atrapadas ahí. Le tiembla el labio, pero su cuerpo está quieto. Es incapaz de hacer nada más que rezar.

Una vez que pasa la agitación, él le suelta el cuello y queda allí de pie con las manos cerradas en un puño.

—Puedes esperar mi visita todos los meses de ahora en adelante. Y si me entero de que estás gastando en merca el dinero que te mando para ella, la mudo a un hogar y serás tú la que quede en una puta silla de ruedas.

El mayor odio que ha sentido jamás, lo ha sentido hacia su familia. Primero, su padre, un narcisista malévolo; luego, su hermana sumisa, aturdida por la droga. Esta es la vez que ha estado más cerca de matarla; y, así de rápido como entró hecho una furia, sale, se sube al carro y se aleja a toda velocidad.

• • •

Conduce durante cuarenta minutos hasta la última dirección de Al Bouchard y se estaciona delante de una granja abandonada. Lo único que queda es un granero decrépito junto a una caballeriza. Se baja del carro y se acerca al edificio.

—¡Mierda! —grita cuando pisa un reservorio de barro—. Me cago en la puta verga.

Mira el granero devorado por las termitas, con dos tercios de su techo de lata en pie, y concibe su desgracia.

Es un callejón sin salida.

El tiempo no está de su lado.

—¡MIERRRRDAAAAA! —El eco de su aullido parece extenderse kilómetros.

CAPÍTULO OCHO

DESMOND

Desmond rompe dos huevos en un bol, les da una batida ligera y los vierte en una sartén enmantecada. Cocina los huevos a fuego lento hasta que están firmes. Cuando están listos, los sirve en un plato con dos tajadas de tocino glaseado con miel de maple y una tostada. Saca una servilleta y un tenedor del cajón, y sube el plato a la habitación de Linh.

—Preparé el desayuno. —Entra a la habitación balanceando el plato sobre la palma de la mano como un experto camarero—. La tostada está bien crujiente, como te gusta a ti.

El camisón de Linh es una camiseta de la Universidad de Austin extragrande que deja un hombro descubierto.

—¿Estás seguro de que me gusta así o te sale así?

—Buena pregunta —dice y apoya el plato en la mesita de noche.

Linh se acomoda una almohada detrás de la espalda, se incorpora y prueba los huevos.

—Perfecto —dice—. Me podría acostumbrar a todo esto.

Desmond también podría acostumbrarse. Se suponía que debía abandonar la pensión hace un día, pero no ha sido capaz de darle la noticia de su partida a Linh. Le llevó un poco de introspección darse cuenta de por qué. Hace tiempo que no tenía una razón para levantarse por la mañana que no estuviera relacionada con llevar a cabo un trabajo, y hace dos días que está embelesado con la idea de quedarse en Houston y ver cómo se van dando las cosas con Linh.

Ella le da un mordisco al tocino.

—Guau —dice y hace ruido al masticar. A Desmond le resulta enternecedor.

—Te dije que estaba delicioso —le dice—. Grasa de cerdo y tostada seca.

—Dios bendiga a los Estados Unidos de América… ¿Qué planes tienes hoy?

—Voy a ir a Clear Lake a ver a un amigo.

—Pero ¿qué hay de tu camioneta? Sigue en el taller.

—Tomo un taxi, o lo que sea.

—¿Un taxi? De ninguna manera —dice ella—. Llévate mi carro.

—No, no podría, Linh. Está bien. En serio.

—Un taxi es demasiado caro, y el autobús le agregará una hora al viaje. —Se lame la grasa del tocino de los dedos, sale de la cama y toma las llaves del carro que están sobre la cómoda—. Insisto —dice y se las entrega a Desmond.

—Okey —dice él y se mete las llaves en el bolsillo—. Te lo traeré de vuelta con el tanque lleno.

—Más te vale —bromea Linh—. ¿Nos vemos esta noche?

—Tal vez sea un poco tarde.

—Estaré despierta —le dice—. Gracias por el desayuno.

Él se lame la grasa del tocino que le quedó en los labios después del beso de Linh.

—Nos vemos luego.

• • •

Desmond se detiene en una licorería y compra cigarrillos, una botella de agua y un teléfono celular prepago. Enciende un cigarrillo y llama a Fletch con el prepago. Cuando nadie contesta, intenta de nuevo. Sospecha que Fletch no responde porque tiene la mandíbula herida, lo cual sigue haciéndole sentir culpa a Desmond. Nunca fue su intención pegarle tan fuerte, pero tenía que verse real para no levantar sospechas. Teniendo en cuenta el dinero que Desmond piensa girarle, una mandíbula rota es un pequeño precio a pagar.

Termina su cigarrillo, no intenta llamar de nuevo a Fletch y se sube al Corolla de Linh. Es mucho más cómodo que su vieja camioneta, y el tapizado huele a ella, lo cual lo tiene embobado, como un adolescente. No le importará pensar en Linh durante la hora de viaje y, cuanto antes pueda terminar con su asunto, antes podrá regresar con ella.

• • •

A medida que Desmond entra en Clear Lake, se siente tan extranjero como se sentía en Vietnam. Tiene poco en común con la gente que ocupa las costosas casas sobre el lago. Incluso con su dinero y sus privilegios, sus vidas parecen innecesariamente complicadas. Nunca ha deseado más que la simpleza: su familia segura y dinero en el banco. Pero eso tiene sus condiciones. Esta vez, las cosas serán diferentes. Es posible una vida con Linh, lejos del crimen y los negocios perversos. Tiene dinero más que suficiente para durarle tres vidas. No les faltará nada y, tal vez, solo tal vez, pueda tener una familia de nuevo.

Se mete con el carro en la entrada de una casa de dos plantas con un porche que le da toda la vuelta, fachada de ladrillo y columnas griegas. Se destaca entre las demás casas, y Desmond se pregunta si es intencional. Se estaciona, baja del carro y se dirige a la puerta de entrada con las monedas de oro y el manifiesto de esclavos en un portafolio de aluminio. Cuando está a unos metros de la puerta, esta se abre y aparece Marco, un hombre jovial de cincuenta y tantos. Lleva el torso desnudo, gafas de sol y una visera; es un nuevo estilo, junto con un acento que Desmond nunca le oyó usar. Hace seis meses Marco estaba vestido como un corredor de bolsa de Wall Street, hablaba como alguien de Brooklyn, vestía ropa Armani y llevaba un bigote de manillar.

—Amigo, ¿por qué tardaste tanto? —pregunta Marco.

—Tráfico.

—Te ves delgado —le dice—. ¿Has estado comiendo?

Desmond le sigue la corriente:

—Estoy consumiendo menos alcohol. —Se golpea la barriga—. Y menos chicharrón.

—Okey. Okey. —Marco lo rodea con el brazo—. No importa. Preparé tu plato favorito.

—¿En serio?

—Por supuesto. Cualquier cosa por mi querido amigo.

Desmond susurra:

—Te lo estás tomando muy en serio, ¿no te parece?

—Ya entra a la casa. —Marco lo lleva hasta el interior y cierra la puerta con un golpe. Irritado con la farsa se quita la visera y la tira al piso—. Estos vecinos chismosos creen que soy un golfista de Costa Rica retirado.

—No estás vestido como un golfista. Más como un tenista profesional venido a menos.

—Lo hice lo mejor que pude. Abre el portafolio.

Desmond entra a la sala, casi vacía si no fuera por una mesa de juego y dos sillas.

—Lindo lugar. Me encanta como a ti te toca una residencia de vacaciones y a mí una habitación sin cagadero.

Pone el portafolio sobre la mesa y lo abre.

Marco se calza un par de guantes de algodón y saca la bolsa de tela con las monedas.

—Exquisito —dice mientras inspecciona una con una lupa—. Se creía que se habían destruido en la guerra entre México y Estados Unidos. Las encontraron en lo que ahora es South Pasadena, California, en uno de los últimos adobes de esa era, y por alguna razón acabaron en las manos de los Duchamp.

—¿Robadas?

—Seguramente, y luego vendidas o canjeadas.

—Deberían estar en un museo.

—Naturalmente —dice Marco—. Pero hasta entonces, hacen que tengamos la sartén por el mango para negociar. —Mete la mano en el portafolio, saca el manifiesto de esclavos y lo coloca con cuidado sobre la mesa—. Pero esta belleza lo cambia todo.

—¿En serio crees que los Duchamp van a pagar cinco millones para que todo esto no salga a la luz?

—Hay una razón por la que lo escondieron en una caja fuerte durante más de un siglo. Pero no se trata del dinero. Se trata de la obediencia que compra. Queremos que el hijo de Duchamp suspenda su campaña política.

—Hay muchísima gente en Texas, qué digo Texas, en este país a la que no le va a interesar el pasado de los Duchamp. Hayan sido dueños de esclavos o no, les gusta el mensaje y se lo tragan con gusto.

—En privado, sí —dice Marco mientras lee los nombres en el manifiesto—. Tal vez no les disguste una familia que ganó dinero gracias a la esclavitud. Pero, en público, la mayoría de la gente quiere simular que tiene algo de decencia, o al menos proyectar que la tiene por afuera. Políticamente correctos. Honorables. Así es la mayoría de la gente. Y así son los Duchamp. Por estos días, se presentan como amigos de los veteranos de guerra porque reservan puestos de trabajo para excombatientes. Pero la verdad es que los veteranos son mano de obra barata y trabajadora. Estos hombres se desloman trabajando por peniques. Y antes que ellos, los Duchamp explotaban a los aparceros. Décadas antes, cientos de africanos esclavizados trabajaban en sus plantaciones de Texas a Luisiana. ¿Cuánta gente crees que murió para que triunfaran los Duchamp?

—Demasiada —dice Desmond—. Lo entiendo. A la gente así hay que estarle encima.

—Autócratas con sonrisas radiantes que profesan tener un mandato divino para salvar a los Estados Unidos.

—¿Salvarlo de qué?

—Del futuro. ¿De qué más? Y ahí es donde entramos nosotros.

—¿Y a nosotros quién nos está encima? El poder corrompe absolutamente. ¿Recuerdas?

Marco se tensa.

—No recuerdo que sonaras tan desilusionado. ¿Qué te pasó?

—Nada. Fue una semana larga, eso es todo. —Desmond se pellizca el puente de la nariz—. ¿Ya me puedes dar el dinero? Tengo que girarle su mitad a Fletch.

—Aguarda un segundo —dice Marco mientras mete el manifiesto en un sobre plástico—. Este tipo, Fletch, de verdad confías en él, ¿no?

—Jamás lo habría involucrado si no confiara en él.

—Pero no es uno de nosotros. Esto que hacemos…

—Calma… —Desmond esboza una sonrisa petulante—. Estás empezando a sonar como Michael Corleone.

—Es alguien de afuera que no sabe cómo operamos.

—Confía en mí. Pongo las manos en el fuego por Fletch. Además, estoy en deuda con él.

—Ah, sí, Vietnam. El infierno que nos une a todos. —Marco descuelga un cuadro: un paisaje al óleo con marco de bronce. Apoya el cuadro en el piso de mármol y descubre una caja fuerte empotrada en la pared del ancho de una caja de zapatos. Gira el dial de la combinación a la izquierda, luego a la derecha y a la izquierda de nuevo—. Supongo que no tendría que maldecir esa jungla perdida. Después de todo allí te encontré. —Se abre la caja fuerte y mete la mano—. Mi prodigio.

Desmond se encoje de hombros.

—Ya sabes lo que pienso de todo eso. Es un acuerdo y nada más.

—Pues, es verdad. Te enseñé todo lo que sé. Volqué en ti mucho más que en cualquier otro aprendiz y probaste ser un ladrón magistral. Pero hay una lección que no llegué a enseñarte.

—¿Cuál? —dice Desmond.

—A mentir mejor. —Marco gira sobre sus talones y le apunta a Desmond con una Beretta calibre .22.

—¿Qué demonios, Marco? —Desmond alza las manos por encima de la cabeza—. ¿Qué te pasa?

—No le vas a girar ningún dinero a Fletch.

—Mierda que no —dice—. Es lo que acordamos.

—Nunca debiste involucrarlo. ¿Cómo pudiste ser tan estúpido?

—Vamos Marco. Dime qué pasa. ¿Qué es todo esto?

—No hay nada que decir. Las ruedas ya están en movimiento.

—¿Qué ruedas? ¿Qué mierda está pasando?

—Lo que hiciste te puso en este lugar...

—No hice nada más que lo que arreglé contigo —dice—. Ahora baja esa puta arma y dime qué está pasando.

—¿No lo sabes?

—¡¿Saber qué?!

—Fletch está muerto, y su familia también. No hacen más que pasarlo en las noticias, que deberías de haber estado monitoreando.

El estómago de Desmond se contrae; se dobla hacia delante y recuerda la última vez que se reunieron.

—Ay, Dios —dice—. ¿Muerto? No. No puede ser.

—¿Cómo mierda no lo sabes?

—No vi las noticias —dice y recuerda el tiempo que pasó con Linh—. Estuve ocupado. Debí prestar más atención.

—Bueno, sé que tú no lo mataste. Entonces, ¿quién lo hizo?

—No lo sé —dice Desmond mientras los pensamientos cruzan por su cabeza a toda velocidad—. Solo intentaba ayudarlo. —Siente las piernas ancladas al piso. Se sostiene contra la pared con la palma de la mano—. Yo jamás lastimaría ni a Fletch ni a su familia.

—Ese es el problema, ¿no te parece? Porque alguien lo hizo. Y me hizo pensar... —Marco sigue apuntándole a Desmond con el arma—. Alguien en algún lado sabe que él te ayudó, lo que significa que es una cuestión de tiempo hasta que lleguen a mí, y eso pone a toda esta organización en peligro.

—¿Los Duchamp?

—Tienen el dinero y los recursos —dice Marco—. Supongo que los subestimé.

—Mira, Marco. Yo siempre te voy a agradecer lo que hiciste por mí, pero tal vez esto sea una señal.

—¿Qué señal?

—La de dejar que este sea mi último trabajo... borrón y cuenta nueva.

—¿Quieres irte ahora? —Marco se ríe—. ¿Después de soltarme encima esta montaña de mierda caliente?

—Yo la voy a limpiar —dice Desmond—. Voy a averiguar qué pasó con Fletch y su familia y lo voy a arreglar.

—No tienes opción. De lo contrario, esa vida que planeas, con la que has soñado, no va a ocurrir. Lo veo en tus ojos. —Marco se acerca a Desmond y lo fulmina con una mirada llena de sospecha—. ¿Quién es? La mujer que te convenció de una segunda oportunidad.

—¿Quieres hablar? Entonces baja el arma y lo hablamos como dos personas adultas.

Se oye una frenada en la entrada. Se apaga un motor. Marco se acerca a la ventana y espía a través de las cortinas.

—Mierda. Llegaron —dice.

—¿Quién llegó?

—Siéntate y cállate.

Segundos después suena el timbre, seguido de un golpe en la puerta. Marco se mete el arma en el bolsillo y va a la puerta principal. Desmond no se mueve.

Ingresan tres hombres vestidos con ropa elegante de golf: kakis, camisetas polo metidas en el pantalón y viseras. Uno rubio que mastica un palillo acompañado de dos brutos. Todo sería muy peculiar si Marco no estuviera fingiendo ser un golfista profesional. Estos hombres están comprometidos con el plan tanto como él, pero claramente nunca en su vida han pisado un campo de golf. Al igual que Desmond y Marcus, son miembros de la Orden Fraternal de Delincuentes, también conocida por su nombre más arcaico, *Ordo fraternus furum*. Él ha oído rumores de tribunales: reuniones en las que se sopesa y se juzga el accionar de un hombre, se decide un castigo y nunca más se sabe nada de él. Incluso si alguien fuera a sobrevivir un tribunal, ¿en qué estado quedaría? ¿Desmembrado y sin lengua? ¿En un coma permanente, pasando el resto de sus días en estado vegetativo?

La Orden Fraternal de Delincuentes ha existido por siglos, pero suena más absurda que clandestina. A Desmond su cualidad de sociedad secreta de capa y puñal le resulta cursi, pero nunca ha dudado de su importancia para los de rangos más altos.

—¿Es él? —pregunta el rubio—. ¿Este es el hombre al que llaman Desmond Bell?

—Sí —dice Marco—. Pero cometí un error. No debí involucrarlos.

—Tú no eres de cometer errores, Marco. ¿Qué pasó?

—Saqué conclusiones sin tener toda la información. Desmond no estaba al tanto de los asesinatos en Ellis.

—Qué interesante —dice el hombre rubio—. Sin embargo, me llamaste porque creíste que él había puesto en peligro a esta organización y, como bien sabes, no hay nada más importante que nuestra clandestinidad.

—Sí, ni siquiera la amistad —dice Marco y mira a Desmond.

—Un presentador de televisión lo llamó una carnicería. El trabajo del «Carnicero del Condado de Ellis».

—Tú sabes cómo son las noticias: «si la sangre se derrama, primera plana», ¿verdad?

—¿Quieres decir que la muerte de la familia no es tan terrible como la presentaron?

Marco empieza a transpirar. Primero el ceño, luego las axilas.

—Es que Desmond y yo conversamos, y fui un poco presuntuoso. Su reclutamiento del marine veterano no parece tener ninguna conexión con los asesinatos. Una coincidencia trágica. Nada más.

—Cuando hablamos por teléfono sonabas muy convencido de su participación.

Desmond succiona entre dientes:

—Mierda, Marco —murmura.

Marco calla a Desmond con un chis, como si fuera un niño que habló sin permiso.

—Espera —dice el hombre rubio—. Me gustaría escuchar al Sr. Bell. ¿Qué explicación tiene de sus acciones?

—Marco me advirtió que no involucrara a Fletch. Me dijo que estábamos corriendo un riesgo excesivo, pero creí haber tomado todas las precauciones necesarias.

—¿Qué haces? —pregunta Marco—. Es un puto tribunal.

—Estos hombres vinieron hasta aquí, así que merecen saber la verdad.

El hombre rubio se saca el palillo de la boca y se lo tira a Marco.

—Déjalo terminar —dice—. Y ¿cuál es la verdad, Sr. Bell?

—No estaba seguro de la lealtad de Fletch —dice—. Dudaba de que pudiera soportar una investigación policial, así que me hice cargo del asunto.

—¿Usted es responsable de estos asesinatos?

Desmond agacha la cabeza. Jamás se le ocurrió que mentiría acerca de su mejor amigo, pero se dice a sí mismo que Fletch lo entendería. La misión siempre precede a lo demás. Pero igual no mitiga la culpa de mancillar la memoria de su hermano.

—¿Y la niña? —dice el hombre rubio, sin dejar de indagar—. ¿Usted la violó y la estranguló?

Desmond mira a Marco y niega con la cabeza, incrédulo.

—¿Violaron a Fontaine?

—¡Ya basta! Usted no asesinó a los Fletcher. —El hombre rubio saca la pistola que tiene en la cadera—. Me están haciendo perder el tiempo.

Antes de que el hombre rubio pueda jalar el gatillo, Marco pega la Beretta contra sus costillas, apunta a la cabeza del hombre y dispara dándole en la clavícula. El hombre rubio pega un chillido y colapsa. Los otros hombres se apresuran atolondrados a sacar las armas de pistoleras abrochadas a sus cinturones.

Desmond se catapulta desde la silla, agarra las piernas de uno de los brutos y lo tira al piso. Forcejea y le quita el arma de la empuñadura al hombre, controla el cañón, se lo incrusta en el ojo derecho y le rompe la órbita. El bruto se sacude y patea. Desmond lo aquieta con un rodillazo en la entrepierna y luego le atraviesa el cráneo de un disparo.

Marco le dispara al otro hombre y le pega otro tiro al rubio por si acaso.

Hay sangre y tejido en las paredes y el techo.

Desmond le apunta a Marco:

—Quieto.

—¿Me vas a apuntar con esa cosa después de lo que acabo de hacer por ti?

—¿Cuál es tu jugada, Marco?

—¿Jugada? No hay ninguna puta jugada. Mira este lugar —dice y señala a los muertos—. Se acabó.

Desmond baja el arma.

—Yo no quise que llegara a esto.

—Entonces, deberías haber cerrado la puta boca y hecho tu trabajo.

—Lo siento.

—No tanto como lo sentiremos los dos.

—Entonces, ¿qué hacemos?

—No hay excusa para matar a miembros de la fraternidad. —Marco se mete la Beretta en el bolsillo—. Empezamos una guerra, pero supongo que no me sorprende.

—¿Qué quieres decir?

—Te saqué de una zona de guerra —dice y se sienta en la silla plegable—. Es lo que sabes hacer, y el espíritu de la muerte y la matanza te sigue adonde vayas, ¿o no?

Desmond no quiere creer que está maldito, pero se le ha cruzado por la cabeza.

—Deberíamos salir de aquí.

—No. —Marco echa la cabeza hacia atrás y mira la sangre salpicada en el techo—. Esta es mi última parada.

—No hablas en serio.

—El alcance de la fraternidad es ilimitado —dice—. No hay manera de escapar.

—Podemos intentar hablarles —dice Desmond—. Usar la diplomacia.

—¿Quién mierda te crees que es esta gente? ¿La Naciones Unidas? Alteran la historia; lanzan y ponen fin a las carreras de políticos, de dictadores, de gerentes de compañías. Destruyen corporaciones.

Financian milicias. Acciones que influenciaron la gobernabilidad de países alrededor del planeta, incluido este. Y jamás nos perdonarán.

—La marioneta…

—Veo que lo recuerdas.

—Esa noche en el bar cuando nos ofreciste sacarnos de Vietnam a Mai y a mí, me preguntaste si creía que era mejor ser la marioneta o el titiritero. Pero había sido una marioneta toda mi vida y estaba harto de los hilos.

—Uno nunca deja de ser la marioneta de alguien o de algo —dice Marco y se pone de pie—. Te ofrecí riqueza, una iniciativa y un propósito más allá de morir por un país que jamás te aceptará. Y a cambio, hiciste todo lo que te pedí, y lo hiciste bien.

—¿Un intercambio justo?

—Creo que sí.

—Mai no estaría tan de acuerdo.

—Nunca dije que no habría pérdidas.

Desmond mira su reloj.

—Pronto llegará la policía u otro tribunal. Sea el que sea, si te quedas aquí, eres hombre muerto.

Marco se mete la mano en el bolsillo, saca un cigarrillo, se lo pone en la boca y lo enciende.

—Estoy demasiado viejo para correr. Estoy listo para lo que sea que me toque.

—No seas estúpido. Podemos salir de aquí. Hay suficiente tiempo para ir…

—No —dice—. Si te adelantas a ellos lo suficiente, tal vez te quede algo de esperanza.

—Marco, escúchame…

—Ya escuché suficiente —dice—. Tu objetivo ahora es seguir vivo. Toma el dinero de la caja fuerte, el portafolio y vete.

—Puedo hacer que lleguemos hasta la frontera y de ahí a un refugio.

—¡Que te vayas, carajo!

—Okey, Marco. Okey. —Desmond saca los billetes de la caja fuerte, se mete en los bolsillos cincuenta mil en billetes de cien, y mete el manifiesto de esclavos y las monedas de nuevo en el portafolio.

—Tú sabes lo que tienes que hacer —dice Marco exhalando remolinos de humo con los labios—. Vete y no vuelvas nunca más. ¿Entendido?

Desmond camina hasta la puerta.

—Adiós, Marco.

Los ojos de Marco despliegan un vacío espeluznante.

—Le enviaré tus saludos a Mai.

Afuera, Desmond abre la puerta del lado del acompañante de la furgoneta. En la consola hay montada una radio a transistores. En el piso hay un pedazo de papel con el número de matrícula de Linh escrito en tinta azul. Camina hasta la parte trasera de la furgoneta y abre la puerta. Una sábana cubre un cajón de madera que contiene un AK-47, tres cargadores y gafas de visión infrarroja.

Saca el cajón, lo pone junto con el portafolio en la cajuela del Corolla de Linh y se sube al carro.

Marco está parado junto a la ventana, fumando, mientras Desmond sale en reversa por la entrada. Cuando vuelve a mirar, Marco ya no está.

• • •

Desmond regresa a la pensión y ve a Linh regando el césped en chancletas y su sombrero de ala ancha. Ella lo saluda con la mano, efervescente y jovial. Él cree que esta podría ser la última vez que lo saluda con tanta calidez.

Linh se acerca mientras él se baja del carro.

—¿Cómo te fue? —le pregunta.

—Tengo que mostrarte algo.

—Okey.

Desmond abre la cajuela donde están el rifle, la munición y las gafas que les confiscó a los hombres muertos.

—Guau —dice ella—. ¿Hiciste una parada en una convención de tiro?

—No —le dice—. No es mío.

—Mira, Desmond, la verdad es que tengo prohibidas las armas en la casa. Lo dice el contrato de la renta.

—Es para protección.

—¿Protección de qué? ¿Un oso pardo?

—No fui honesto contigo...

—Ay, Dios —dice ella—. Yo tenía razón, ¿no es cierto? Estás huyendo... eres un fugitivo.

—Escúchame —le dice y la toma del brazo—. Necesito que te vayas de Houston.

—¿Que qué?

—Los hombres que me persiguen rastrearon tu matrícula. A estas alturas podrían saber tu nombre y tu dirección.

—Desmond, no es gracioso.

—No estoy bromeando, y mi nombre no es Desmond.

Linh agita la mano sobre su pecho:

—No puedo respirar.

—Relájate —le dice él intentando contenerla—. Tómatelo con calma.

—No me pidas que me relaje. —Le saca la mano de un empujón—. O sea, ¿en qué más me estás mintiendo? ¿Y por qué demonios necesitas un arma? ¿Qué puedes haber hecho para necesitar esta cosa?

—Mi trabajo —le contesta—. Es lo único que hice, pero eso se acabó.

—No eres un cazador de tesoros, ¿verdad? —Se tapa la cara con las manos—. Dios, nada más decir esas palabras suena jodidamente ridículo. ¿Cómo demonios pude creerte...?

—Yo no compro cosas para gente rica. Les saco cosas.

—Eres un ladrón.

—Igual, las cosas que me llevo, nunca las tendrían que haber tenido.

—Y estas cosas, ¿qué haces con ellas?

—Antes se las daba a mi operador, y él me pagaba.

—¿Y él qué hace con las cosas? ¿Se las entrega a la policía o al Gobierno?

—No —dice él mientras observa los vehículos que pasan—. Expone su existencia al público en general a menos que le paguen grandes sumas de dinero o hagan lo que él quiere.

—O sea, ¿extorsión?

—Es más complejo.

—No suena para nada complejo. Bastante sencillo según lo veo yo.

—No es buena gente, Linh.

—Y tú… —se le quiebra la voz—. ¿Tú sí eres buena gente, Desmond? O como mierda te llames.

—Al —le dice—. Me llamo Al Bouchard, pero hace décadas que no uso ese nombre.

—Como si importara… eres un mentiroso y un criminal.

Una camioneta blanca baja la velocidad frente a la propiedad, frena por un instante, y luego pasa a toda velocidad.

—Deberíamos entrar —dice él mientras sigue observando a cada vehículo que pasa con la agudeza de un halcón.

Linh chista y luego marcha hasta el porche delantero. Desmond la sigue con el cajón del arma y el portafolio con los objetos robados.

Ella sube al pasillo de la planta alta y él la sigue.

—Vas a tener que empacar para al menos una semana. —Suena más como Al Bouchard: endurecido y al mando.

—¿Puedo al menos opinar al respecto?

—No —le dice—. Es por tu propia seguridad. ¿Adónde vas a ir?

—A la casa de mi tía, cerca de San Antonio.

—Voy a necesitar su número de teléfono y su dirección.

—¿Qué hay de los residentes que tengo aquí? Tengo que decirles algo y explicarles lo que pasa.

—Yo me encargo. Tú empaca.

Linh entra a su habitación, cierra de un portazo y deja a Desmond del otro lado, reflexionando sobre el peso de una vida sin ella. A Mai la perdió por los peligros de su profesión y pronto también va a perder a Linh.

Baja las escaleras y la espera en el porche. Diez minutos más tarde ella sale de la casa con un bolso, pasa junto a Desmond y camina hacia el carro.

—Espera un segundo —dice él acelerando el paso para alcanzarla—. Te quiero dar algo.

—¿Ahora qué?

Él saca quinientos dólares del bolsillo y se los ofrece.

—Por favor, tómalo.

—¿Por qué?

—Por favor, Linh…

—No —dice ella—. Yo no sé cómo funcionan las cosas en tu mundo, pero el dinero no lo arregla todo.

Abre la puerta de atrás del carro, tira su bolso en el asiento, se sube adelante y cierra la puerta.

Desmond golpea la ventanilla y le hace un gesto para que la baje.

—Nunca quise hacerte daño —le dice—. Tienes que saberlo.

—… pero aquí estamos, ¿verdad? —Ella le da un papel con algo escrito—. El número y la dirección de mi tía.

—Te llamo cuando pueda.

—¿Y si no? —Interpreta el silencio de Desmond. Sube la ventanilla con los ojos llenos de lágrimas antes de derramar alguna y sale marcha atrás de la entrada de carros.

Desmond sigue al Corolla con la mirada mientras se dirige hacia el norte por la autopista y luego desaparece.

Entra a la pensión y toca a la puerta de la anciana. Cuando abre, le explica que tienen que fumigar la casa por las termitas y que Linh está ocupada coordinando el tema de la fumigación.

—Creo que esto podrá cubrir cualquier inconveniente y el tiempo que tenga que quedarse en un hotel.

Le da mil dólares y ella accede a marcharse en una hora.

Luego, se lo informa al estudiante universitario que casi se desmaya cuando Desmond le presenta el dinero.

—Mi *ông* está muy enfermo —dice—. Debo regresar a Dong Nai. Esto es una bendición.

El muchacho lo abraza. Desmond no está acostumbrado a que lo toquen extraños, pero se entrega al abrazo. Es un pequeño gesto de bondad, un interludio de la culpa por el daño que ha causado.

Solo le queda esperar que algún día Linh lo entienda y lo perdone.

CAPÍTULO NUEVE

NIA

¡Sharon! —grita Nia—. ¡Llegué!

La casa sigue igual que como la dejó. Un tanto desordenada, pero era de esperar. Ni ella ni Sharon disfrutan de las tareas hogareñas. Sharon ha sugerido una empleada doméstica, pero Nia es demasiado desconfiada como para tener a una extraña en su casa.

Deja caer su bolso y sus cosas junto a la puerta de entrada, y revisa una pila de correspondencia que hay sobre la mesita de la sala.

—Cariño, lleguéeee —dice imitando lo mejor posible la famosa frase de Desi Arnaz—. ¿Dónde demonios estás?

Ignora la correspondencia y se pone a buscar, en la cocina, en las habitaciones, en el baño. Sharon no es ajena a grandes rencores, aunque nunca le duran más de un día. Pero las cosas han estado raras entre las dos últimamente: tensas y conflictivas. Es posible que siga molesta por la pelea de hace varios días.

Nia va hasta el garaje.

—Amor, ¿qué sucede?

Sharon, de rodillas en el pavimento, mete las manos en una cubeta de agua jabonosa, saca una esponja y frota con vigor el capote de su Lincoln LS.

Nia se acerca.

—¿Qué pasó?

Los ojos de Sharon están rojos e hinchados. Nia conoce esa cara; ha estado llorando mucho. Seguramente horas.

—Mira lo que hicieron —dice Sharon con la mandíbula apretada—. Malditos animales.

En letras blancas sobre el capote se leen los insultos: «Tortillera», «Queer», «Prostituta».

—¿Quién hizo esto?

—No lo sé —dice Sharon y mete la esponja de nuevo en la cubeta—. Lo encontré así cuando salí del juzgado.

—¿Del juzgado? Pero hay seguridad por todas partes.

—Como si importara…

—Alguien tiene que haber visto algo, y están las cámaras. ¿Llamaste a la policía? ¿Hiciste la denuncia?

—No, Nia. Y tampoco busqué huellas dactilares.

—Solo estoy tratando de cubrir todos los frentes, ¿okey?

—¿Todos los frentes? ¿Eso es lo que te importa? O sea, por Dios… ¿podrías reconocer, al menos por un segundo, lo tremendamente jodido que es todo esto? ¿Sabes lo que se siente ver esto ni más ni menos que en tu lugar de trabajo? —Se para y tira la esponja al piso—. ¿Cómo reaccionarías si salieras de tu oficina y vieras esto? Y supieras… o sea, supieras en lo más profundo de tu corazón, que fue alguien a quien seguramente ves todos los días. Tal vez te sonrió a la cara y te estrechó la mano, y después fue y te hizo esto.

—Estaría furiosa.

—Sí, Nia, mierda, sí estarías furiosa. Tal vez querrías conversarlo con alguien que entienda este tipo de dolor.

—Amor, yo…

—Pero esa persona no está, y no puedes contarles a tus colegas, ni siquiera a la policía, ¡porque entonces se podría correr la voz de que hay alguien en algún lugar que cree que eres una maldita tortillera! Y así como así, ya no eres una víctima. Eres una enferma… una abominación a la que le dieron su merecido.

Nia apoya la mano sobre el hombro de Sharon.

—¡No me toques!

Hace un movimiento brusco hacia atrás que le hace perder el equilibrio, cae al piso y vuelca la cubeta.

—Déjame que te ayude a levantarte —dice Nia y le extiende la mano.

—Estoy bien.

—Vamos, amor.

—¡Déjame tranquila!

—Pero estoy aquí, Sharon… Lo estoy intentando.

—Solo una parte de ti —dice mientras sigue rechazando la mano de Nia—. Hace mucho tiempo que no estás *aquí*.

—Eso no es justo.

—¿Quieres hablar de lo que es justo?

—Estoy haciendo todo lo que puedo para que esta relación funcione.

—Ay, por favor. Si esto es todo, no me gustaría ver lo que sería un poco.

—No hay nada que te venga bien, ¿verdad?

—No te preocupes por el carro —dice Sharon—. Me voy a ocupar igual que me ocupo de todo… sola.

—Lo siento, Sharon. No sé qué más decir.

—Ya vete.

—¿Podemos hablar?

—¡Que te largues!

Sharon solloza y Nia se apresura a salir del garaje.

• • •

Han pasado tres meses desde que Nia visitó a su padre en el Centro Federal de Detención de Houston. La prisión de máxima seguridad tiene dos unidades de vivienda penitenciaria y alberga a unos novecientos reclusos. El padre de Nia ha cumplido veinte años por sus crímenes y podrá obtener la libertad condicional en 2023… eso es si el mundo sigue girando para entonces y él sigue respirando.

Nia espera en el cuarto frío de concreto mientras los guardias buscan a su padre en su celda. Suele avisarle una semana antes de visitarlo para que pueda afeitarse y estar presentable. Le importa mucho más a él que a Nia, pero ella entiende su necesidad de decoro en un lugar que se nutre de la barbarie.

Joseph Turner entra al cuarto arrastrando los pies. Viste un overol naranja y tenis blancos sin cordones. A ella siempre le pareció que se veía más apuesto con una barba incipiente, pero él se rasura con cuidado, molesto con cualquier indicio de vello facial. Le gusta decirle a Nia que ella heredó la belleza de su madre, pero la piel canela, el prominente mentón partido y los ojos color miel embelesarían a cualquier mujer. Por eso era un ladrón de bancos tan efectivo. A menudo se lo describía como «de aspecto agradable» y «fino» en los informes policiales. Algunas cajeras hasta admitieron haber escrito sus números de teléfono en el dinero antes de entregárselo. O sea que su padre rara vez debió recurrir a amenazas con un arma cargada; lo más efectivo era el coqueteo de una plática.

El guardia corre la silla de la mesa y encadena a su padre al piso.

—Hola, papá —dice Nia.

—No me dijiste que venías, cariño…

—Visita espontánea.

—Bueno, no me quejo. Este tipo de sorpresas me alegran el día.

Ella camina hasta él y lo abraza:

—Te extrañé.

—Yo también te extrañé, cariño… ¿todo bien?

Ella no quiere que se termine el abrazo, pero el guardia se impacienta.

—Sentémonos, papá.

—Está bien —dice él, y se acomoda en la silla—. ¿Qué anda pasando? ¿Cómo está Sharon?

—Las cosas han estado un poco complicadas últimamente. Siento que nos estamos alejando.

—Las relaciones pueden ser difíciles. Quizá estén atravesando un mal momento. Les pasa a muchísimas parejas.

—Estos días estuve pensando que tal vez la gente como nosotras no esté destinada a que funcione.

—No quiero oírte decir eso, Nia. Te mereces ser feliz, igual que todo el mundo.

Ella le toca la mano a su padre e intenta recordar un tiempo en el que no estuviera encadenado.

—Y también estoy lidiando con un caso —le dice—. No logro encontrarle la vuelta.

—¿Atraco?

—Así empezó, pero se transformó en otra cosa... algo más grande.

—¿Cuánto se robaron?

—Ese es el tema... —Se aprieta el puente de la nariz con los dedos—. No se llevaron nada de dinero de la bóveda, pero vaciaron una vieja caja fuerte.

—¿Qué había en la caja fuerte?

—No estoy segura, pero no era dinero.

—¿Un atraco en el que no se llevaron nada de dinero?

—Así es —dice ella—. Y después asesinan al guardia de seguridad que estuvo presente en el atraco, y a toda su familia.

—Suena a crimen organizado. ¿Pandillas, tal vez?

—No parece —le responde—. El asesino hizo que el guardia escribiera un nombre con sangre antes de matarlo. Parece un tanto descuidado irse sin borrarlo. No parece ser el *modus operandi* de la mafia; y las pandillas prefieren los tiroteos desde carros en marcha, no invadir hogares.

—O es un desafío...

—Eso es lo que pensé yo.

—¿Y el nombre?

—Resultó ser de alguien ya fallecido.

—¿Quién?

—Un veterano que murió en los ochenta.

Joseph da golpecitos rápidos con los nudillos sobre la mesa. Es algo que hace cuando piensa.

—¿Qué hay, papá?

—Se me acaba de cruzar por la cabeza un nombre del pasado —dice—. Bouchard.

Nia se queda helada. Se le hace un nudo en la garganta.

—Di ese nombre de nuevo.

—Alan. Alfred. No recuerdo bien. Pero casi todos lo llamábamos Bouchard. Era un marine que había servido en Vietnam. Tengo entendido que tuvo dos períodos de servicio allí. Luego regresó a casa y se dedicó a robar bancos. La gente decía que había hecho un pacto con el diablo, que fue como logró traer a su mujer desde Vietnam.

—Lo que hacemos por amor —dice Nia—. ¿Robar bancos? ¿Supongo que no estaban contratando en Whataburger?

—No lo disculpo, pero no fue fácil para los soldados negros que regresaban de la guerra. Colocados con la droga. El estrés postraumático. Una mala economía. Solo digo que todos tomamos decisiones en la vida. A veces es la decisión equivocada por las razones correctas.

—¿Estás seguro de que estás hablando de Bouchard?

—No somos tan diferentes, él y yo. Los dos pagamos un precio por nuestros errores. Solo que él lo pagó con sangre. Es como siempre te digo, a todos se nos cierra el telón tarde o temprano.

—¿Lo pagó con sangre?

—Un asesinato orquestado —dice—. Yo nunca hice ningún trabajo con Bouchard, pero conozco gente que sí. Era uno de los mejores. Ni la policía lo podía tocar. Luego empecé a oír cosas, como que ya no robaba bancos y que andaba detrás de las cosas de la gente.

—¿Activos personales?

—Me refiero a cosas que guardaban muy cerca. Cosas de las que no querían que se enterara nadie. Se decía que le había robado un reloj costosísimo al alcalde del condado de Denton. El tipo tenía más de cincuenta relojes. Rolex, Piguet, LeCoultre, mierda realmente cara. Tal vez llegara al millón de dólares. Pero Bouchard sólo se llevó un reloj.

—¿Qué tenía de especial?

—Eso, mi querida, es un misterio. Pero, cuando ese alcalde se enteró de que detrás del robo estaba Bouchard, lo persiguió. Hizo que Bouchard y su familia perdieran el control de su carro y tuvieran un accidente. Murieron todos: él, su esposa y una bebé. Un mes después de que enterraran a los Bouchard, encontraron a ese alcalde corrupto ahorcado en el sótano de su casa, rodeado de mierda nazi de la guerra. Resulta que había estado comerciando en el mercado negro durante años, y su especialidad era la parafernalia nazi. Hasta tenía una colección de dientes de víctimas de los campos de concentración.

—Ay Dios, papá. Qué horror. ¿Cómo sabes todo eso?

—Cuando has estado aquí dentro tanto tiempo como yo, oyes cosas. ¿Quieres que te diga lo que pienso de OJ?

—Paso. Me tengo que ir, papá —dice ella y empuja la silla hacia atrás.

—¿A dónde vas?

—Depende de adónde me lleve esta investigación. —Abraza a su padre y le hace una seña al guardia—. Cuídate.

—Gracias por la visita, cariño. —El guardia se agacha para desencadenarlo del piso—. Ten cuidado allí afuera, ¿me oyes?

—Trata de no preocuparte por mí.

—Pequeña, detrás de estas paredes, no tengo más que preocupaciones.

• • •

Una vez dentro de la Explorer, Nia llama a McCann desde su celular. Él contesta la llamada después del tercer timbre, y suena como si estuviera masticando algo grasoso.

—Aquí, McCann.

—Habla Adams —dice ella—. ¿Alguna novedad de la Unidad de Integridad Pública? Buena o mala.

—Nada que amerite contar, pero hoy entrevistaron a Powers.

—¿Que hicieron qué? ¿Con qué argumento?

—En realidad, Powers se ofreció.

Nia ha sido la única cara marrón en un departamento de hombres blancos el tiempo suficiente como para saber lo que eso significa. Powers está jugando la carta del buen muchacho blanco tradicional. Quiere decir que Nia está relegada a ser una fuereña, lo cual no le augura nada bueno si la verdad sale a la luz.

—Dígales que quiero testificar.

—¿Estás segura de que te quieres ofrecer así?

—¿Qué otra opción tengo? Si nadie me va a defender, me tengo que defender sola.

—Calma, Adams. Estás asumiendo que Powers te vendió.

—Le apuesto un maldito caballo.

—Lo mejor que puedes hacer es seguir trabajando en el caso de Ellis. Ha acaparado un poco de atención nacional y puedes usarla a tu favor. Nadie va a colgar a la *ranger* que salvó vidas en el Banco Central y que llevó ante la justicia al Carnicero del Condado de Ellis.

—¿Colgar?

—No fue la mejor metáfora —dice—. Pero sabes a lo que me refiero.

—Claro que lo sé. Quiere que me ponga una capa.

—Tengo fe en ti, Adams.

Hasta cuando McCann la apoya, ella nota un dejo de condescendencia. Le importa más preservar su puesto que preservar a Nia; si eso significa enterrarlos a ella y a Powers, pues que así sea.

—¿Alguna novedad de Al Bouchard? —pregunta ella.

—Me acaba de llegar. Según los registros militares, está muerto. Hasta revisé para asegurarme de que no se hubiera estado manejando con otro nombre mientras seguía enrolado en el Ejército. Lo único que salta es una vieja dirección de una granja comercial de cacahuates cerca de Austin. Parece que no ha operado en años.

Pasa un camión y a Nia le cuesta oírlo.

—¿Dijo granja de cacahuates?

—Así es. 1568 West Plano Parkway. Un número considerable de hectáreas.

Nia escribe la dirección en su libreta.

—¿El terreno sigue a nombre de Bouchard?

—Lo pusieron en un fideicomiso hace un tiempo.

—¿Y el ejecutor?

—Todo eso está detallado en una firma de abogados. Trillium y Boger. Aguarda un segundo, te paso la dirección —dice y remueve unos papeles—. Okey, aquí está: 600 de la calle Commerce.

—Copiado. Ya salgo para allá.

• • •

Nia está parada afuera de la puerta de la firma de abogados. En el vidrio esmerilado se lee «Trillium & Boger Firma de Abogados, LTD, LLP». Ya tocó dos veces, y el lugar parece vacío.

Un hombre negro vestido con un overol de conserje está de pie al final del pasillo con una escoba en la mano.

—Señorita —dice; su pelo canoso necesita desesperadamente un corte—, se fueron a las cuatro.

Nia mira su reloj. Son más de las cinco.

—Me imaginé que era poco factible encontrar a alguien.

—Ah, usted es una *ranger* —dice cuando ve su placa—. Es muy joven.

Nia reacciona un tanto sobresaltada:

—¿Perdón?

—No, lo digo como algo bueno —dice él—. Quiere decir que tiene más tiempo de cambiar las cosas. Sabe, yo sé mucho sobre los *rangers*. En mi época hasta intenté convertirme en uno. En ese entonces las cosas eran diferentes. Mucho antes de que apareciera Lee Roy Young.

—Ya veo —dice Nia.

—Mucho antes de que empezaran a aceptar mujeres. Pero ya basta de hablar de mí —dice—. Está buscando a los abogados.

Ella asiente con la cabeza.

—¿Van a regresar hoy?

—Me temo que no. Ven a la mayoría de sus clientes por la mañana y tienen esos horarios extraños de abogados.

—Gracias. Vuelvo en otro momento.

—No hay problema —dice él con una sonrisa.

—¿Hace mucho que trabaja aquí?

—Desde el setenta y dos —dice—. Una eternidad.

—Debe de conocer muy bien la zona.

—Claro —dice y apoya la escoba contra la pared—. He vivido aquí toda mi vida. Me sigue gustando… la mayoría de los días.

—Tal vez pueda ayudarme —dice ella—. Busco una vieja granja de cacahuates en Plano Parkway. ¿La conoce?

—¿Que si la conozco? Era la granja de Mimi Bouchard. En nuestra época solíamos hacer bailes hasta el amanecer en ese granero.

—¿Tiene idea de por qué dejó de operar?

—El tiempo y las circunstancias, supongo. A la familia se le hizo muy difícil cuando el muchacho se fue a la guerra.

—¿El muchacho?

—Su hijo, Alcott, un nombre que no le gustaba mucho a él. La gente de por aquí le decía Al.

—¿Y está seguro de que no hay nadie a cargo de la propiedad?

—Hasta donde yo sé… —dice—. Mimi es la única que queda para ocuparse de todo, y no la he visto en años. Se convirtió un poco en una ermitaña cuando Al y su familia murieron en ese accidente de carro. Que Dios los tenga en la gloria.

—¿Sabe dónde vive Mimi?

—Pues, a ella no le gustaría que yo ande hablando de sus cosas. Siempre me ha dicho que se me suelta la lengua con las señoritas bonitas. —Regresa a su tarea de barrer la basura y la mete en un recogedor de hojalata—. Pero está cerca de la granja. Es como yo, nacida y criada aquí. La gente como nosotros no tiene otro lugar adónde ir.

—Gracias por su tiempo —dice ella.

—No hay de qué —dice él—. Y gracias por llevar esa placa. Significa más de lo que se imagina que la lleve uno de nosotros.

• • •

Nia revisa el mapa de ruta otra vez: está en el lugar correcto, pero no es lo que esperaba. A medida que se acerca, no hay nada que se le parezca a una granja. Entra a la propiedad a través de un alambrado roto y se estaciona frente al viejo granero. Es inhóspito: maleza crecida y tierra seca.

Se baja de la Explorer y camina hacia la estructura decrépita. Es un milagro que siga en pie. En la puerta hay un letrero que dice «PROHIBIDO PASAR». Un candado que debía evitar la entrada de vándalos y ocupantes ilegales parece estar roto desde hace años. Nia abre la puerta y entra. El piso de aserrín está cubierto de excremento animal; el lugar huele a orina. Las vigas de madera están cubiertas de agujeros del tamaño de la cabeza de un alfiler donde las termitas se han hecho un festín. El granero tiene el largo de media cancha de fútbol americano y el ancho de cuatro Cadillacs Cupé DeVille. Nia puede imaginarse a la gente de fiesta aquí hace tiempo, apretujados como sardinas, tomando licor de frascos, bailando en línea y contoneándose unos contra otros toda la noche.

Nota unos murciélagos que cuelgan de las vigas. Seguramente llegaron al granero atraídos por los ratones que vio correteando por ahí. Camina con cuidado para no pisar el excremento que dejaron. Cuando da un paso hacia un costado para evitar una pila de bolitas, el taco de su bota roza una tapa de metal. Nia despeja el aserrín y la tierra, y ve lo que parece ser un pozo, como una boca de alcantarilla, sellado. Podría llevar a un sótano o a un refugio para tormentas, piensa. Nia sabe que abrir la tapa sin una sospecha razonable o causa probable es una violación de los derechos del dueño de la propiedad, pero hay más en este granero. Puede sentirlo.

Además, no la ve nadie.

Regresa a la Explorer, saca una barreta de uña de atrás y vuelve a entrar al granero sin el sombrero que deja en el asiento del acompañante. Mete la barreta entre el suelo y el metal; rompe el sellado y suelta la tapa; luego, la levanta y la hace rodar hacia un costado. Hay una escalera corta que lleva a un túnel. Saca su pequeña linterna de la funda en su cinturón y alumbra el agujero. El aire está más fresco bajo tierra y huele a moho. Se para en el primer peldaño y baja. En circunstancias normales, pediría refuerzos, pero nada de este caso es normal. Cuando llega al último peldaño, salta al concreto y alumbra en la oscuridad. El túnel es estrecho. Nia está segura de que no es un sistema de irrigación ni de cloacas. No hay aguas residuales y, curiosamente, el túnel está prácticamente seco. Alguien idóneo lo construyó muy bien, pero ¿para qué?

Avanza con la luz delante de ella. El haz no alcanza a penetrar más de tres metros y con cada paso se oye el siseo de cucarachas que se dispersan. El túnel parece interminable, y tras caminar diez minutos llega a otra escalera que baja de una abertura cerrada. Se toma de los peldaños, trepa y hace girar la rueda de apertura hasta que oye un clic. Empuja contra la tapa, pero no cede.

—Mierda —dice al darse cuenta de que su única salida tal vez sea por donde entró.

Se agarra de un peldaño con una mano, sube la palma de la mano, traba el brazo y aprieta los dientes mientras empuja con más fuerza. Hay un pequeño doblez de luz. Mete el mango de la linterna en la abertura, se aferra a la tapa con las manos y empuja de nuevo hasta que llega a deslizar los brazos. Una vez que saca ambos brazos afuera, se empuja hacia arriba y sale del agujero.

Cuando llega a pararse, se encuentra con una mujer mayor con hombros abultados y antebrazos haciendo juego, que sostiene una escopeta de dos cañones.

—No te muevas —le dice la mujer. Lleva puestos una camiseta extragrande, *jeans* y unos tenis Reebok fuera de moda, blancos y de suela gruesa—. Boca abajo. Quiero verte las manos.

—Tranquila. —Nia se acuesta en el piso—. Soy una *ranger*.

—No me importa. ¿Qué haces en mi garaje?

Nia no había prestado atención al lugar al que la trajo el túnel. Es un garaje enorme: vigas de madera y un techo de hojalata. Hay un tractor aparcado junto a ella; hay estantes con herramientas de jardinería, tarros de pintura y frascos con todo tipo de clavos.

—Te lo voy a preguntar una vez más —dice la mujer—. ¿Qué haces en mi propiedad?

—Estoy investigando un crimen.

—Aquí no hubo ningún crimen y, si lo hubiera, eso no te da derecho a arrastrarte por mi búnker.

—¿Búnker?

—Levántate.

Nia se pone de pie con los brazos donde los pueda ver la mujer.

—Fue un error. No debí entrar a su túnel… quiero decir, búnker.

—Mierda que no. Muéstrame tu placa.

Nia señala la placa en su cadera:

—Señora, solo necesito saber si usted es Mimi Bouchard.

—¿Se supone que esa placa es real?

—Por favor, señora —dice Nia—. Creo que su hijo podría estar en problemas.

—Mi hijo está muerto.

—Las dos sabemos que eso no es verdad.

La mujer baja la escopeta.

—¿Alguien más sabe que estás aquí?

—No, señora. Vine sola.

—¿Cómo sabías que había un túnel de acceso?

—Lo encontré de casualidad.

—Nadie ha pasado por aquí en cinco años o más. Pero las cámaras de seguridad todavía funcionan.

—¿Cámaras?

—Por eso supe que venías por el túnel. Las instalé en las paredes de concreto. Los sensores infrarrojos captaron tus movimientos. Generalmente detectan ratas y bichos que se meten ahí, así que imagina mi sorpresa…

—No es mi intención causarle ningún daño. Vine a hablar —dice Nia—. Esperaba que pudiera ayudarme, y tal vez yo pueda ayudarla a usted.

—Ajá… —Se coloca la escopeta sobre el hombro—. Pareces inofensiva. Pero esta Remington no es lo único que tengo. ¿Entendido?

—Sí.

—¿Y tú qué?

—No sé a qué se refiere…

—La pistola que llevas en la cadera, ¿es lo único que llevas?

—Eso y la navaja mariposa.

—Dame el arma. La navaja te la puedes quedar.

—No puedo darle el arma, señora. Va en contra del reglamento.

—Quieres hablar conmigo, lo haces sin el arma. Además, ¿que estés aquí acaso no va contra el reglamento?

Nia se desabrocha la hebilla del Sam Browne con el arma aún en la pistolera y se lo entrega a la mujer.

—Está bien. Vamos adentro —dice la mujer—. ¿Te gusta el *dip* de queso?

—No lo he probado en años. Es difícil encontrar una versión vegetariana.

—¿Qué tipo de tejana no come carne? —pregunta la Sra. Bouchard—. Dios, cariño, un poquito de carne molida no le hizo mal a nadie.

—No puedo decir que sea una verdadera tejana. No nací aquí.

—No me digas. ¿Qué tal si al tuyo sólo le pongo pimientos?

—Está bien, señora. Pero, en serio, no tiene por qué molestarse.

—No es molestia para nada —dice la Sra. Bouchard—. El hecho de que hayas atravesado ese túnel me dice que tienes un motivo medianamente razonable para estar aquí. Te voy a escuchar, y luego te largas.

—De acuerdo, señora. Gracias.

Nia sigue a la mujer desde el garaje, a través de un jardín donde hay una pequeña huerta, hasta unos escalones que llevan a un vestíbulo. Aunque el exterior de la casa parece sacado de una película de época de 1920, adentro está remodelada. Por la iluminación y los pisos, parece haber sido remodelada hace diez o quince años.

—Vas a tener que sacarte esas botas —dice la mujer—. No me vas a rayar los pisos.

Nia se saca las botas. Tiene la navaja mariposa amarrada con velcro al tobillo.

—Entonces… señora Mimi —empieza—, ¿cómo funciona todo esto?

—Solo mi gente me llama Mimi —le dice mientras mete el Sam

Browne de Nia en un armario—. Puedes llamarme señora Bouchard.

—Por supuesto —dice Nia—. Me gustaría saber qué cree que gana Al con esconderse.

—Lo que haya hecho o dejado de hacer mi hijo es cosa suya —dice la Sra. Bouchard y entra a la cocina.

Todos los electrodomésticos son de la marca White-Westinghouse y probablemente fueron adquiridos nuevos en los años setenta. El refrigerador y la estufa se considerarían *vintage*, cosas que tal vez tendrían algún valor para un coleccionista. Nia sigue de cerca a la mujer. Sobre la estufa hay una cacerola con arroz blanco; en una sartén se cuecen a fuego lento frijoles rojos con ajo y hojas de laurel. Sobre la encimera se enfría un bizcocho junto a un bol de lechuga cortada, tomates y pepinos.

—¿Está esperando a alguien? —pregunta Nia—. Parece mucha comida para una sola persona.

—Eres un poco metiche, ¿no te parece?

—Es mi trabajo.

—Pasa y siéntate —dice la Sra. Bouchard y guía a Nia a la sala.

La Sra. Bouchard se sienta en una mecedora y deja la escopeta en el piso. Señala el sofá, y Nia se sienta.

—A ver, ¿por qué tanto interés en Al?

—Es la segunda vez que lo menciona como si no estuviera bajo tierra. ¿Está admitiendo que está vivo?

—Supongamos que, a efectos de esta conversación, lo está.

Nia se mueve sobre los almohadones deformados intentando ponerse cómoda.

—Okey, supongamos. Supongamos que la actividad criminal reciente de Al ha incomodado a gente muy poderosa con muchos recursos, que no da marcha atrás cuando la perjudican. De hecho, esta gente jamás dejará de buscar a Al. Lo cual significa que, si se entera de que está vivo y que tiene una madre que aún vive, tal vez decida visitarla.

La Sra. Bouchard le sonríe a su escopeta como si fuera una vieja amiga.

—Querida, pobre de quien pase por mi puerta en busca de problemas.

—Lo digo en serio.

—No me cabe la menor duda —dice—, pero yo también.

—¿Puede decirme dónde puedo encontrar a Al? —pregunta Nia—. Así puedo ayudarlo, incluso protegerlo.

—Ese muchacho no necesita que lo protejan. Nunca lo necesitó. De hecho, si alguien necesita protección, es la persona que se le cruce. Ahora… —se levanta de la mecedora con un gruñido y toma la escopeta— me voy a hacer un té dulce y a empezar a preparar ese *dip* de queso.

—Okey, señora.

—¿Quieres limón en tu té?

—Sí, por favor.

La Sra. Bouchard vuelve a la cocina con su escopeta.

—Realmente no hace falta que lleve esa cosa con usted —dice Nia—. Vengo a buscar información, no problemas.

—No te lo tomes como algo personal. No he tenido visitas en años —grita la Sra. Bouchard desde la cocina—. Solo estoy siendo precavida. Hoy en día no puedes confiar en cualquiera.

Regresa de la cocina con dos vasos de té con rodajas de limón en el borde y los pone en la mesita de la sala delante de Nia.

—Ya vuelvo con el *dip*.

—Gracias, señora.

Nia toma un sorbo de té. Está endulzado a la perfección. Le recuerda a como solía prepararlo su abuela.

La Sra. Bouchard regresa con un plato de chips de tortilla y dos boles de queso fundido, y los pone sobre la mesa. Para ser alguien que no ha tenido visitas en años, sabe preparar un banquete muy apetecible.

Nia mete un chip en el *dip* y le da un mordisco.

—Delicioso —dice.

—No hay nada mejor.

Nia come y toma más té. No se había dado cuenta del hambre que le había dado el túnel.

—Y... ¿qué otras preguntas tienes para mí? —pregunta la Sra. Bouchard.

Nia está mareada; tiene la boca seca.

—Es picantito —dice.

—Deben de ser los jalapeños.

—No... no me siento muy bien. —Nia empuja el plato y bebe más té.

—A mucha gente no le caen bien los pimientos.

Nia intenta levantarse del sofá con dificultad, pero colapsa de nuevo sobre los almohadones.

—El queso... Le puso algo al queso. —Jadea; la transpiración se acumula en su frente—. ¿Qué me dio?

—Toda esa azúcar en el té; seguramente no le sentiste el gusto...

—¿El gusto a qué?

—No te preocupes, querida. No te voy a matar. Solo vas a dormir una siesta. Después tendremos una verdadera plática.

Nia intenta ponerse de pie otra vez, pero no puede. Cae de nuevo sobre el sofá y cierra los ojos.

● ● ●

Cuando Nia se despierta, está atada a una cama. Le late la cabeza y siente un dolor agudo en el cuello. No tiene la navaja mariposa en el tobillo y sigue con el sabor del té especial de la Sra. Bouchard en la boca. La habitación está pintada de rosa, y tiene un borde de papel tapiz con motivo de Barbie y una colección de casas para muñecas en un estante.

En la puerta está parada una adolescente con un vaso de agua y un pedazo de pan blanco en un plato de papel. A Nia la engañaron. La piel cobriza y las facciones de la muchacha sugieren que es de ascendencia asiática y descendiente de la diáspora negra. Al Bouchard ha orquestado una mentira perdurable. Al igual que él, su hija está perfectamente viva.

—Abue —dice la muchacha—, creo que le diste demasiado.

—Está bien, niña. —La Sra. Bouchard entra a la habitación; del hombro le cuelga un paño de cocina y tiene una compresa fría en la mano—. Toma, ponle esto en la frente.

Le entrega la compresa a la muchacha que se la pone en la frente a Nia con delicadeza.

—No sé, abue. ¿Qué tal si es una *ranger* de verdad? —La muchacha parece de dieciocho, pero suena como si fuera menor; el registro de su voz es agudo y ligero—. Esto podría salir muy mal.

—Pues, violó como veinte leyes cuando entró a esta propiedad. ¿Qué poli conoces que sea tan tonta?

—A miles, abue.

—Ahora voy a tener que sellar esas entradas al túnel antes de que anochezca.

—Quizá haya gente que la está buscando. ¿Qué si alguien ve su carro?

—¿Qué quieres que haga, Amora? Es como te dije, la tendremos aquí hasta que llame tu padre.

—¿Amora? Qué bonito nombre —balbucea Nia y luego tose—. Me alegra ver que estés viva, aunque no sé por cuánto tiempo más.

—¿Qué quieres decir con eso? —pregunta Amora.

—Ah, ¿tu abue no te contó? Tu padre tiene unos enemigos muy decididos.

—Abue, ¿de qué habla?

—No es nada, niña —dice la Sra. Bouchard—. Está hablando por hablar, nada más.

Nia examina la cuerda que tiene atada al brazo derecho y las correas sobre las piernas. Son nudos sofisticados. Algo que esperaría ver hacer a un soldado o a un explorador.

—¿Tú me ataste? —le pregunta Nia a Amora.

—Sí.

—Te enseñó tu padre, ¿verdad? ¿Cuándo lo viste por última vez?

—Ya basta de preguntas —dice la Sra. Bouchard—. Dale la comida y déjala sola.

Amora le entrega a Nia dos rodajas de pan y un vaso de agua.

—Esto debería ayudar con el dolor de cabeza.

—No es la primera vez que tu abue hace esto.

—Cada vez que llega alguien preguntando por...

—Silencio, niña. Ya se te va a soltar la lengua de nuevo. Ve abajo a ver cómo viene la cena.

—Pero abue, es una *ranger*...

—Te dije que fueras abajo, ¡y no me hagas decirlo dos veces!

—Si, señora.

Amora sale de la habitación y cualquier semblanza de amabilidad se va al diablo.

—Mira —dice la Sra. Bouchard—, me importa un bledo que seas una *ranger*. Si quieres salir de esta casa vas a hacer lo que yo te diga. Primero, quiero saber todo lo que sepas de la situación de mi hijo. ¿En qué está metido, exactamente?

—Su nieta tiene razón. Hay gente que me va a buscar.

—Cruzaremos ese puente cuando lleguemos a él. Ahora necesitas responder mis preguntas.

—De acuerdo. Pero antes de decirle lo que sé, yo tengo una pregunta para usted.

—Dios santo, eres un fastidio —dice la Sra. Bouchard—. A ver...

—¿Escondió a Amora todos estos años? ¿Nunca interactuó con otra gente? ¿Nunca fue a la escuela? ¿Nunca tuvo amigos?

—Ya intentaron matarla una vez. No iba a permitir que lo hicieran de nuevo.

—Entiendo —dice Nia—. Pero no puede tenerla aquí para siempre. En algún momento tiene que salir al mundo. Ya es casi una adulta. ¿No merece vivir una vida normal?

—Para ella esto es normal. No conoce otra cosa —dice la Sra. Bouchard empezando a perder la paciencia—. Y tú tendrías que preocuparte por tu propia vida. Ya deja de preocuparte por mi nieta, y dime qué sabes de mi hijo.

—Sé que es un ladrón, y que eso es lo que acabó con la vida de su esposa, y casi acaba con la de Amora. Y sé que robó algo que alguien está desesperado por recuperar. Su amigo marine y su familia están todos muertos por eso.

—¿Un amigo del Ejército? ¿Quién?

—Hakeem Fletcher.

—¿Fletch? Ay, Dios…

—Necesito hablar con Al antes de que haya más víctimas fatales —dice Nia—. Mientras todavía haya tiempo de arreglar las cosas.

La Sra. Bouchard se sienta en el borde de la cama.

—Mi hijo no es un mal hombre. Las cosas que roba no son de gente común y corriente. Esas gentes, son personajes de pesadilla. No responden ni a la ley ni a nadie. Diablos, a veces hasta *son* la ley. Así que él les saca los secretos. Los amenaza con exponerlos si no le pagan.

—Y, cuando pagan ¿le envía el dinero a usted?

—Aguarda un segundo y escucha, ¿okey? No te estoy hablando de gente cualquiera. Son monstruos. Un hombre tenía una colección de dedos meñiques de pies de mujeres. Había frascos llenos que estuvieron almacenados en un sótano durante décadas. Ahora, ¿cómo crees que un tipo se haría de semejante cosa?

—No hay excusa —dice Nia—. Para eso está la policía. Podríamos haber ayudado.

—Todas esas víctimas eran negras y habían estado desaparecidas durante años —dice la Sra. Bouchard con brusquedad—. A la policía no le importó lo suficiente como para investigar a ese hombre blanco porque era dueño de una petrolera cerca del golfo. Se llenó de dinero en este estado. Comía con el gobernador y con los senadores. No tienes que jugar a la sangre azul conmigo, hermana. Has visto a suficientes personas que llevan esa placa como para saber que la gente con dinero y poder viola todo tipo de leyes y se sale con la suya, y a la policía no se le mueve un pelo.

—No todos somos así…

—¿Quieres creerte eso de que eres distinta? Mírame a los ojos y dime que nunca hiciste algo sucio o viste a uno de los tuyos hacer algo sucio con la placa puesta.

Nia se queda en silencio, pero su conciencia habla fuerte y a las claras.

—Me lo imaginaba, y te apuesto que no moviste un maldito dedo al respecto —dice la Sra. Bouchard—. Bueno, en un ratito te traigo algo para la cena.

—¿Cuánto tiempo me va a tener aquí?

—Cuando tenga noticias de Al sobre qué hacer contigo, hablamos. Hasta entonces, eres una huésped en nuestra casa.

—¿Nadie le dijo que es de mala educación atar a los huéspedes a la cama?

—O eres una huésped o eres una intrusa que atrapé mientras forzaba la entrada a mi casa. Tú decides.

—Esto va a terminar mal —dice Nia—. Lo sabe, ¿verdad?

—¿Para quién? Tú eres la que está atada —dice la Sra. Bouchard y sale de la habitación.

Nia se las arregla para sentarse en la cama, le da un mordisco al pan y lo mastica. Recorre la habitación con la mirada en busca de algo útil, lo suficientemente afilado como para cortar las cuerdas, pero no hay nada a mano.

KATZ

El Sr. Katz va por la tercera cerveza y no queda demasiado en el fondo de su vaso. No suele tomar mientras trabaja, pero hoy ha sido un día bien jodido. Estar en el bar de motociclistas podría parecer una elección extraña, en especial cuando las paredes están cubiertas de carteles de campaña de Corbin Duchamp, pero al Sr. Katz no le molesta el ambiente, el tribalismo: banderas de clubes de motociclistas, bandanas de colores y matrículas clavadas en la pared. Desde la rocola suenan Patsy Cline, la Allman Brothers Band y Toby Keith. A pesar de su profundo amor por la música clásica, al Sr. Katz le resultan entretenidas las canciones *country*, en especial cuando terminan con una venganza.

Su celular vibra. Otro mensaje de Dice para ver cómo sigue todo. El Sr. Katz debería llamarlo, pero puede esperar hasta que el trabajo mejore un poco.

—¿Otra cerveza? —pegunta el barman. Es un hombre blanco mayor, de piel bronceada y una barba larga como los hechiceros de *Harry Potter* que el Sr. Katz vio en un avión una vez.

—Que sigan viniendo.

—Uno de esos días, ¿eh? —El barman vierte una cerveza negra en un vaso helado—. Tuve miles de días así en mi época.

El Sr. Katz repara en los tatuajes del barman: un águila en llamas, una bandera rebelde y una calavera con colmillos. Tatuarse es riesgoso, así que lo ha evitado. La gente recuerda los tatuajes más que las caras; en este rubro es mejor ser olvidable.

—Es cuestión de fracaso —dice el Sr. Katz—. Nadie quiere fracasar, pero es inevitable que pase en una línea de tiempo lo suficientemente larga.

—Y a veces solo se trata de saber cuándo retirarse. Tú sabes, como luego de cuatro cervezas.

—Yo sé cuál es mi límite.

—No creo que lo sepas, amigo. Hora de cerrar. Son doce, exactos.

El Sr. Katz mete la mano en el bolsillo, saca su cartera y toma un billete de veinte dólares.

—Aquí tiene —dice y desliza el dinero hacia el barman.

—¿Cuánto te devuelvo?

—Nada —dice el Sr. Katz—. La vida es corta.

—Tal vez para ti, amigo. Yo tengo planeado vivir para siempre.

—Un objetivo loable.

—Quiero decir vida eterna, hermano. Pero solo hay una manera de lograrlo. —Se descubre una cruz tatuada en el antebrazo en la que aparece crucificado Jesús con piel blanca y pelo rubio ondulado.

—Qué puta ridiculez.

—¿Perdón?

—Jesús no era escandinavo.

—No importa la apariencia. Se trata de lo que puede hacer por ti, hermano.

—¿Está tratando de convertirme en un bar? No sé si debería reírme u ofenderme.

—Piensa lo que quieras, pero eres mi hermano en Cristo. No importa si me crees o no.

El Sr. Katz se mete la mano en la camisa y le muestra la estrella de David que lleva colgada del cuello.

—Estoy comprometido —dice—. Con los terribles sionistas.

—Pues, preferiría que no hubieras hecho eso —le dice el barman—. ¿Qué tal si terminas esa cerveza y te vas?

—Con gusto —dice el Sr. Katz y se toma la cerveza de un trago. Cuando termina pone el vaso en la barra de un golpe—. *Finito*.

—Mira, imbécil. No me voy a tragar tus pendejadas.

El barman estira la mano para tomar el vaso. El Sr. Katz le envuelve rápidamente la muñeca con los dedos, y le clava la uña del pulgar en la piel entre el índice y el pulgar del hombre.

—¡Ay! ¿Qué mierda te crees que haces? —El barman intenta soltarse—. ¡Quítame las putas manos de encima!

—Estoy aplicando presión en un nervio central, y en unos segundos va a perder el control de los músculos de la pelvis y va a defecar.

—Qué verga… estás completamente loco.

—Y usted es un pedazo de porquería detestable. Pero ambos lo somos, ¿no lo cree? Lo que pasa es que yo lo admito. —Presiona aún más con el pulgar el punto de pulso—. Unos segundos más…

—¿Cuál es tu puto problema?

—Su hipocresía.

El barman se retuerce y se dobla hacia delante.

—¡Lo siento, hermano! ¡Está bien, ya basta! —Se lleva la mano al estómago—. Por favor, suéltame.

—Dígame que es una porquería.

—¿Qué?

—Dígalo.

—Okey, okey —dice el barman exhalando a través del dolor—. ¡Soy una porquería!

—La gente como usted es la razón por la que existe la gente como yo. —Le suelta la mano al hombre—. Gracias por abrirse. Hace que la próxima parte sea más placentera.

—Ey, Smitty… —Se les acerca un hombre blanco, calvo, con un chaleco de cuero de motociclista adornado con parches e insignias de pandilla supremacista blanca—. ¿Algún problema por aquí?

—Ningún problema —dice el Sr. Katz—. Ya me iba.

—No, tú dejas el culo ahí donde está. —El hombre calvo arranca la cadena con la estrella de David del cuello del Sr. Katz y la tira la piso—. Me parece que te equivocaste de lugar —le dice—. No somos del tipo tolerante.

—¿Te refieres a Texas o a esta pocilga?

—Ambos, cabrón.

—Okey.

El Sr. Katz le clava los dedos en los ojos al hombre y luego le da una buena patada en la entrepierna. El hombre trastabilla, y colapsa sobre una mesa y unas banquetas.

Un miembro del grupo de motociclistas, un tipo con pelo largo, se le va encima con una botella de cerveza vacía. El Sr. Katz le quita la botella de la mano de un golpe, lo toma del pelo, lo tira al suelo y le da un pisotón en la parte de atrás del cuello.

El Sr. Katz mira alrededor por si alguno más se atreve a acercarse, pero los hombres golpeados disuaden a los demás de unírseles. Levanta su cadenita y se la mete en el bolsillo. Su visita al bar no fue al azar. El bar es conocido por albergar a gente que tiene problemas con los judíos, y con cualquiera que no sea blanco, heterosexual o cristiano.

Venir al bar fue una buena excusa para largar frustración acumulada y poder pensar con claridad. Y quién mejor para usar de saco de boxeo que antisemitas simpatizantes de los nazis. No es que antes no haya trabajado para muchos de ellos. Está seguro de que los Duchamp tienen lazos con facciones de supremacistas blancos a lo largo de los Estados Unidos; eso también lo convertiría en un hipócrita, si le importara. Para él poco significan las diferencias superfluas como el color de piel, las creencias espirituales y la cultura. Su desprecio se extiende a toda la gente, no importa cómo se vea, con quién se eche un polvo, o por quién vote, o cuál sea y cómo practique su fe. Sus víctimas son diversas —gordas, delgadas, negras, blancas, homo y heterosexuales—, las ha puesto a todas en el suelo, y su grado de desgracia responde a cuánta resistencia oponen y al trabajo que den para matarlas.

—Gracias —le dice al barman y luego a los hombres que intentan levantarse del suelo—. Han sido de gran ayuda. Ahora sé cuál debe ser mi próximo paso. Como solía decir mi madre, si la primera vez no tienes éxito, inténtalo de nuevo.

—Vete de aquí antes de que llame a la policía —le dice el barman.

—Eso sería una tontería. Pero le permitiría poner a prueba su teoría.

—¿Qué puta teoría, desquiciado?

—La de la vida eterna —dice el Sr. Katz—. Estaría muerto antes de que llegue la policía. ¿Qué tan seguro está de que la recompensa que se ha ganado es vivir para siempre?

—¡Vete de aquí, carajo!

—Ya me voy. —El Sr. Katz sale del bar hacia el aire húmedo de la noche. Se sube al carro y llama a Dice.

—¿Qué diablos está pasando, Richie? ¿Dónde estás?

—Afuera de un bar nazi.

—¿Qué demonios haces ahí?

—Pienso.

—Richie, no es momento para pendejadas —lo amonesta Dice—. La gente de Duchamp ha estado llamando sin parar. Quieren saber si estamos liquidando el asunto.

—Diles veinticuatro horas…

—¿Un día más?

—Sí.

—¿Qué hay de los atrasos? Están hablando de cortar el segundo pago a la mitad.

—Les voy a hacer un descuento por cualquier inconveniente que hayan causado mis demoras.

—No hacemos descuentos, Richie. Nos conocen por nuestros resultados.

—Y va a haber resultados —dice—. Hubo algunos traspiés, seguro, pero todo está sobre rieles.

—No sé…

—No te pago para que sepas, te pago para que hagas. Ofrece el descuento: diez por ciento por cada día que el trabajo no esté terminado. Eso les cerrará la boca.

Corta la llamada.

El barman y los motociclistas se congregaron cerca de la entrada al bar. Él cuenta seis, pero podría haber más. A medida que los hombres empiezan a acercarse al vehículo, una botella de cerveza vacía se estrella contra el capote. Otra le pega a la puerta del acompañante. El Sr. Katz pisa el acelerador, sale a toda velocidad hacia la calle y se aleja en dirección a la granja de los Bouchard mientras saca el brazo por la ventana y les levanta el dedo medio.

* * *

Cuando llega al granero, ve una Explorer que le resulta familiar. Se baja del carro y revisa la matrícula. Está emitida por el estado y el número es el mismo que el de la Explorer de la *ranger* Adams, pero ella no está por ninguna parte. Mira a través de las ventanillas y nota que los asientos están limpios y que el vehículo no está cerrado.

Vuelve a su carro y le pone un cargador a su Ruger, mete cargadores extra en los agujeros del cinturón para armas y regresa al granero. Alumbra con su linterna dentro del granero. Los ratones se esconden, y lo mismo hacen las cucarachas. Piensa que Adams no habría dejado su vehículo solo a menos que su punto de entrada estuviera cerca, pero no ve ninguna otra forma de entrar o salir del granero.

La voz de la Sra. Bouchard atraviesa el silencio; se oye débil, casi un suspiro. Él sale del granero con la mano en la Ruger, alumbra la Explorer abandonada con la linterna y, luego, rodea el granero. Sigue sin ver a nadie, pero sabe que oyó hablar a alguien. Está apenas mareado por las cervezas, pero no lo suficientemente borracho como para oír voces.

Luego de recorrer el perímetro del granero una tercera vez, vuelve a entrar, pisotea el suelo y oye. Detecta algo hueco en el suelo, remueve la tierra y la suciedad con el pie, y alumbra la tapa. Se agacha y la abre. La voz de la señora Bouchard es más clara ahora y proviene de adentro del agujero. Apaga la luz y espera hasta que la voz se aleje. Cuando está seguro de que se ha ido, vuelve a encender la linterna y baja al túnel. Camina hasta que el túnel se acaba y ve otra tapa sobre su cabeza que está apenas abierta. Sube por la escalera y sale de la oscuridad.

—No se mueva —le dice la Sra. Bouchard apuntándole al Sr. Katz con la escopeta—. ¿Quién demonios es usted?

—No quiero lastimarla —dice el Sr. Katz.

—¿Lastimarme? Entonces, nunca ha visto lo que puede hacer esta cosa de cerca.

—Me temo que no me entiende —dice, le apunta con la Ruger y le dispara desde la cadera. La bala rebana el costado de la Sra. Bouchard. Ella colapsa en el suelo y suelta la escopeta. La herida empieza a sangrar; le cuesta respirar—. Esto no es una negociación. Dígame dónde está Al Bouchard o la próxima bala le va a atravesar el cráneo.

—El último lugar donde lo vi fue la tumba. —Ella se aprieta la herida con la palma de la mano y hace una mueca de dolor—. Me imagino que debe de seguir ahí.

Él le apunta el cañón justo encima de la nariz.

—Es inútil que intente protegerlo.

—No lo estoy protegiendo a él.

Una bala le pega en el hombro al Sr. Katz. Cae de rodillas y mira hacia la entrada del garaje. Allí está Nia, de pie, con su pistola en la mano.

—¿Puede levantarse, Sra. Bouchard?

—Lo puedo intentar. —La Sra. Bouchard rueda hacia un costado, se pone boca abajo, mete las rodillas hacia el pecho y empieza a levantarse—. ¿Dónde está Amora?

—Adentro —dice Nia—. Vaya con ella. Yo me ocupo de él.

—¿Ocuparte de mí? —dice el Sr. Katz—. No tienes idea de lo que has hecho, Adams.

—Lo dice el que está herido y sangrando.

—Debería de haberte matado en Ellis —dice y se aprieta la herida.

—Podrías haberlo intentado… Ahora deja el arma y da cuatro pasos hacia atrás.

Él apoya la Ruger con cuidado en el piso y se aleja unos pasos.

—¿Acaso no vas a notificar a alguien? —pregunta—. Me atrapaste, el Demonio de Waxahachie, el Carnicero del Condado de Ellis. Estoy seguro de que será un gran logro para una mujer en tu posición.

—Cierra la boca —dice Nia y se acerca a la Ruger abandonada—. Un movimiento y disparo.

—Creí que eso ya había quedado claro. —El Sr. Katz es ágil sobre las puntas de los pies y aguarda el momento justo—. Aunque debo felicitarte —dice mientras observa cada movimiento que hace ella—, pero, a pesar de todo lo que has hecho, igual no te van a recordar. O sea, no del modo que te gustaría.

—¿No era suficiente con matarlos? ¿Tuviste que violar a la muchacha? —Nia intenta alejar la Ruger con el pie, pero el cemento desparejo impide que el arma se deslice con facilidad—. No te muevas —dice con el arma aún apuntándole al pecho y estirando el brazo hacia la Ruger. El Sr. Katz da un paso a la izquierda—. ¡Que te quedes en tu puto lugar!

Nia agarra la Ruger. El Sr. Katz se abalanza sobre ella, pega con el hombro en el cuerpo de Nia y la derriba. Ella deja caer ambas armas. Intenta con dificultad volver a agarrarlas.

Él se trepa encima de ella, saca su cuchillo Bowie y se lo acerca al pecho.

—Tal vez me equivoqué —dice babeando como un lobo hambriento—. Sí te van a recordar, pero no por detenerme… sino como otra víctima —dice—. Otro nombre en mi colección.

El borde afilado roza la piel de Nia. Él aprieta más la hoja y le perfora la piel. Ella grita de dolor y luego levanta la rodilla, le da un golpe seco en el pecho al Sr. Katz y le corta la respiración. Él jadea. Nia libera las piernas, se desliza de debajo del cuerpo del Sr. Katz y se pone de pie. Él da un manotazo para agarrarle la pierna, pero no es lo suficientemente rápido.

—¡Los voy a matar! —le grita—. ¡Están todos muertos!

Ella corre hacia el porche trasero y entra a la casa.

—Mierda —dice él y se sienta.

Se quita la chaqueta para echar un vistazo a su herida. Le falta un pedazo de carne en el hombro, arrancado por el plomo caliente, y la herida le sangra a borbotones. Se quita el cinturón y se lo ata alrededor del brazo como un torniquete. Se reclina sobre la cadera y suspira. Tal vez hasta aquí llegó, piensa. Hora de tirar la toalla. Nunca ha dejado un trabajo sin terminar, pero nunca ha tenido que lidiar con una maldita *ranger*. Sin embargo, abandonar un trabajo, en especial cuando lo contrató una familia como los Duchamp, es malo para el negocio. No tiene ninguna duda acerca de la capacidad de acción de la familia. Han sobrevivido todo este tiempo porque tienen el poder y la motivación para hacer lo que haga falta con tal de preservarse.

Lo único que importa ahora es terminar el trabajo y no dejar testigos en el camino que puedan identificarlo. Se levanta con dificultad, toma su pistola y su cuchillo, y comienza a caminar hacia la casa, dejando un hilo de sangre a su paso.

CAPÍTULO ONCE
DESMOND

La guerra jamás ha sido un misterio para Desmond. Incluso antes de enrolarse en el Cuerpo de Marines, entendía la naturaleza de un conflicto armado. El campo de batalla existía fuera del tiempo y el espacio, en algún lugar entre los pilares del cielo y el infierno donde los hombres se entregaban a su verdadera esencia. Fue donde aprendió quién era, de qué era capaz y los pecados con los que estaba dispuesto a cargar.

La guerra se expandió como la peste, cubriendo Vietnam e infectando todo a su paso. Vio cómo sus camaradas hacían fila en la puerta de un burdel a la espera de tener sexo con una muchacha que apenas llegaba a los dieciséis años. Era moneda corriente en pleno conflicto. Luego de que cada soldado terminaba con la muchacha, una madama le daba un paño tibio y una toalla para que se lavara las manchas que le habían dejado los hombres. Hubo días en que pensó en ayudarla a escapar, pero él era uno solo, y la guerra era una cosa bestial. Ella no tenía adónde ir. Ni él ni la muchacha podían escapar de la máquina alimentada por hombres en Washington que jamás habían puesto un pie en un campo de batalla.

Hasta en los momentos de tranquilidad, lo acechaban los actos aberrantes perpetrados por hombres que lo llamaban hermano. Soñaba con las extremidades machacadas y mutiladas del Viet Cong.

Con el napalm y las bombas de racimo que erradicaban aldeas enteras. Con ratas más grandes que la mayoría de perros falderos, que mordisqueaban cadáveres.

Luego estaba Mai, que volvía tolerables los días en el antro de la muerte. Y cuando llegó el día de que él regresara a los Estados Unidos, no podía imaginarse dejarla allí. Así que, una noche húmeda, caminaron tomados de la mano sumergidos en el aire pegajoso hasta una pequeña reunión a kilómetros de la base, donde se juraron amor eterno delante de Fletch, los hermanos de Mia, sus padres y el sacerdote de la familia. Fue el día más feliz de su vida, junto con el nacimiento de Amora, y en ese momento supo que lo que haría para proteger a su familia no tendría límite.

Ata el último hilo de acero alrededor del barandal y pinta una X roja con aerosol en la pared. No es una táctica muy sofisticada, pero la letra podría ser suficiente para distraer a los hombres de las cuerdas-trampa que colocó en las escaleras.

Se las había arreglado para encontrar el aerosol, el hilo, los clavos, los tornillos y los rodamientos de bolas en el garaje de Linh. Llenó una lata de café vacía con clavos y tornillos, y le agregó vidrió roto, harina, almidón y gasolina. Taladró un agujero en la parte superior de la lata y pasó una soga impregnada de gasolina desde arriba hasta el fondo donde se había acumulado el menjunje inflamable. Después, cortó el suministro de electricidad del edificio antes de volver a entrar, cerrar las persianas y oscurecer la pensión.

En su habitación carga el fusil de asalto, se pone las gafas de visión infrarroja amarradas a un casco y espía por la ventana.

Una furgoneta blanca ploteada con «PLOMEROS AL RESCATE 24/7» se estaciona en la entrada para carros. Del vehículo bajan cuatro hombres con ropa militar negra, chalecos tácticos y fusiles.

Segundos más tarde se oyen golpes fuertes en la puerta. Desmond sale al pasillo, se ubica en el rincón del barandal y prepara el fusil. La puerta cruje y luego se sale de las bisagras. Entran dos hombres con fusiles AR-15, y se dispersan contra las paredes. Los otros dos hombres caminan por el centro del salón hacia las escaleras.

Desmond mantiene su posición. Sigue escondido en la penumbra mientras estudia los movimientos de los hombres. El hombre más bajo toma la delantera y empieza a subir las escaleras. Ve la X pintada en la pared y se detiene con el puño en alto, indicándoles a los demás que también se detengan. Los otros hombres forman una fila detrás de él y siguen subiendo todos juntos. Desmond cuenta los pasos de los hombres y tensa la empuñadura sobre su fusil. A medida que el líder se acerca al escalón con la trampa, Desmond apunta y se prepara para disparar.

El pie del líder se tropieza con el cable. Cuando empieza a caer, Desmond dispara dos veces dándole al hombre en el torso. Los otros hombres abren fuego y fuerzan la retirada de Desmond hacia el fondo del pasillo. Desmond coloca la lata de café convertida en bomba junto a la pared, saca su Zippo del bolsillo y enciende la mecha improvisada. Dos hombres aparecen en el pasillo y abren fuego. Desmond se zambulle a toda prisa en su habitación y cierra la puerta. Momentos después se oye una cacofonía ensordecedora seguida de gritos. Desmond abre la puerta y sale con el portafolio de objetos robados en la mano. Hay dos hombres cubiertos en llamas. En las paredes hay incrustados clavos, tornillos y pedazos de vidrio. Cruza el pasillo y se mete en la habitación de Linh. Le pega una patada al mosquitero y se trepa al balcón de la planta alta. Tira el portafolio al suelo más abajo y desciende por la canaleta con el fusil amarrado a la espalda.

Abre la puerta de atrás de la furgoneta y se sube.

De la casa emerge el último hombre con la cara negra por la explosión. Sale con el fusil en la mano, incapaz de caminar en línea recta y algo desorientado. Desmond reconoce las señales de *shock*. El hombre abre la puerta de la furgoneta y se sube al asiento del conductor. Lucha para meter la llave en el encendido, apenas capaz de mantener la mano firme. Desmond lo puede ver de cerca. Tiene la cara muy quemada, y le faltan trozos de carne de las mejillas y la mandíbula. Del hombro y el brazo le salen clavos y pedazos de vidrio. Se da por vencido, incapaz de arrancar la furgoneta, saca un teléfono de la guantera y marca.

—Están muertos —dice hablando con dificultad—. El objetivo nos neutralizó a todos, excepto a mí... ¿Cómo procedo?

El teléfono de Desmond vibra en su bolsillo. El hombre deja caer el teléfono y se da vuelta. Se encuentra de cara con el cañón del fusil de Desmond.

—Corta la llamada —le dice Desmond. Sus miradas se cruzan—. Ahora.

El hombre obedece.

—Por favor. —El ojo izquierdo del hombre tiembla. Desmond está seguro de que el otro también temblaría si no estuviera cerrado por la quemazón—. Les diré que te matamos —dice el hombre—. Puedes irte. Les diré que no vengan. No te seguiremos. Te lo prometo.

—No —dice Desmond—. No lo harás.

—Por favor... tengo familia...

Desmond le dispara en la cabeza. La sangre y la materia gris salpican el tablero y el parabrisas.

—Yo también —dice y baja el arma.

Lee el mensaje de texto en su teléfono. Es un mensaje de su madre: «Ven ahora».

La llama.

—Ma, ¿qué sucede?

—Al —dice desesperada—. Hay un hombre aquí. Dice que mató a Fletch y a su familia. Dice que nos va a matar a nosotros también a menos que devuelvas lo que sea que te hayas llevado.

—¿Están a salvo tú y la pequeña?

—En este momento sí, pero no va a parar, Al.

—No se muevan. Voy para allá.

—Y, Al —dice la Sra. Bouchard haciendo un esfuerzo para calmar sus nervios—, no estamos solas. Hay una policía aquí, la *ranger* Adams.

—Ay, carajo.

—No, es buena gente, Al. Me salvó la vida.

—Está bien, ma. ¿Puedes llegar al túnel de salida?

—El túnel no sirve de nada. Hicimos una barricada en mi habitación. Creímos que sería el lugar más seguro. Pero puedo oír a ese señor descontrolado abajo.

—¿Cómo estás de balas?

—Entre las dos, estamos bien. Pero estamos sangrando mucho las dos.

—Voy para allá.

Desmond corta la llamada, abre la puerta de la furgoneta y tira al hombre muerto afuera. Se sienta detrás del volante, ajusta el asiento y coloca el portafolio en el piso. La furgoneta tiene medio tanque de gasolina, suficiente para llegar hasta la granja familiar en Austin.

CAPÍTULO DOCE

NIA

Tenemos que frenar el sangrado —dice Nia y envuelve el torso de la Sra. Bouchard con retazos de una funda de almohada.

—Santo cielo, cómo duele. —Aprieta la mano de su nieta—. ¿Tienes que ser tan brusca?

—Estoy tratando de parar la hemorragia —dice Nia.

—Demonios, te estás vengando, ¿no es así? Estoy empezando a arrepentirme de haberte soltado.

—Abue —salta Amora—, no sé si te acuerdas, pero te salvó la vida.

—Ya lo sé, querida. No soy yo, es el dolor que me hace decir estas cosas.

Nia ata la funda más fuerte alrededor de la cintura de la mujer y la anuda a la altura de la cadera.

—¿Qué hay de ti? —le pregunta Amora a Nia—. Mírate el brazo.

Nia por poco se olvida de la herida de arma blanca. Es una laceración superficial, y casi ha dejado de sangrar. Igual, cuando el aire encuentra el tejido expuesto, el dolor le recorre todo el brazo.

—¿Tienen cinta?

—Tal vez haya una en la mesita de noche —dice la Sra. Bouchard—. Fíjate ahí, Amora.

La muchacha va hasta la mesita de noche a toda prisa, abre el cajón y busca.

—Aquí hay una —dice y les muestra un pequeño rollo de cinta aislante—. ¿Esta está bien?

—Sí, esa está bien.

Nia sostiene el brazo para que la muchacha lo envuelva con la cinta.

—Hemos estado bien aquí durante años, y nunca me imaginé que fuera a llegar a esto —dice la Sra. Bouchard apretando la mano contra la herida—. Supongo que fue un tanto inocente de mi parte. Sea lo que sea que haya hecho Al esta vez, debe de ser muy malo.

—Se queda corta. —Abajo se oye un gran barullo. Nia siente el temblor bajo los pies—. ¿Qué hay debajo de nosotras?

—Mi oficina —dice la Sra. Bouchard.

—¿Cuántos cuartos hay abajo?

—Tres, sin contar los dos baños.

Con la ayuda de Amora, Nia hizo una barricada contra la puerta con un librero y la mesa del televisor.

—Solo tenemos que retenerlo hasta que llegue papá —dice Amora agachada en el piso, a los pies de la cama matrimonial de su abuela—. Cuando llegue, va a hacer mierda a ese pendejo.

La Sra. Bouchard menea el dedo a modo de reprimenda.

—Ojo con la boca, señorita Thang. Yo no crie a ninguna salvaje.

La muchacha es adulta por donde se la mire, pero la consintieron. Nia cree que regañarla parece trivial, dada la situación. Pero incluso en medio de la muerte se le exigen buenos modales, y no hay cosa más sureña que esa.

El ruido abajo se hace cada vez más fuerte.

—Ay, Dios —dice Amora con voz temerosa y tensa—. Suena como si estuviera haciendo un agujero en la pared.

—Calma —dice Nia—. La puerta no va a ceder.

—¿Y si cede?

—No hables así —le dice la Sra. Bouchard—. No podemos perder las esperanzas. ¿Entendido?

—Sí, señora.

Nia mira por la única ventana de la habitación hacia el jardín lateral donde no ha podido crecer el césped.

—Necesitamos un plan B —dice con mirada fría—. Por las dudas…

—¿Qué quieres decir con eso? —dice la Sra. Bouchard.

—Quiere decir que debemos estar preparadas para lo que sea. No nos pueden tomar por sorpresa.

La boca de la Sra. Bouchard está seca. Se le junta un pastiche blanco en las comisuras de los labios.

—Pero dijiste que la puerta no va a ceder. ¿Crees que hay chance de que se meta aquí?

—Nada es absoluto —dice Nia y regresa al piso—. Pero no voy a dejar que nos arrincone.

—¿Así que vamos a salir a los disparos?

—No dije eso.

—Pero tampoco dijiste que no.

Al otro lado de la puerta, se oyen pasos pesados. Nia se aferra a su pistola. Su respiración es distinta, más suave, más pareja, no tan fuerte como cuando ella y Powers irrumpieron en el Colonial Trust Bank. Tal vez se acostumbró a la ráfaga de cortisol, la piel de gallina en la nuca y el cosquilleo en el pecho; todo la vuelve más aguda y en sintonía, y hace que el tiempo pase más lento para que pueda pensar.

El picaporte se sacude.

—Ay, Dios mío, es él —dice Amora apretando el estómago contra el piso—. ¿Por qué no puedes dispararle a través de la puerta y ya?

El picaporte se sacude un poco más, y le siguen golpes.

—¿Y si fallo o no lo mato? —pregunta Nia con un susurro—. Es demasiado riesgoso. Lo único que lo separa de nosotras es esa puerta. La hago añicos y estamos jodidas.

—Amora tiene razón —dice la Sra. Bouchard—. Disparar primero no es una mala idea. Toma… —le ofrece a Nia su escopeta—. Esto le hará un agujero que lo atravesará de punta a punta.

—No —dice Nia y mantiene baja la pistola—. Debemos permanecer en silencio así no delatamos nuestras posiciones.

Los golpes en la puerta son cada vez más fuertes y hacen temblar las paredes.

—Solo están retrasando lo inevitable —dice Katz—. Salgan, y les prometo que no les dolerá. —Se oye que toma carrera y luego un golpe seco contra la puerta.

Nia apunta su pistola, lista para disparar si él atraviesa la puerta.

—Eres una tonta, *ranger* —dice Katz.

—Debe de tener el diablo adentro… —dice la Sra. Bouchard—. Está más loco que una cabra.

—¡Voy a arrancar la puta puerta! —grita Katz hasta quedarse afónico.

La Sra. Bouchard le vuelve a ofrecer la escopeta a Nia.

—Tómala. Dispárale antes de sea demasiado tarde.

—Silencio —dice Nia—. Confíen en mí.

—Está bien —dice Katz y se aclara la garganta—. Allá ustedes…

Se aleja de la puerta.

Silencio.

—¿Se fue? —pregunta Amora—. No se daría por vencido tan fácil, ¿verdad?

—No, no lo haría —dice Nia—. Debemos salir de esta habitación.

—¿Y cómo propones que lo hagamos? —La Sra. Bouchard se incorpora de a poco—. La única salida es la ventana.

Nia saca la colcha y la manta de la cama de la Sra. Bouchard, quita las sábanas y comienza a amarrarlas.

—Estás bromeando…

—Si él quisiera que saliéramos, habría seguido con la puerta —dice Nia mientras ata la punta de la manta a la sábana—. Su plan es otro.

Amora parpadea como si le hubiera entrado tierra en el ojo.

—¿Qué quieres decir con que «si él quisiera que saliéramos»?

—Él sabe que estamos atrapadas aquí.

—¿Y tu idea es que salgamos por la ventana? Mi abuela no va a poder. Mírala.

—Tal vez no tengamos opción —dice Nia mientras termina de

atar una sábana para hacer una cuerda. Es posible que las sostenga a ella y a Amora, pero no está segura de que haga lo mismo con la Sra. Bouchard.

Katz regresa y empieza a derramar líquido por debajo de la puerta.

—¿Qué es eso? ¿Qué hace? —pregunta Amora.

Las mujeres se mueven hasta el rincón más alejado de la habitación, cerca de la ventana.

—Es la última oportunidad —dice Katz—. Salgan o le prendo fuego a toda la puta casa.

Nia se acerca a la puerta y se agacha.

—Es licor.

La Sra. Bouchard abre la ventana con dificultad.

—No podemos morir aquí.

—Pero, abue —dice Amora y la cadencia de su voz sugiere un nuevo nivel de miedo—, ¿cómo vas a bajar?

—Ya veré. Ven a ayudarme con esta ventana. —Amora ayuda a la Sra. Bouchard a terminar de abrir la ventana—. Mi F-150 está estacionada enfrente de la casa —dice ya sin aliento—. Vamos a tener que cortar camino a través de la cerca.

—¿Llaves? —pregunta Nia.

—Debajo del tapete…

Nia no puede imaginarse dejar las llaves dentro de su vehículo, pero Austin goza de una reputación de muy bajo crimen… casi no existe. Aunque esa reputación podría cambiar después de esta noche.

—Son, fácil, treinta metros, abue…

—Yo puedo.

Nia huele algo que se quema. Katz encendió un cerillo. Ata con rapidez la sábana al marco de la cama y tira la cuerda improvisada por la ventana.

—Amora, ve tú primero. Luego tu abuela, y yo bajo última.

—Puta imbécil —dice Katz—. Tú te lo buscaste. Perdiste la oportunidad de que fuera indoloro y rápido.

—Vamos —dice Nia y le da la cuerda a Amora.

Las llamas se esparcen por debajo de la puerta, a lo largo de la alfombra y empiezan a trepar por las paredes hacia el techo.

Amora saca una pierna por la ventana y comienza a bajar. Nia sujeta firme la cuerda mientras monitorea las llamas. El humo se hace más espeso con cada segundo. Empieza a dificultar la visión.

La Sra. Bouchard tose y se le llenan los ojos de lágrimas.

—¿Qué hay de la escopeta? —pregunta.

—Yo la tengo —dice Nia. Cuando los pies de Amora tocan el piso sanos y salvos, siente una ola de alivio—. Su turno, Sra. Bouchard.

Le ata la cuerda alrededor de la cintura herida con la esperanza de que la sostenga mejor.

La Sra. Bouchard tose más. Esta vez empieza a jadear.

—Nunca me han gustado las alturas —dice mientras se aferra temblorosa a la cuerda.

—Cuando esté abajo, le doy la escopeta. —Nia la ayuda a salir por la ventana y empieza a bajarla—. En cuanto llegue al suelo, vaya con Amora a la camioneta. No me esperen.

La cuerda se tensa y Nia intenta controlar la velocidad del descenso de la Sra. Bouchard. Los brazos de Nia se atiesan, lo músculos le queman y se le afloja un poco el agarre.

—¿*Ranger*? —La Sra. Bouchard suena agitada—. ¿La tienes?

—Está todo bien. Siga —dice Nia reclinándose hacia atrás y doblando levemente las piernas. Las llamas se esparcen a la cómoda, se desplazan a través de los zócalos y empiezan a consumir la mesita de noche. Nia puede sentir el calor aproximarse a su espalda.

—¿Ya están muertas? —dice Katz.

A Nia le sorprende oírlo del otro lado de la puerta. Creyó que habría salido a ver el incendio desde afuera. El fuego debe de estar localizado en la habitación. Si puede mantenerlo adentro, eso les dará más tiempo a la Sra. Bouchard y a Amora de llegar a la camioneta; mejor seguir hablando.

—¡Seguimos aquí, hijo de puta! Una pena que tú también.

—Insolente hasta el puto final… así se hace, Adams.

Nia tose e intenta afianzar la cuerda.

—Mi corazón solo tiene que latir el tiempo suficiente para matarte —le dice a Katz—. Y te juro que lo voy a disfrutar.

—No tengo más que respeto por tu negativa a rendirte por esta gente, pero carajo si no eres una ilusa. Solo te quedan dos o tres minutos antes de que te sofoque el humo. Eso si no te quemas viva primero.

La Sra. Bouchard está a centímetros del suelo cuando Nia inhala humo, tose con fuerza y afloja el agarre sin querer haciendo que la mujer caiga al suelo con un golpe.

—¡La pierna! —grita la Sra. Bouchard.

Nia mira por la ventana y ve que la Sra. Bouchard se retuerce de dolor en el suelo.

—Mierda —dice, temiendo la magnitud de su herida.

—Es el tobillo —dice Amora y desata la sábana de la cintura de su abuela—. Creo que puede estar roto.

—Maldita sea… Okey, bajo.

Nia tira de la cuerda y la mete en la habitación, se la enrosca en la muñeca derecha y sale por la ventana con la escopeta. Desciende rápidamente en rapel por el lado de la casa, como lo hacía en la Escuela de Rangers, y llega al suelo.

—Se ve muy mal —dice Amora.

Nia examina el tobillo hinchado de la Sra. Bouchard. Hay fluido acumulado desde el tobillo hasta la rodilla.

—¿Puede intentar caminar?

La ayudan a levantarse, pero apenas si puede ponerse de pie.

—Vamos, abue.

Las llamas explotan a través de la ventana. Restos chamuscados vuelan por la noche y caen peligrosamente cerca de las mujeres.

—Tenemos que apurarnos.

Nia y Amora sostienen los brazos de la Sra. Bouchard sobre sus hombros y ella da un paso:

—Ay, Dios mío… —Hace una mueca de dolor—. No puedo.

—Sí podemos —dice Amora—. Es lo que me dices tú, abue. No podemos perder la esperanza… no podemos darnos por vencidas.

—Pequeña —dice—. Siento mucho todo esto.

—No tienes de qué preocuparte, abue.

—Intenté hacer las cosas bien por ti… Le prometí a tu padre que lo haría. Pero envejecí, cariño. Debí saber que llegaría este día.

—No es el momento —dice Nia—. No se detenga.

—Está bien, abue. Todo va a estar bien —dice Amora sosteniendo a su abuela con la cadera—. Un pie delante del otro… Así…

Nia ve la vieja camioneta estacionada frente a la casa a través de la cerca de alambre. Está lo suficientemente cerca, pero a la velocidad que avanzan van a estar expuestas demasiado tiempo intentando alcanzarla.

—Quédense aquí —dice Nia—. Voy a buscar la camioneta.

—Si no arranca de entrada, sigue intentándolo —dice la Sra. Bouchard.

—Apúrate. —Amora lucha para mantener erguida a su abuela.

Nia abre la verja de la cerca y cruza corriendo el jardín delantero para llegar a la camioneta. Se sube al asiento del conductor. Apoya la escopeta en el suelo, mete la mano debajo del tapete y encuentra la llave. Pone el pie en el pedal de freno y hace girar la llave en el encendido. A la camioneta le cuesta arrancar.

—Vamos, niña —dice Nia. El tubo de escape escupe humo negro. Nia gira la llave de nuevo con más fuerza. La camioneta hace una explosión y arranca con un rugido.

Nia pisa el acelerador y arremete por el jardín hacia la verja. Se baja y abre la puerta del acompañante.

—Vamos a subirla —dice Nia ayudando a la Sra. Bouchard a dar los últimos pasos hasta la camioneta.

La casa está envuelta en llamas.

—Vamos, abue. Tú puedes —dice Amora mientras levanta la pierna de su abuela y la pone en el piso de la camioneta.

—Dios las bendiga a ambas —dice la Sra. Bouchard y se desliza en el asiento.

Nia mira el vendaje contra el cuerpo de la Sra. Bouchard. Está empapado en sangre cerca del nudo. Ha perdido una cantidad considerable de sangre. Podría morir si no la llevan pronto a un hospital.

Una vez que acomodan a la Sra. Bouchard en la camioneta, Amora se sube al asiento del medio seguida por Nia que se sienta en el del conductor. Cierra la puerta y sale a toda velocidad hacia la calle.

—La casa —dice la Sra. Bouchard mirando hacia atrás mientras el fuego consume lo que queda de la madera y el ladrillo.

—No pasa nada, abue —dice Amora—. Ves, tenías razón. Lo hicimos... ¡salimos!

—Tenemos que llevar a tu abuela a un hospital —dice Nia—. ¿Sabes dónde queda el más cerca?

—Saint Martin's en la calle Farmington.

—¿Sabes llegar?

—Creo que sí —dice la muchacha—. No soy la mejor con las direcciones.

—¿Está bien, Sra. Bouchard?

—Puedo llegar. —La Sra. Bouchard exhala como si le hubiesen sacado un peso de encima—. Alabado sea el Señor —dice—. Vamos a estar...

Una bala destroza la ventanilla del acompañante, le atraviesa el cráneo a la Sra. Bouchard y sale por la órbita de su ojo izquierdo. Su cuerpo se desploma sobre el regazo de Amora que grita llena de horror.

—¡Abue! ¡No! ¡No! —Mece a su abuela muerta en brazos—. Dios, no. ¡Por favor, Dios!

Otra bala destroza la ventanilla trasera.

—Abajo —dice Nia y hace una curva cerrada para evitar los disparos.

El neumático trasero explota. La camioneta choca con el porche. La cabeza de Nia pega contra la ventanilla. Vira entre la conciencia y la inconsciencia.

Se abre la puerta del acompañante, Katz empuja el cuerpo de la Sra. Bouchard al piso de la camioneta y agarra a Amora arrancándola del asiento.

El ojo derecho de Nia se llena de sangre. Estira el brazo para agarrar la escopeta del piso, pero el cuerpo de la Sra. Bouchard está apretado contra el arma. No puede alcanzarla, así que saca su arma de la pistolera, apunta hacia la espalda de Katz, pero no dispara por temor a darle a Amora.

Mira impotente cómo Katz carga a una Amora que grita desesperada sombre su hombro hacia la calle.

—¡Amora! —grita Nia—. ¡Lucha! ¡Tienes que luchar!

Las llamas se esparcen alrededor de la camioneta. Nia huele gasolina. Junta la suficiente fuerza para abrir la puerta y bajar. El fuego le rodea los pies. Se aleja de la camioneta y empieza a caminar hacia Katz y Amora.

Un momento después colapsa el techo de la casa. La fachada se suelta, cae doblada sobre la camioneta y estalla en llamas.

Nia llega al borde de la calle, y pierde de vista a Katz y a Amora. Los gritos de la muchacha suenan a la distancia. El cuerpo de Nia empieza a fallarle. Un dolor agudo le quema la cadera y le pellizca el muslo. El dolor se hace más intenso y es incapaz de moverse. Le pesan los ojos. Cae de rodillas; no puede dar un paso más.

El fuego ruge mientras su mundo se vuelve negro.

● ● ●

A la distancia se oyen sirenas.

Nia despierta con Desmond encima de ella apuntándole con un fusil de asalto.

—Eres tú…

—¿Dónde está mi familia? —pregunta.

Desmond la agarra del brazo e intenta ponerla de pie.

—Mierda, no me puedo mover —dice ella. De su pierna sobresale una esquirla de madera. Agarra la madera astillada—. Tengo que sacármela. —Inhala profundo e infla las mejillas.

—No lo hagas —le dice él—. Es demasiado profundo. Morirás desangrada en cuestión de segundos.

Ella exhala y vuelve a caer al suelo.

—Déjame aquí para los médicos.

—No puedo.

—¡Que me dejes!

Él se agacha, le envuelve la cintura con el brazo y empieza a arrastrarla por el jardín.

—¡Quítame las sucias manos de encima! —Nia amaga, desesperada por darle un golpe. Cada vez que los talones pegan contra el terreno irregular, le chorrea sangre de la herida—. ¡Suéltame, maldita sea!

—No tenemos tiempo para esto.

Él abre la puerta corrediza de la furgoneta y la sube a la fuerza al primer asiento.

—¿Sabes lo que estás haciendo? —pregunta ella—. Estás secuestrando a una Texas *ranger*. —De la herida fluye más sangre; ella gime.

—No puedo estar aquí cuando llegue la policía. —Desmond se sube al asiento del conductor—. Y tú tienes información que yo necesito.

—¿A dónde me llevas?

—Dime dónde está mi familia.

Nia traga con fuerza y vuelve la mirada hacia la casa en llamas.

—Fue Katz… —empieza—. Mató a tu madre y se llevó a Amora.

—¿Adónde la llevó?

—Intenté detenerlo, pero la pierna…

—¡Dime adónde fueron!

—No lo sé —dice ella—. Se alejó con ella a cuestas y los perdí de vista.

Desmond se da un puñetazo en la rodilla. Lanza un sonido gutural, más bestia que humano. Cuando termina con la golpiza parece entumecido.

—¿Dónde está el cuerpo de mi madre?

Nia señala la F-150. Las llamas se enroscan y retuercen por la cabina.

—Lo siento.

La mandíbula de Desmond tiembla y su mejilla derecha se contrae sin control. Está al borde de la implosión, piensa ella.

—No puede haberla cargado muy lejos.

—Tal vez lo esperaba su carro —dice Nia.

—¿Sabes qué carro es? ¿Puedes identificarlo si lo vemos?

—Sí.

—Bien… no eres completamente inútil.

La furgoneta sale disimuladamente de la propiedad hacia la calle, y se aleja de las luces y las sirenas.

—Deberías entregarte —dice Nia—. Deja que la ley haga lo que estamos entrenados a hacer.

—La policía no puede ayudarme. Esta noche lo prueba.

Nia intenta no perder los estribos. Después de todo, él acaba de perder a su madre y a su hija.

—Siento mucho lo de tu familia, pero no tiene nada que ver conmigo. Yo arriesgué la vida por ellas. Intenté por los mil demonios ponerlas a salvo. Y lo habríamos logrado si no hubiese sido por…

—Katz.

—Sí —dice ella—. Katz.

—¿Él asesinó a la familia de Fletch?

—Eso creemos.

Los detalles escabrosos siguen frescos en la cabeza de Nia. Fletch y su esposa ensangrentados, tirados para que los encontraran en su habitación. Fontaine muerta en su cama, boca abajo sobre una almohada. Imágenes que la acecharán el resto de su vida.

Desmond pregunta:

—¿Qué más sabes de él, además del nombre?

—Nada —dice ella—. Pero es un profesional. Habilidoso. Decidido. Bien financiado… Quien sea que lo haya contratado tiene mucho dinero. Pero tienes que ser honesto conmigo. Dime qué robaste y a quién.

—Eso ya no importa.

—¿Qué diablos quieres decir con que «ya no importa»? ¿No ves lo que está pasando?

Desmond se sale de la autopista y estaciona. Mira fijo a Nia por el espejo retrovisor. Una lágrima solitaria enfatiza su cruda realidad: madre muerta, hija secuestrada. Nia se pregunta cómo se formó un hombre como Desmond —los matices de violencia, las incertidumbres—, ¿qué cosas ha vivido? ¿Y qué hace que no colapse?

—¿Crees que no sé lo que le provoqué a mi familia? Vivo en el infierno de este puto desastre. Duele tanto que no sé ni qué hacer. Me carcome desde adentro. —Se da un golpecito en el pecho con el puño—. Lo que llevo aquí dentro es ínfimo, pero es lo único que tengo. ¿Entiendes? No puedo hacer el luto... no puedo soltar. Lo único que quiero... en lo único que puedo pensar es en matar a los responsables.

—¿Katz?

—Y los hijos de puta que lo contrataron.

—Entonces dime quiénes son —dice ella—. Y qué fue lo que les quitaste. Podemos trabajar juntos.

Desmond enciende la luz del interior de la furgoneta, levanta el portafolio del piso y se lo pasa a Nia.

—Velo con tus propios ojos.

Ella abre portafolio anticipando ver raras gemas o diamantes en bruto que justificaran tanta muerte, pero el contenido no parece tener nada de especial. Hurga en la bolsa con las monedas deslustradas.

—¿Oro?

—Sigue buscando.

Ella toma el manifiesto, lo saca del sobre plástico, pasa las frágiles páginas y lee.

—¿Plantación Catchy Creek? Ahora es un museo.

—En ese entonces no lo era.

Le cuesta ver en la luz tenue.

—¿Es un registro de esclavos? ¿Esto es real? —Se concentra en un solo nombre—. ¿Para el Patrimonio de Sir Conrad Duchamp?

—Los Duchamp han sido los dueños del Colonial Trust durante siglos, pero se las arreglaron para mantenerlo en silencio, más que nada con compañías fantasma, partes de conglomerados más grandes. Se hacía muy difícil conectarlos con el banco. En especial cuando en general la gente no piensa en una familia como dueña de un banco.

—¿Estás diciendo que la familia más rica de Texas está detrás de todo esto?

—Como dijiste, mucho dinero. ¿Quién tiene más dinero que esos hijos de puta?

—Okey… ¿o sea que tu plan es matar a los Duchamp?

—Dame eso. —Extiende la mano hacia el portafolio—. Puede que en este momento sea lo único que impida que ese bastardo desquiciado lastime a mi hija.

Nia guarda el manifiesto y las monedas en el portafolio, y lo cierra.

—Yo te voy a ayudar a recuperarla —dice y le entrega el portafolio—. Pero no puedo dejarte ir tras los Duchamp.

—¿Tú también estás en su nómina?

—Diablos, no. Por supuesto que no. Pero si son culpables, deben ser arrestados y puestos a disposición de la justicia. No puedes pretender que observe mientras asesinas…

—El Dr. King… Bobby Kennedy. A ellos los asesinaron. Los Duchamp son delincuentes que visten putos kakis. Malditos asesinos escondidos detrás de su dinero, pero yo tengo una bala para cada uno.

—Arremeter contra la familia es suicida.

—Esto es así, Adams… Mato a cuanta persona le haya dado luz verde a Katz, o muero en el intento. Y te recomendaría que no te interpongas.

Nia ha pasado horas en interrogatorios con hombres como Desmond que hablan con convicción, atacan cuando se los arrincona y se entregan a la matanza que se desencadena. Hombres que se niegan al camino de la contrición, nunca buscan sacarse el peso de encima, ni siquiera cuando se enfrentan a una sentencia de muerte. Mantienen una discordancia constante entre la decencia y el deseo de brutalidad. Nacidos en la era equivocada, estos hombres están más bien hechos para ser guerreros y cazadores primitivos que defendían y proveían alimentos para sus aldeas.

—¿Y Amora? —pregunta ella—. ¿Qué pasa con ella mientras tú estés en prisión?

—¿Quién dijo algo acerca de ir a prisión? —Gira en su asiento con los hombros encorvados—. Suficiente plática. Vamos.

—Necesito que me saquen esta cosa de la pierna. Y ya que los hospitales no son una opción viable...

—Yo lo soluciono.

—¿Qué quieres decir con que lo solucionas? ¿Acaso eres médico ahora?

—Tengo entrenamiento médico.

—Cierto, el entrenamiento militar.

—¿Quieres que te emparche la pierna o no?

—Sí.

—Con una condición.

—¿Y cuál sería esa condición?

—Haría cualquier cosa por recuperar a mi hija —dice—. Voy a quitar cualquier obstáculo que se cruce en mi camino.

—¿Eso incluye matar a una *ranger*?

—Como dije, haría cualquier cosa. ¿Está claro?

—Claro como la puta agua... Solo quítame esta maldita cosa de la pierna.

KATZ

Para el Sr. Katz, la comunidad histórica de Sunnyside en Houston es una puta Disneylandia. Nunca ha visto un lugar tan ignorado, tan olvidado. Allí se encuentra el vertedero Reed, treinta y dos hectáreas de descampado para desechar residuos. Se han encontrado cientos de cuerpos en el vertedero y sus alrededores, lo cual evidencia lo conveniente que le resulta a la zona plagada de delincuencia y pobreza.

Él ha llevado a cabo sus últimos tres trabajos desde la casa de dos habitaciones que alquila en una de las calles de Sunnyside menos deseadas. Tras construir un «cuarto para asesinatos» laminado en plástico en el sótano de la casa, asesinó a dos víctimas sin la preocupación de que lo descubrieran. Les arrancó los dientes y les cortó las manos, y luego se deshizo de los cuerpos cerca del vertedero. Dada la reputación del vecindario, los asesinatos tuvieron poca cobertura mediática y la investigación policial fue eclipsada por una matanza mafiosa la semana siguiente.

El vecindario predominantemente negro y latino es volátil, pero, a pesar de ser la única persona blanca en manzanas a la redonda, el Sr. Katz está tranquilo. Conduce por la calle apenas iluminada, donde la gente que vaguea en las esquinas fuma, toma y se pasa hierba de mano en mano. Las ventanillas de su carro apenas polarizadas ayudan a garantizar su anonimidad y, cuando alguien del vecindario logra darle una ojeada, está seguro de que creen que es policía. Han dejado de vender droga frente a su casa, y el tráfico de a pie disminuyó mucho. Mientras la policía dispersa a los muchachos de las esquinas, hace redadas en casas usadas como fumaderos y arresta prostitutas por ofrecer sus servicios, el Sr. Katz se esconde a plena luz del día, libre de operar como se le antoje.

Detiene el carro en la entrada del garaje de la ruinosa casa, abre el portón con el control remoto y entra. Al igual que la mayoría de las casas del vecindario, ha sido ignorada y necesita arreglos. Pero el gran sótano ofrece muchos metros cuadrados que le tomó cuatro horas insonorizar.

Abre la cajuela y saca a la muchacha. Tiene la boca pegada con cinta aislante, que usó también para amarrarle las muñecas.

Dice aparece desde el sótano. Es un hombre alto y esbelto, con brazos cubiertos en tatuajes: pentagramas, calaveras y un diablo con la lengua afuera. Su nariz y barbilla puntiagudas lo convierten en el vivo retrato del Sr. Punch, la cómicamente brutal marioneta del espectáculo de *Punch y Judy*. De niño, el Sr. Katz veía el espectáculo de las marionetas en un pequeño altillo cerca de la base Fuerza Aérea Real de Croughton en Gran Bretaña, donde estaba asignado su padre.

—Esto no es lo que acordamos —suelta Dice.

—Improvisé.

—¿Tienes idea de los putos problemas que nos va a traer esto? Es secuestro.

—Baja la voz —dice y carga a Amora hasta el sótano parcialmente amueblado: un televisor se balancea sobre cajas de cerveza frente a un sofá amarillo manchado. El Sr. Katz deja caer a Amora, que se retuerce sobre los almohadones.

—Estás sangrando —señala Dice.

—No me digas… Agarra las esposas.

—¿Esposas?

—¿Quieres que se escape?

—Búscalas tú. Yo no quiero tener nada que ver con todo esto.

El Sr. Katz se dirige a una caja grande, hurga adentro y saca las esposas, una cadena de bicicleta y un candado.

—¿Qué vas a hacer con ella? —pregunta Dice.

—Esta dulzura nos va a decir cómo encontrar a nuestro amigo Al Bouchard, ¿verdad? —Le clava los dedos en las costillas y ella grita a través de la mordaza—. Y si no lo hace… su estadía aquí va a ser muy corta.

—Viejo, tenemos que hablar. —Dice lo toma del brazo y lo aleja unos pasos de la muchacha—. ¿Qué demonios creías que hacías trayéndola aquí? No tienes por qué meter a civiles.

El Sr. Katz se suelta del agarre de Dice con brusquedad.

—¿Desde cuándo eres tú el que toma las decisiones? Te dije que terminaría el trabajo y es lo que estoy haciendo.

—¿Y cómo nos ayuda a recuperar los bienes exactamente traernos a una muchacha?

—Él la va a venir a buscar.

—¿Cómo puedes estar tan seguro?

—Porque es su hija. Y a menos que haya resucitado, simuló la muerte de ella igual que la de él. Estaba viviendo con su abuela a unas hectáreas por el camino cerca de la vieja granja de los Bouchard.

—¿O sea que la dirección era real?

El Sr. Katz asiente con la cabeza.

—Había un granero. Alguien cavó un túnel adentro.

—¿Qué tipo de túnel?

—Supongo que para escapar. Pero la verdad es que no les sirvió de mucho.

—Esto es un maldito desastre. No entiendo qué se te metió en la cabeza, pero le estás errando, viejo. O sea, ese asunto en Ellis, y ahora esto.

—¿Qué diablos sabes tú sobre Ellis?

—Dicen que a la muchacha la —baja la voz— violaron.

—El trabajo se hizo. ¿Qué importa?

—Verga, viejo. —Mira a Amora que sigue moviéndose en el sofá—. ¿Ahora te da por eso?

—¿Tú me juzgas a mí? ¿Despúes de toda la gente que masacraste?

—Nunca niños —responde Dice—. Y jamás de los putos jamases violé a nadie.

—Felicitaciones. Eres un dechado de virtudes. El asesino a sueldo quiere un premio por su modesta decencia. —El Sr. Katz se dirige adonde está Amora. Le esposa la pierna a la cadena de bicicleta y luego le pone el candado a la cadena alrededor de una viga de soporte de metal. Vuelve la mirada hacia Dice—. Convéncete de lo que quieras si te va a ayudar a dormir mejor de noche, pero los dos sabemos que no eres mejor que yo. La única diferencia es que yo sé lo que soy, un maldito depredador, y ellos son la presa. Putas ovejas. Importa poco cómo mueran. Y cuando empieces a tratarlas como el número que son, te irá mucho mejor.

—Estás mal de la cabeza —le dice—. No sé qué estaba pensando cuando decidí trabajar con un enfermo mental como tú.

El Sr. Katz lo siente. La fiebre arranca en el vientre; luego, le sube alrededor del cuello y late dentro de su cabeza. Piensa en lastimar a Dice, en usar un cuchillo y cortarlo lo suficiente para que recuerde que él también es ganado.

—Voy a subir —dice Katz—. Quédate con ella.

—Está encadenada. ¿Dónde diablos crees que va a ir?

—Pues bien, carmelita descalza. Seguro que tiene hambre. Dale de comer. Dale agua. Ponla cómoda. De lo contrario, cierra la puta boca.

El Sr. Katz sube a la primera planta y deja que Dice se ocupe de la muchacha. Va a la cocina, saca una botella de *whisky* americano barato de la alacena y se lo lleva al baño. Se saca la chaqueta y la camisa. La herida no ha parado de sangrar. Se la examina en el espejo del tocador. La bala de Adams hizo más que rozarle el hombro, pero sobrevivirá. Lava la sangre con una toallita y le da un sorbo al *whisky*. Se prepara mentalmente y le echa licor a la herida. La ola de dolor casi lo hace caer al piso.

—¡Verga! —El cuerpo le tiembla; se aferra al borde del lavamanos mientras pasa el dolor.

Después de tomar más del licor, se aplica un ungüento grasoso en la herida y la cubre con una venda. Se sienta en el borde de la bañera y sigue bebiendo.

El baño gira a toda velocidad, y el Sr. Katz se resbala y se desliza dentro de la bañera roñosa. Tal vez sea el licor o el *shock*, la realidad se le escapa y se empieza apagar hacia una nada.

· · ·

La puerta principal se abre con un golpe y el Sr. Katz pega un brinco, sobresaltado. No tiene manera de saber cuánto tiempo estuvo dormido. Se levanta de la bañera y se despatarra en el piso. Siente las piernas pesadas y le cuesta levantarse de los azulejos resbaladizos.

Estira el brazo hacia la puerta, se aferra al picaporte y lo hace girar. La puerta se abre y sale gateando.

Al final del pasillo está Dice, en la puerta de entrada.

—¿Qué haces? —le pregunta el Sr. Katz—. ¿Dónde está la muchacha?

—La dejé ir.

—¿Que hiciste qué?

—Se fue.

El Sr. Katz intenta levantarse con dificultad, se tambalea contra la pared y logra mantener el equilibrio.

—Hazte a un lado. —Intenta pasar a Dice e ir tras Amora. Dice lo empuja de nuevo al suelo.

—Es demasiado tarde —le dice—. No la vas a alcanzar.

—Idiota. ¿Sabes lo que hiciste? Era lo único que teníamos para negociar.

—Busca otra manera.

—¿Otra manera? —Se pone de pie apoyándose contra la pared para sostenerse—. Eres un imbécil. No hay otra manera.

—Entonces se termina. Diles a los Duchamp que se acabó, y que pueden irse a la mierda.

—Qué buen momento para que te salgan agallas. —El Sr. Katz

mete la mano en el bolsillo y saca su cuchillo—. Aunque un poquito tarde. —Se abalanza sobre Dice y le clava el cuchillo en el cuello. La sangre brota como de un géiser. Dice colapsa en el suelo y empieza a convulsionar.

El Sr. Katz pasa por arriba de su cuerpo y sale por la puerta principal. Desde la casa puede ver a Amora que corre calle abajo. Le lleva demasiada ventaja como para poder alcanzarla a pie. Entra de nuevo a la casa y baja al garaje. Sube al carro y espera, impaciente, que se abra el portón del garaje, y luego sale en reversa hacia la calle. Enciende las luces largas y escanea la noche. Ve que Amora corta camino a través del jardín seco frente a una casa, y corre al jardín trasero. Él da la vuelta a la manzana con los ojos atentos a la muchacha de camiseta floreada y *jeans*.

Cuando dobla la esquina, ella aparece de nuevo moviéndose con más lentitud. Parece faltarle el aire.

La alcanza y baja la ventanilla.

—¡Súbete al puto carro!

—Vete a la mierda —dice ella mientras sigue trotando a un ritmo moderado—. Mi padre te va a matar.

—Hablando de eso... —Cuelga el brazo despreocupadamente por la ventanilla—. ¿Qué te parece si regresamos a la casa y lo llamamos antes de que las cosas se descontrolen aún más?

—No voy a ningún lado contigo.

—No vas a salir viva de aquí —dice él con suficiencia—. Estos drogones y chulos te van a oler al instante.

—Pues me arriesgaré.

—Tal vez sea difícil de creer, pero estás más segura conmigo.

—¡Déjame tranquila, pendejo!

—Amora, no tengo ninguna intención de lastimarte. No me sirves de nada muerta.

Calle abajo titilan luces rojas y azules. A la distancia hay una patrulla estacionada junto a la acera. Amora lo ve y empieza a correr más rápido.

—No lo hagas —le advierte el Sr. Katz.

Ella empieza a agitar los brazos intentando llamar la atención de los agentes.

—¡Ey! ¡Ayuda!

—Niña estúpida. Estás cavando tu propia tumba.

—Pensé que no ibas a matarme.

—Me tuerces el brazo y haré mucho más que matarte…

—Vete al carajo. —Amora sale corriendo a toda velocidad hacia la patrulla al final de la calle.

El Sr. Katz acelera y le pisa los talones.

—¡Socorro! ¡Por favor, ayuda! —los brazos de Amora se agitan furiosos—. ¡Por favor, policía!

Los agentes están parados sobre un hombre que lleva una chaqueta de invierno raída a pesar de la noche cálida. Está tirado debajo de un paso a desnivel y no parece moverse. Tal vez esté muerto o borracho. Una policía, una pelirroja menuda, le da un empujoncito al hombre con el pie y él se mueve.

Katz acelera la marcha y se acerca más a Amora. Ella mira hacia atrás, petrificada. El terror en los ojos de la muchacha le resulta excitante. Siente un cosquilleo en el estómago y sonríe, convencido de que esta adrenalina es la que sienten los cazadores cuando están encima de su presa. Considera darle en la pierna con el parachoques. No para matarla, sino lo suficiente como para que trastabille y se caiga al concreto.

No… es demasiado riesgoso con la policía tan cerca, piensa. Desacelera, se mantiene debajo del límite de velocidad y permite que Amora llegue hasta la policía.

Se estaciona a una cuadra y la observa interactuar con los agentes, los dos con los brazos en jarra mientras Amora les habla. Parece alterarse más y más mientras señala el carro del Sr. Katz. Sería el momento para una presentación, pero su torso desnudo y su aspecto desalineado no le darán ninguna credibilidad. Estira el brazo hacia el bolso en el asiento de atrás, abre el cierre, saca una camisa negra y se la pone. Escupe en su dedo pulgar y se frota para limpiar la sangre que se le secó en el cuello.

Se acerca con el carro y baja la ventanilla.

—Buenas tardes, agentes —dice.

El otro policía, un hombre negro de hombros anchos, está de pie con las piernas arqueadas hacia afuera y una mano en la cadera.

—Es casi medianoche —dice el policía. Su compañera pelirroja mira atenta.

El Sr. Katz mira su reloj. La cara está salpicada de la sangre de Dice.

—Pero, vaya —dice—. Tiene razón. Fue un día muy largo. Ya no sé si voy o vengo.

—Es él —dice Amora—. Él es el hombre que me llevó.

El policía asume una postura firme: la pierna de la pistola hacia atrás y la mano sobre el arma.

—¿Qué tal si sale del carro y nos muestra alguna identificación?

—Por supuesto. —El Sr. Katz abre la puerta y se baja del carro—. Esto no es más que un gran malentendido. Esta señorita es mi responsabilidad.

—No parece estar yéndole muy bien. ¿Le importaría dar algún tipo de explicación?

—Seguro —dice y saca la cartera de su bolsillo trasero—. Soy su trabajador social, y el estado me encargó que la regrese a su institución en Dallas para que pueda recibir la ayuda que necesita.

—Miente —dice ella—. ¡Yo no tengo ningún problema! Por favor, vayan a la casa. Van a ver. Hay un sótano con plástico donde asesina gente. Lo sé.

—Qué imaginación —dice Katz—. En general es un don, realmente. Pero no a la medianoche, no sé si me entienden.

—Diles la verdad, imbécil.

—Un momento, señorita —dice el policía.

El Sr. Katz le entrega su licencia de conducir.

—¿Dice que es trabajador social para el estado?

—Dejé la placa en mi chaqueta. Con gusto la voy a buscar si no les importa esperar con ella. Solo les advierto que puede ponerse un tanto difícil cuando no toma la medicación.

—No tomo ninguna maldita medicación —dice Amora—. Por favor, llévenme y les pruebo todo en la estación de policía.

—Nadie va a ninguna parte por el momento. —El policía examina la licencia del Sr. Katz y luego se la entrega a su compañera—. Pásala por el sistema.

La pelirroja se sienta en el asiento del acompañante de la patrulla y presiona botones en lo que parece un procesador de texto montado al tablero. El Sr. Katz sabe que su alias está limpio, pero nunca le agrada que revisen su información en ningún tipo de base de datos de agentes policiales.

—Señor, ¿qué está haciendo en este vecindario exactamente? —pregunta el policía.

—Creí que Amora tal vez habría venido a Sunnyside. Muchos de los que intentan escapar buscan a familiares y amigos.

El policía mira a Amora.

—¿Es verdad? —le pregunta—. ¿Conoces a gente de por aquí?

—Nunca en mi vida he estado aquí. O sea, es la primera vez que vengo… —Tartamudea—. No entiendo. ¿Por qué no lo arrestan? Les dije que es peligroso. Mata a gente.

—Lo único que mato es el tiempo —bromea el Sr. Katz—. Por lo general, con un crucigrama o con un sudoku.

—La gente no viene a este vecindario a menos que conozca a alguien —dice el policía—. ¿Cómo dijiste que llegaste hasta aquí?

—Me trajo en la cajuela del carro… ese carro —dice y señala el Buick.

Su compañera vuelve con la licencia del Sr. Katz.

—Limpio.

La pelirroja le devuelva la licencia al Sr. Katz.

—Gracias —dice él—. Realmente siento mucho todo esto.

—Les puedo mostrar dónde me tuvo en el sótano —dice Amora—. Está a unas cuadras de aquí.

—¿Tienes una dirección? —pregunta el policía.

—¿Qué?

—La dirección de la casa… ¿la tienes?

—No.

—¿Al menos sabes en qué calle está?

—No… no sé. Pero la puedo describir.

—Sin ánimo de ofender, agente —dice el Sr. Katz—, yo no vendría a este vecindario a menos que tuviera que hacerlo. Tuve suerte de verla correr por la calle.

—¿Hace cuánto que la busca? —pregunta el agente.

—Unas horas… tal vez más. Como le dije, fue un día largo. Ahora, si no les importa, me gustaría regresar a Amora a su institución y dejarla al cuidado del personal médico.

—Tienen que escucharme —les ruega Amora—. Está mintiendo. Él es el culpable de la muerte de mi abuela.

—¿Estás diciendo que este hombre mató a tu abuela?

—Sí —dice ella, enfática—. Él es el Carnicero del Condado de Ellis.

—¿Otra vez? —El Sr. Katz suelta una risotada—. El otro día me acusó de ser un Terminator que había venido del futuro.

El policía pone los ojos en blanco.

—Mire, señorita, puedo pedir una unidad para que la lleve a la estación de policía, pero se va a tardar. Somos muy pocos los que estamos de servicio esta noche.

—No hace falta —dice el Sr. Katz—. Con gusto busco mi placa para demostrarles que soy quien digo ser.

—¿Dónde tiene la placa?

—En mi motel, a unos quince minutos de aquí.

—Me temo que no podemos esperar tanto tiempo.

—Por favor, agente —dice Amora—. Llévenme a la estación de policía. Allí voy a estar a salvo.

—Agente, esta no es la primera vez que se escapa. Hace un año la encontré en Las Vegas. Es una buena muchacha. Desorientada, pero buena. Ojalá entendiera que la queremos ayudar.

—No puedo creer lo que está pasando… —Amora se cubre la cara con las manos—. ¿Por qué no me creen?

Por la radio del patrullero se oye una llamada llena de estática. El policía se dirige a su compañera:

—Patsy, contesta eso, por favor.

La pelirroja se sienta en el asiento del acompañante de la patrulla y escucha. «Código 3». Le da un golpe al capote del carro.

—Nos tenemos que ir, compañero.

—Mire, señorita, parecería que el Sr. Katz la está tratando de ayudar. ¿Qué tal si intentan ponerse de acuerdo?

—No —Amora se aferra al brazo del agente—. Se lo ruego. Tiene que ayudarme.

El policía empuja a Amora al suelo y saca el aerosol de gas pimienta de su Sam Browne.

—¿Se ha vuelto completamente loca? Nunca agarre a un agente así. O la voy a arrestar por agresión a un agente de la ley.

Amora está exhausta.

—Por favor, lléveme —le dice mientras se quita pedazos de vidrio y grava de las palmas de las manos—. De lo contrario estoy muerta. ¿Me capta? Jodidamente muerta.

—Compañero —le dice la pelirroja—, nos tenemos que ir.

—Mierda… de no creer… Suerte con todo esto, Sr. Katz. —Mira a Amora como si quisiera vomitar—. Avísenos si intenta escaparse de nuevo. Con gusto emito una orden de búsqueda para la escuincla.

Amora se pone de pie y se sacude las rodillas.

—¡No estoy loca! Tiene que ayudarme.

—Les sugiero a ambos que se vayan —dice el policía y se sube la patrulla.

Las luces giran, rojas y azules. La sirena resuena. El patrullero arranca a toda velocidad envuelto en una nube de humo. Amora y Katz se miran en la oscuridad.

Amora se aleja de él.

—No te me acerques —dice Amora y se aleja.

—Haz una de estas escenitas de nuevo… —da unos pasos hacia ella— y te…

—¡Dije que no te me acerques! —Ella levanta los puños.

—Tienes un carácter fuerte. Admirable. —Él sonríe; las ridiculeces de la muchacha le divierten… y también lo excitan—. Pero no te das cuenta. Yo no soy el malo, un villano cualquiera de cuento de hadas. Soy un bendito espectáculo del horror. Lo único que he conocido en la vida y lo único que conoceré es el dolor. Y cuando me inspiro, me imagino de qué maneras voy a explorar ese dolor con gente como tú. El tema es que, una vez que empiezo no puedo parar. Así que te voy a dar una última oportunidad, así no tenemos que terminar en eso. Regresa a la casa para que podamos contactar a tu padre y, cuando me traiga lo que necesito, quedas libre.

—¿Y si no lo hago?

El Sr. Katz abre la puerta del lado del acompañante.

—Piensa en tu viejo —dice él—. ¿Perder no solo a la madre sino también a la hija? Suficiente para quebrar a cualquiera.

La expresión de Amora se amarga.

—Eres un monstruo.

—Eso no lo discuto.

Ella camina hacia el carro.

—¿Y Dice? ¿A él también lo mataste?

—Fue su elección. Espero que tú elección sea más acertada.

CAPÍTULO CATORCE

DESMOND

Desmond arranca el pedazo de madera de la pierna de Nia; ella lanza un grito ensordecedor. El aire huele a sangre. Él piensa en Vietnam. Hombres caídos. Arrasados por la ráfaga de disparos, cuerpos destrozados en mil pedazos. El aire cargaba el olor a muerte, igual que lo hace ahora… metálico como el cobre o el níquel, acompañado de una dulzura química que le recuerda al anticongelante.

—Toma esto —le dice y le entrega dos tabletas blancas.

Ella mira con desconfianza.

—¿Qué es?

—Ibuprofeno. Es lo único que encontré.

Ella toma las pastillas, se las pone en la boca y se las traga con agua de un vaso de poliestireno.

—¿Y de quién es esta casa? —pregunta, con la pierna estirada sobre el sofá.

—Es solo una casa —dice Desmond aplicando presión a la pierna de Nia.

—Nunca es *solo algo* contigo.

La casa de una planta y tres habitaciones está casi vacía y es anticuada; es como si nadie hubiera vivido allí jamás. Un sofá, una mesa, tres sillas plegables y catres para dormir en cada una de las habitaciones.

El objetivo de un refugio no es el confort, sino brindar seguridad, pero los habitantes no deben bajar la guardia. Desmond nunca se ha quedado más de un día en un refugio, y ese tiempo se la pasaba elaborando estrategias. Duda que él y Nia pasen aquí demasiado tiempo. Sería peligroso. Los *rangers* podrían estar buscándola, y los miembros de la Orden Fraternal de Delincuentes sin duda estarán rastreando todo Texas para encontrarlo a él.

—Mi operador mantiene este lugar. —Desmond apoya otra venda adhesiva sobre la pierna de Nia y presiona levemente contra la herida—. Trata de no poner peso sobre esta pierna.

—No es mi intención —dice ella—. Gracias.

Desmond está de rodillas, se levanta y se frota un nudo en el hombro. Tiene el cuerpo adolorido; está cansado, pero no se puede dar el lujo de descansar.

—¿Tu operador es tu jefe? ¿El tipo al que respondes?

—Algo así —dice él.

—¿Tienes alguna idea de dónde puede haber llevado Katz a Amora?

—No creo que haya ido muy lejos. Va a quedarse en la zona para poder intercambiar a Amora por las cosas.

—No sé cómo lo haces —dice ella—. ¿Cómo puedes estar tan tranquilo sabiendo que ella está en algún lado con él?

Le encantaría no estar tranquilo, que su capacidad de compartimentar le fallara y pudiera gritar hasta que colapsaran sus pulmones. Pero volverse loco no le va a devolver a Amora. En Vietnam, seguir vivo significaba mantener la mente aguda y concentrada en la misión. Todo lo demás era intrascendente. Hoy aplica la misma filosofía. Si la *ranger* Adams deja de serle útil, no tendrá más opción que abandonarla.

—Necesito hacer una llamada —dice él, luego va a la cocina y llama a Linh. A pesar de la intimidad compartida, llamarla se siente extraño, como si no hubiesen hablado en años.

El teléfono suena más tiempo del que anticipaba. Dado lo temprano que es, seguramente ella esté durmiendo, y él considera cortar la llamada.

Linh contesta.

—Hola… —su voz suena forzada.

—¿Linh?

—¿Desmond…? Quiero decir, ¿Al? ¿Eres tú?

—Sí.

—¿Qué está pasando? ¿Estás bien?

—Sí —dice él—. Pero no puedes regresar a tu casa. Al menos por un tiempo.

—¿De qué hablas?

—No es seguro que estés en tu casa.

—¿Y qué hay de los inquilinos?

—Se están quedando en hoteles. Probablemente la policía te contacte pronto. Es mejor que les digas la verdad.

—Pero no sé nada.

—Exacto. Diles que estás de viaje visitando a tu familia. Hasta donde tú sabes, la casa está en perfectas condiciones.

—Por favor, dime que sigue en pie. —La preocupación pesa en su voz—. Sabes lo que significa para mí.

—Sigue en pie, Linh.

—Qué alivio.

—Escucha, lo que te dije antes iba en serio. Lo último que quiero hacer es herirte, y voy a arreglarlo todo.

—¿Cómo?

—Todavía no lo sé. Lo único que te pido es que consideres darme un espacio.

—Eres un ladrón… un fugitivo. ¿Pretendes que viva una vida construida sobre secretos y mentiras? No puedo hacer eso… no lo haré.

—Las cosas van a cambiar. No voy a regresar a esa vida, y nunca más te voy a mentir.

Ella hace un chasquido con la lengua.

—¿Qué se supone que debo decir? ¿Se supone que ahora debo confiar en ti, y ya?

—No digas nada. Todavía no. Podemos hablarlo tranquilos cuando te vea.

—Eso significa que necesitas seguir vivo —dice ella—. ¿Eso va a ser un problema?

—Nunca ha sido mi problema. Pero voy a tener que hacer cosas. Cosas terribles... no hay otra salida.

—Pero si la hubiera —dice ella— la encontrarías, ¿verdad?

—Sí.

Ella suspira con recelo.

—Entonces haz lo que tengas que hacer.

—Está bien.

—Tengo que volver a la cama. Mi tía podría despertarse.

—Nos vemos, Linh.

—Adiós, Al.

—Soy Desmond —dice él—. Como te dije, Al ya no está.

—Okey... Desmond.

Corta la llamada, toma dos bolsas de maíz inflado de la alacena y regresa a la sala. Nia está agotada, se le cierran los ojos. Él le da las bolsas.

—Por si tienes hambre... También deberías dormir.

Nia abre una bolsa de un tirón, se llena la palma de la mano del maíz inflado y se lo mete en la boca.

—¿Y tú?

—Tal vez me coma una barra de proteína. Encontré unas de hace solo un mes.

—Me refiero a dormir.

—Yo me arreglo.

—No entiendo todo esto —dice ella—. Es que, pareces un tipo tan inteligente...

—No seas condescendiente.

—No es mi intención. Solo digo que...

—¿Quieres entenderme? ¿Es eso? —Desmond empieza a caminar de un lado a otro, dando vueltas al sofá donde está Nia—. A ver si adivino, eres licenciada en Psicología Criminal.

—Quiero saber por qué lo hiciste. Si valió la pena todo el daño colateral. Dime, ¿fue por el dinero?

—Nunca me importó el dinero. Lo hice por mi familia, para mantenerla a salvo.

—¿A salvo de quién?

—No me lo creerías.

—¿A ver?

—Okey —dice—. Imagina por un instante que existe un mundo aparte de todo lo que conoces. Es un mundo de sombras, y lo construyó la organización para la que trabajo. No le teme a la policía, ni a los políticos, ni a los gobiernos ni a nadie.

—¿Crimen organizado?

—No… nada de eso. No intentan forrarse los bolsillos y estafar lavanderías de dinero. Para ellos el dinero es una herramienta. Su moneda es el poder. Siempre lo ha sido. Y ejercen ese poder para influenciar todo lo que los rodea. Robé para ellos y me hice de muchos enemigos. Hasta hoy, creía que era todo por un bien mayor.

—¿Qué pasó hoy?

—Intentaron matarme.

—Mierda. ¿Quién *no* está intentando matarte?

—Soy la sensación del momento.

—A ver si lo entiendo: ¿una organización siniestra quiere controlarme? —Se rasca la sien mientras mastica un maíz inflado—. ¿Y qué? ¿Forzarme a comprar un dentífrico de marca?

—No es tan insignificante.

—Okey, ¿entonces qué?

—Ya dije suficiente. Lo creas o no. Lo único que me importa es recuperar a mi hija. —El teléfono de Desmond vibra. Abre la tapa—. Es un mensaje de Amora. Quiere que la llame.

—¿Cómo sabes que es ella?

—Lo firmó «7:21».

—¿Y eso qué quiere decir?

—Es la hora en que nació.

Él marca. Suena una vez y luego oye la voz de su hija.

—Papá —dice Amora con voz suave—. Soy yo.

Él escucha atentamente, concentrándose en cualquier cosa que pudiera sugerir su ubicación.

—¿Estás herida?

—Estoy bien.

No hay eco. No hay ningún tipo de ruido de fondo. Es como si la tuvieran en una cámara insonorizada.

—¿Qué hay del hombre que te llevó? ¿Dónde está?

—Dijo que si le das lo que robaste me dejará ir. Papá, mató a abue. —Empieza a sollozar—. Solo quiero irme a casa.

—Lo sé, pequeña. Lo sé. Todo va a estar bien. Ánimo, ¿okey? —No se oye nada del otro lado—. Amora, ¿estás ahí?

Katz gruñe. La llamada no se ha cortado.

—La dirección es 157 calle Maple en Sunnyside —dice—. Si oigo una sirena o veo rojo y azul frente a la casa, la muchacha muere. ¿Entendido?

—Déjame hablarle de nuevo.

—Ven solo. Tienes una hora.

—¡Ey! —grita Desmond—. ¡Ey, maldición! —Del otro lado no se oye más que un tono—. Mierda.

—¿Cómo está? ¿Qué dijo?

Desmond se toma un segundo antes de responder.

—No sonaba herida. —Camina hacia el sofá y le da vueltas. La ira ni se acerca a lo que siente—. Katz dijo que tengo que ir solo. Nada de policías.

—¿Nada de policías? Es el sospechoso principal en múltiples homicidios. ¿Sabes el puto lío que se me va a armar si no notifico a mis superiores?

—Haces eso y la mata. —Las palabras de Amora le laten en la cabeza. «Solo quiero irme a casa»—. Cuando la recupere, puedes llamar a quien quieras, al Ejército, a la Guardia Nacional, no me importa.

—Estoy violando el código de tan solo estar aquí. ¿Y además quieres que ignore que tengo un sospechoso peligroso y armado en una locación con una rehén?

—Va a morir. ¿Lo entiendes?

—Estamos entrenados para esto. Los *rangers* pueden sacar a Amora.

—No voy a arriesgar la vida de mi hija para que tú puedas demostrar que sabes lo que haces.

—No necesito demostrarle una puta cosa ni a ti ni a nadie. Solo estoy sugiriendo lo mejor para Amora. Tú eres un hombre solo. Incluso si la deja ir, ¿te crees que te va a dejar salir caminando de ahí?

—¿Qué otra opción tengo?

—Vas a la casa solo, y podría matarte al instante. ¿Y si tiene cómplices? Déjame ayudarte.

—Mírate la pierna —dice él—. ¿De qué me sirves?

—He estado peor. —Se sienta y deja caer el pie en la gruesa alfombra. Hace una mueca de dolor al sentir que la herida se agrava.

—Es una mala idea. Tengo suficientes malditos problemas sin que además se me muera una *ranger*.

—Si tan solo supieras por lo que pasé para que Amora no corriera peligro, no estarías cuestionando mi capacidad.

—Lo sé, lo sé —dice él caminando en círculos—. Arriesgaste la vida por ellas, pero aún respiras. Mi madre está muerta, y es posible que mi hija también.

Los ojos de Nia lo siguen por la sala.

—Mira, no estoy buscando un agradecimiento. Lo hice porque es mi trabajo, y a pesar del infierno que claramente le has hecho vivir a tu familia, de verdad te creo.

—¿Qué es lo que crees, exactamente?

—Que los Duchamp contrataron a Katz y que tú trabajas para una sociedad secreta jodidamente extraña. El tema es que no me importa todo eso. Me importa Amora y en este momento necesita toda la ayuda que podamos darle.

Él se detiene.

—Está bien, pero recuerda que te di una salida.

—¿Una salida? Pues, qué dulzura de hombre. Pero no te preocupes por mí. No me voy a hacer ni un rasguño.

Ella es sarcástica y atrevida... igual que la madre de Desmond que en cada conversación le recordaba su fragilidad. «Todos llegamos a la línea de llegada, cariño —decía—. El objetivo es llegar sabiendo aún nuestro nombre y caminando erguidos». Su madre había vivido con la perspectiva de la muerte de Desmond durante sus múltiples períodos de servicio en Vietnam, y se había acostumbrado a su ausencia. Pero se preocupaba por Amora, consciente de que su nieta languidecía al no conocer a su padre más que como una voz en el teléfono.

—Lo hacemos a mi manera —dice él—. Tú te posicionarás afuera. Yo entro, saco a Amora y te la envío.

—¿De qué sirvo si estoy afuera?

—Nada de policías, ¿recuerdas? Que no te vea.

—Okey.

—Pero si todo se va al demonio, vas a tener que sacarla.

—Te refieres a si Katz...

—Sí —dice abruptamente—. Si no logro salir.

La muerte nunca le ha preocupado, no del modo que debería haberlo hecho. Se enfrentó a la muerte más de una decena de veces desde que dejó Vietnam, y no se estremeció ni una vez ante la amenaza de sus garras. Pero esta vez las cosas son distintas. No es su transitoriedad lo que teme. Es la de Amora.

Nia se levanta con dificultad, casi pierde el equilibrio y lo recupera apoyada del brazo del sofá.

—Estoy bien —dice antes de que Desmond pueda oponerse o cambiar de opinión acerca de que ella lo acompañe.

—Donde sea que la tenga, aplacó el sonido —dice él.

—Las casas en ese vecindario suelen tener sótanos. Tal vez lo acondicionó para que nadie pueda oírla.

—Va a querer tenerla escondida mientras hacemos el intercambio.

—Mala movida —dice ella—. Necesitas una prueba de vida antes de ir.

—Estoy de acuerdo.

—Y si tiene otros sospechosos con él allí dentro, ¿entonces qué?

—Voy a tener que estar preparado para cualquier cosa.

Desmond regresa a la cocina. Nia cojea detrás de él. Él abre el horno y saca de los estantes tres revólveres, silenciadores, una escopeta recortada y tres cajas de municiones.

—Santo cielo —dice ella asomándose a la puerta—. ¿Todos los refugios son así?

—La mayoría.

—¿Cuántos hay?

—Cientos por todo el país. —Abre la alacena y saca chalecos tácticos y linternas—. Algunos estados tienen más, otros menos.

—Es como una franquicia de comida rápida para criminales.

—Es la Orden Fraternal de Delincuentes, no un puñado de carteristas.

—¿Qué onda con ellos? Hay veces que los haces sonar como demonios, y otras los reverencias como si fueran los alegres compañeros de Robin Hood.

—Es complicado.

—¿Complicado como un cartel?

—La Orden no trafica drogas.

—Claro. Claro —dice ella—. ¿Pero mata gente?

Desmond suspira.

—Entonces, ¿qué va a pasar cuando los miembros de este club de ladrones dejen de esconderse y decidan ejercer su poder? —pregunta Nia.

—No va a pasar.

—¿Y se puede saber por qué?

—Porque no son pandilleros que tengan que probarle nada a nadie. —Pone la escopeta en la encimera y empieza a cargarla—. Para existir, no necesitan que creas en ellos.

—¿Y cómo fue que te involucraste con ellos? De soldado a ladrón, parece un cambio de profesión un tanto extraño.

—¿Qué importa todo eso?

—Que esta noche somos socios.

—No somos socios.

—Okey, entonces somos compañeros de equipo, que, te advierto, se enfrentan a un asesino muy bien entrenado, lo cual prefiero no hacer con un desconocido.

Ella no afloja. Debe darle algo, ceder un poco; la necesita.

—Está bien —dice mientras carga la última bala en la escopeta—. Cualquier otra cosa que quieras saber, te la cuento en la furgoneta.

—¿Lo que sea?

—Sí... lo que sea.

• • •

Desmond se asegura de respetar la velocidad máxima y conducir la furgoneta entre las líneas blancas. La policía tiene por costumbre parar a motoristas que se dirigen a Sunnyside, en general en busca de delitos como drogas y posesión ilegal de armas u órdenes de arresto pendientes. Nia se sienta en el asiento trasero, implacable con la indagatoria, que es lo que él esperaría de una policía.

—¿Qué más quieres saber? —pregunta Desmond con las manos apropiadamente apoyadas sobre el volante, a las diez y las dos.

—¿Por qué escondiste a Amora tanto tiempo?

—Es lo que decidimos Mai y yo si nos llegaba a pasar algo. Mi madre la tendría recluida hasta que fuera lo suficientemente mayor para cuidarse sola.

—¿Mai? ¿Tu esposa?

—Nos conocimos y nos casamos en Vietnam. Necesitaba sacarla del país cuando quedó embarazada. Pero era difícil. Casi imposible.

—¿Y qué hiciste?

—Me emborraché —dice él—. Había un bar pequeño donde se juntaban la guerra y lo que quedaba de la sociedad. Era terreno neutral. Un hombre de aspecto profesional se puso a platicar conmigo. Traje de lino. Zapatos brillantes. Mucho dinero en los bolsillos. Dijo que era anticuario. Que buscaba objetos alrededor del mundo para revenderlos.

—¿El mercado negro de Asia?

—En ese entonces simplemente los llamábamos negocios. La

guerra había desestabilizado al país entero. Artefactos invaluables, oro, arte, hasta animales exóticos... habían saqueado todo, y había una gran cantidad de gente inescrupulosa que intentaba hacerse de esos bienes. Así que no dudé de él. Me dijo que podía sacarnos de Vietnam y devolvernos sanos y salvos a los Estados Unidos, a cualquier estado que quisiéramos. A cambio, yo trabajaría para él, ayudando a conseguir y trasportar artículos fuera del país. El tema era que no estaba haciendo un trabajo, estaba pagando una deuda. Y a medida que pasaba el tiempo, había más trabajos y mayores riesgos.

—¿Cómo atracos a bancos?

—Algunos —dice Desmond—. En general mi objetivo eran las residencias privadas. Digamos, una persona con una gran colección de relojes únicos de los que no quería que se enterara nadie, con historias complicadas. Como un Rolex que había pertenecido a un banquero judío, confiscado por los nazis antes de ejecutarlo en una cámara de gas. Esas son cosas que se supone que la mayoría de la gente no debería tener. Años más tarde, me enteré de la Orden Fraternal de Delincuentes, de su misión y de mi verdadero propósito allí. Para entonces, Amora ya no era una niñita, y me había perdido de cada logro, de cada momento importante de su vida. Excepto de la muerte de su madre.

—Siento que hayas perdido a tu familia.

—No solo la perdí. Les fallé —dice ocultando sus emociones—. Me cambié el nombre, pero no pude cambiar lo que había hecho.

—Así que te mantuviste alejado. Lo entiendo.

—Yo era el problema. Mantenerme alejado de sus vidas era la única solución.

—Suena como algo que diría mi padre.

—¿Tu padre?

—Joseph Turner. Está en prisión.

—Me suena el nombre.

—Debería sonarte —dice ella—. Ustedes dos eran como contemporáneos.

—¿Se dedicaba al crimen?

—Desde que nací.

—¿Hace cuánto que está en prisión?

—Casi veinte años. Seguramente esté allí por el resto de su vida. Y todo gracias a mí.

—¿A ti? ¿Cómo?

—Yo hice la llamada. Les dije a los *rangers* que planeaba algo grande. No estaba segura de qué, pero estaba convencida de que, con lo que fuera que intentara hacer, estaba firmando su sentencia de muerte, y no quería perderlo. Creí que si llamaba a la policía evitaría que sucediera… y así fue. Ahora está en una celda catorce horas al día, y a lo máximo que puede aspirar es a mis visitas y a la leche de fresa.

—¿Valió la pena?

—A veces. No estoy segura.

Desmond dobla a la derecha y se mete en el vecindario; luego frena ligeramente ante una señal de «pare» en la calle Maple.

—Estamos cerca —dice y mira a Nia por el espejo retrovisor—, a solo un par de casas.

Nia se agarra del apoyacabeza del asiento del acompañante y tira para acercarse a Desmond. Él puede oírla mejor con todo el ruido de sirenas a la distancia.

—¿Lo vas a matar?

—¿Qué te parece?

—No digo que no lo merezca. Se lo merece una y mil veces, pero…

—Pero tú eres la ley.

—Entonces… me entiendes…

—Casi te mata.

—Y debería enfrentarse a su debido proceso. Esa es la verdadera justicia.

—Lo siento, pero esa no es mi definición de justicia.

Desmond señala una casa con las luces apagadas.

—Debe de ser aquí —dice y se mete en la entrada al garaje.

—No veo su carro. Este lugar parece vacío.

—Tal vez esté en el garaje. Escondido.

—No lo sé —dice ella—. ¿Estás seguro de que es aquí?

Se enciende la luz del porche.

—Esa es la luz verde. —Coloca el silenciador, tira de la corredera de la Glock y prepara una ronda. Del chaleco táctico cuelgan la linterna y otros cargadores—. Te dejo la escopeta —dice—. Si Amora no sale en diez minutos, sabes qué hacer.

Nia amartilla la escopeta.

—¿Qué hay de ti?

—No te preocupes por mí. Sigue el plan.

Baja de la furgoneta con el portafolio, camina por la entrada y sube los escalones de cemento hasta la puerta principal. Mira hacia atrás a la calle vacía. Es escalofriante. Se siente como la muerte. Golpea a la puerta con fuerza y espera.

—¡Está abierto! —grita Katz. Su voz retumba en las paredes de la casa vacía.

Desmond abre la puerta mosquitera e intenta hacer girar el picaporte de la puerta de entrada. Gira.

—Entro —dice él, aferrado a la Glock mientras avanza.

Deja el portafolio en el piso, saca la linterna y la adjunta a su Glock. Pesa sobre el cañón, y le toma un segundo acostumbrarse al peso extra del arma. Enciende la linterna y camina.

La casa huele como se ve. Los techos decrépitos revelan humedades de años. Hay moho en secciones podridas de la pared. El piso cruje con cada paso. Los tablones están deformados, rotos o ausentes. Algunos tienen manchas de sangre… las paredes también.

Levanta el portafolio, se lo mete debajo del brazo, apunta la linterna a la vuelta de una esquina y espía dentro del baño. En la bañera hay un cuerpo. Se acerca despacio y ve a un hombre empapado en sangre con un agujero en el cuello. Parpadea rápido, luego gira y continúa con la búsqueda. En la pared del lado este hay dos habitaciones. Las puertas están cerradas. Las abre rápido y escanea los cuartos.

Ambos están vacíos.

Entra a la cocina. La canilla gotea en el fregadero de porcelana oxidado. Las cucarachas se dispersan con la luz.

Katz grita desde el sótano:

—¡Estamos aquí abajo!

Su voz quema los oídos de Desmond. Sale de la cocina y se desplaza hacia las escaleras. Dobla una esquina, apunta la pistola y alumbra la oscuridad.

—¿Amora? —llama—. ¿Estás ahí abajo?

—Estoy aquí, papá.

—Te estamos esperando —dice Katz—. Nuestro huésped de honor.

Desmond da pasos lentos y deliberados hasta que llega al último escalón y ve a Katz sentado frente a una mesa en la oscuridad. Amora está a su lado con las muñecas atadas. Él tiene el arma apretada contra la cabeza de la joven.

—Baja el arma al piso y patéala hasta aquí —dice Katz y señala el fondo del sótano.

Desmond patea el arma con suficiente fuerza como para apartarla unos metros. La linterna se apaga.

—¿Satisfecho?

—A tu derecha hay un interruptor de luz. Enciéndelo —dice Katz—. Luego quítate el chaleco y ponlo en el suelo.

Desmond tantea en busca del interruptor y lo enciende. Se quita el chaleco táctico y lo tira a sus pies. La fluorescencia inunda el lugar. Las paredes están bien acolchadas. Todo ha sido cubierto de plástico, preparado para un baño de sangre.

—Pon el portafolio sobre la mesa —dice Katz—, y camina hacia atrás.

Desmond se acerca a la mesa, mira a los ojos a su hija, y asiente con la cabeza. Deja el portafolio y da seis pasos hacia atrás. Mira mientras Katz lo abre, saca el contenido y lo revisa.

—Está todo —dice Desmond—. Las monedas y el manifiesto.

Katz se ríe.

—El infierno que pasamos por esto. Qué irónico, ¿no?

—¿Qué?

—El trabajo que se toman algunos para esconder la verdad, pero tú eres un experto en eso, ¿no es así, Sr. Bouchard? —Katz regresa los artículos al portafolio y lo cierra—. No es tarea fácil permanecer muerto tanto tiempo como tú.

—Ya tienes lo que querías. Déjala ir.

—No, lo que quería no. —Juega con el pelo de Amora y enrosca los dedos en sus rizos—. Lo que quiero es mucho más complejo. Es primitivo, una comezón que no me da tregua. Luchar contra esa comezón es una batalla perdida. Es que, no somos tan distintos tú y yo. —Su mano baja por el cuello de Amora—. Vamos tras lo que queremos, y no nos importa si hay daños colaterales en el camino. Los Fletcher, tu madre... ¿Cuántos han muerto en todos estos años para que Al Bouchard pueda volver a vivir... tener una segunda oportunidad?

—No te lo estoy pidiendo. Deja ir a mi hija.

—Pues, es preciosa. Bella. Inteligente. Admiro su espíritu brioso. Ahora veo de dónde lo saca. —Le toma un pecho y lo aprieta—. Pero todos los espíritus briosos pueden domarse.

Desmond ve cómo la luz en los ojos de Amora se desvanece; cómo el aura alrededor de su rostro se despoja de lo que tuvo alguna vez: un brillo resplandeciente.

—Te voy a matar —dice Desmond.

—No cuestiono que quieras hacerlo. Ni que lo intentes. —Katz se pone de pie y envuelve con los dedos la base del cuello de Amora—. Levántate. —Amora se levanta lentamente con los ojos llenos de lágrimas—. Ve hacia él.

Amora rodea la mesa. Da pasos largos hasta llegar junto a Desmond. Él la abraza fuerte contra su pecho sin quitarle los ojos de encima a Katz. No ha abrazado a su hija en dieciséis años, no la ha olido ni ha oído el latido de su corazón. Este no es el reencuentro con el que soñó. Lo sombrío de este calvario va más allá de toda comprensión. En todos sus años como soldado y más tarde como ladrón, nunca ha sido testigo de nadie tan violento e inmoral como Katz.

Desmond le habla a Amora al oído:

—Adams está afuera. Corre.

Amora pivotea y sale corriendo escaleras arriba. Desmond queda de frente a Katz, cuya arma le apunta apenas ladeada. Katz parece favorecer su hombro derecho, sutil pero visible.

—No debiste de haber involucrado a mi familia —dice Desmond.

—No me diste opción.

—¿Los Duchamp saben lo que hiciste?

—¿Por qué? —A Katz se le dibuja una sonrisa socarrona—. ¿Crees que no estarían de acuerdo?

—No… no lo creo.

—Entonces, ¿qué piensas hacer, Bouchard?

Desmond mira su pistola en la otra punta del sótano. Estima que le tomará unos veinte pasos alcanzarla… de unos tres a cinco segundos. El tiempo suficiente para que Katz dispare varias veces y, hasta herido, su puntería no fallaría.

Desmond deberá igualar las probabilidades.

—Según lo veo yo —dice Katz, ajustando la empuñadura sobre su pistola—, puedes darte vuelta e intentar salir de aquí. En cuyo caso, yo decido si aprieto el gatillo para que te desplomes donde estás o permito que te reúnas con tu hija. Digamos que elijo la opción más caritativa. Tal vez pasen meses… incluso años. Luego, un día en que me sienta especialmente irritable, te busco y te dejo que observes mientras quiebro el espíritu brioso de tu hija; y después, cuando esté satisfecho, los desangro a los dos. Bien despacio.

—No me gusta ninguna de las dos opciones.

Desmond corre hasta el interruptor de luz, le da un golpe hacia abajo con los dedos y se tira al suelo. Los rodea la oscuridad. La boca del arma destella sobre su cabeza. Katz grita y dispara de manera salvaje:

—¡Eres hombre muerto! ¡Juro que eres un puto hombre muerto!

Los casquillos rebotan contra las paredes de metal y concreto. «Fuerza. Tienes que luchar», se dice Desmond. Tantea donde está la pistola, la agarra y apunta bajo. Dispara en la dirección de Katz. Dos tiros, luego tres o más, hasta que oye un golpe seco y los disparos se detienen. Se arrastra hasta el interruptor de luz, se para de un salto y lo enciende. Katz está en el suelo y se sostiene la rodilla: una rótula y una espinilla destrozadas. Se ve tejido y fragmentos de huesos. Sangre por todas partes.

—Hazlo —dice Katz—. Termina el trabajo.

Desmond patea el arma de Katz.

—No.

—No me dejes así. —Katz se babea encima y tiembla. Empieza a entrar en *shock*.

—Me vas a llevar hasta los Duchamp —dice Desmond—. Luego, si sigues con vida… ¿qué fue lo que dijiste sobre desangrarnos bien despacio?

—Los Duchamp son intocables. Vas a estar muerto antes de llegar a la puerta de entrada.

Desmond levanta el chaleco táctico y se lo pone.

—Nadie es intocable —dice.

—Nunca vas a pasar del portón…

—Tú me harás entrar. —Desmond presiona con el pie contra la pierna destrozada de Katz. La sangre rezuma en coágulos—. ¿No es así?

Katz grita.

Desmond sigue presionando y oyendo cómo se trituran los huesos contra el piso de cemento.

—Hay cosas peores que la muerte —dice Desmond mientras mira cómo la pierna machacada se dobla y se aplana de manera antinatural—. Adams está afuera con Amora. Si no me ayudas, te dejo para los *rangers*.

—¡Mierda! —Katz respira agitado y lleno de pánico—. Está bien —dice intentando aplacar su respiración—. Lo haré.

—Como si tuvieras opción. Levanta el culo —le dice y lo agarra como agarraría a un soldado herido en el campo de batalla—. ¿Esta puerta lleva al garaje?

—Sí.

Desmond toma el portafolio de la mesa y avanza hacia la puerta. La abre y ve el sedán de Katz estacionado. Aprieta un botón apenas iluminado cerca de un interruptor de luz. Se abre la puerta del garaje. Nia está de pie en la entrada del garaje con la escopeta, protegiendo a Amora.

—¿Eres tú, Desmond? —pregunta Nia levantando el arma.

—Soy yo —dice.

—¡Papá! —Amora empieza a moverse para abrazar a su padre hasta que ve a Katz aferrado a su hombro. Se paraliza, y luego corre hacia Katz y le escupe la cara. La saliva corre por la mejilla del hombre.

—Está vivo —dice Nia sorprendida.

—Por ahora —dice Desmond.

—¿Doy parte a la policía?

—No.

—No puedo dejar que lo mates.

—Papá, por mucho que quiera verlo muerto, deja que Nia se lo lleve —dice Amora—. Nos podemos ir… todo esto puede terminar.

—Me temo que no, pequeña. Katz y yo vamos a tener una plática con su empleador.

Nia acomoda el agarre de su arma.

—¿Vas a ir tras los Duchamp? Te dije que era la movida equivocada.

—Es la única movida.

—Si lo que dices de la Orden Fraternal es verdad, matar a los Duchamp no va a hacer más que traerles más problemas a ti y a ellos. Es hora de dar un paso al costado. Llévate a Amora y vete. Déjame a Katz a mí.

—¿Qué quieres decir?

—Te estoy dando una oportunidad, Desmond. Los dos han sufrido bastante. Váyanse y todo lo que sucedió aquí no tendrá nada que ver contigo. Pero si vas tras los Duchamp, eso no puedo ignorarlo.

Katz se empieza a desvanecer:

—Tal vez deberías escuchar a la *ranger*, Bouchard. —Gime por el esfuerzo al hablar—. Es más inteligente de lo que parece.

—Papá, deberíamos irnos. Ya perdimos demasiado...

—No lo entienden —dice Desmond—. Es la única manera de ponerle fin.

—Siempre dijiste que, cuando llegara el momento, podríamos estar juntos otra vez. Desaparecer y largarnos a algún lugar donde no nos encontraría nadie. Este es el momento, papá. No tiene que morir nadie más.

—Pero morirán —dice él—. Lo entiendo mejor de lo que lo entendí jamás. La gente como los Duchamp no sufre como el resto de nosotros. No sienten miedo porque no se enfrentan a las consecuencias. Se pasan toda la vida sin tener que enfrentarse a las ramificaciones de sus acciones. Están en la cima de la cadena alimenticia, tiburones que se hacen un festín con lo que les plazca. Convencidos de que son intocables. Pero todo eso va a cambiar. La gente verá que tarde o temprano todos tenemos que responder por nuestros crímenes. En especial los que han engrosado sus carteras con el sudor de los humildes.

—Tienes razón: debemos responder por las cosas que hicimos. Eso te incluye a ti —dice Nia—. ¿No es así, Desmond?

—Yo acepto lo que se me viene. Ya estoy pagando y seguiré haciéndolo.

Nia desplaza su peso hacia su pierna sana y lucha por mantenerse erguida.

—¿Entonces eres defensor de los pobres y ausentes ahora?

—No —dice avergonzado—. Solo soy un hombre con un número considerable de asesinatos en mi haber. Y pasé la mayor parte de mi vida matando a la gente equivocada. Por fin tengo la oportunidad de remediarlo.

La risa de Katz se transforma en un ataque de tos. Escupe sangre.

—Un asesino noble... un tanto contradictorio, ¿no te parece?

—Cierra la maldita boca —dice Desmond.

—No puedo dejarte ir —dice Nia—. Lo sabes, ¿verdad?

—Muévete, Adams. —Desmond avanza hacia la furgoneta. Nia ni se inmuta.

—Mátalos, y te van a perseguir por el resto de tu vida. No habrá lugar al que puedan ir tú y Amora.

—Lo sé —dice y mira a su hija—. Pero es hora de que encuentres tu propio destino, Amora.

—Papá, ¿qué dices…?

—Todo va a estar bien, pequeña. Tu abue te crio para que fueras fuerte. Te entrenó muy bien.

—¿Papá? No, por favor, no lo hagas.

Desmond le arrebata el arma a Nia. Ella no tiene la fuerza suficiente para oponerse. Él sigue arrastrando a Katz hasta la furgoneta. Apoya el portafolio en el piso, abre la puerta corrediza y mete a Katz. Con la cantidad de sangre que perdió, es posible que viva treinta minutos, una hora si tiene suerte. A menos que Desmond pueda detener algo el sangrado. Se quita el cinturón y lo amarra a la pierna de Katz. El dolor debería ser insoportable, pero Katz apenas reacciona. Sus ojos están vacíos y su cara ha perdido su color. La piel está empapada de un sudor frío. Los nervios deben de estar muertos, piensa Desmond.

—Papá… ten cuidado.

—Te veré pronto, pequeña —dice antes de subirse a la furgoneta. La pone en marcha y enciende las luces.

—No voy a llegar —dice Katz—. Te van a arrestar mientras transportas un cadáver.

—Toma —dice Desmond, saca el teléfono del vehículo de la base y se lo entrega a Katz—. Haz la llamada.

—¿Y qué digo?

—Diles que tienes los artículos y estás listo para la entrega.

—No funciona así.

—Diles que hubo un cambio de último momento.

Katz escupe más sangre.

—Se van a dar cuenta de que hay algo raro.

—Convéncelos.

Katz marca.

—Soy yo —dice—. Cambio de planes. Yo voy hasta donde están ustedes.

Desmond sujeta la Glock contra la cabeza de Katz y escucha por si oye algo extraño: alguna alerta, tal vez.

—¿Quieren las cosas o no? —pregunta Katz—. Entonces voy yo. —Cuelga la llamada y le devuelve el teléfono a Desmond—. ¿Contento?

—Lo estaré. ¿Adónde vamos?

—Hunters Creek Village. 3211 Timberwolf Drive.

Katz parece como si se fuera a dormir.

—Intenta no morirte, hijo de puta —dice Desmond y sale en reversa de la entrada.

Mira por el parabrisas y ve que Amora se seca las lágrimas. Ella gesticula un «te amo».

Él hace lo mismo.

CAPÍTULO QUINCE

NIA

Por el horizonte se asoma la mañana. Una luz ocre cubre el humilde vecindario y alumbra la miseria.

—Tengo que informarlo —dice Nia—. Mi celular se quedó sin batería. Espero que haya un teléfono adentro.

—¿Vas a entrar ahí? —pregunta Amora.

—No tengo otra opción —dice Nia—. Quédate en el garaje. Enseguida vuelvo.

—Hay un cuerpo ahí adentro. Un hombre… Creo que trabajaba con Katz.

—¿Katz tenía un socio?

—Eso creo —dice Amora—. Intentó ayudarme a escapar y Katz lo mató.

—Lo siento. —Nia apoya la mano sobre el hombro de Amora—. Siento que te hayan arrastrado a todo esto.

—No es tu culpa. Tú hiciste lo que pudiste, y estoy muy agradecida por tu ayuda. Aunque mi padre no lo diga, él valora lo que hiciste para salvarnos.

—Igual —dice Nia—. No pude salvar a tu abuela…

—Abue —dice Amora y recuerda con la mirada abatida a la adorada matriarca—. No tienes idea de la cantidad de noches que recé para tener una vida normal, un padre normal. Y hasta después de todo esto no puedo odiarlo.

—Lo sé.

—Lo amo demasiado. Es lo único que me queda —dice ella—. A pesar de todo, yo sé que sólo intentaba hacer lo mejor para todos.

—Yo sé lo que se siente…

—¿Crees que lo va a lograr?

—Hace poco que conozco a tu padre, pero tal vez sea el hombre más motivado que he conocido en mi vida… sin duda el más enojado.

Amora fuerza una sonrisa.

—Supongo que eso es bueno, ¿no?

—Significa que no se va a dar por vencido y, tal vez, ese sea el problema… saber cuándo parar. Yo aún no lo he aprendido.

—Vas a seguirlo, ¿verdad? —pregunta Amora—. Para detenerlo y que no lastime a esa gente rica.

—Voy a hacer lo que pueda para asegurarme de que no salga herido. —Nia deja que su mano se deslice del hombro de Amora—. Pero va a depender de tu padre cómo termine todo. —Entran juntas al garaje—. ¿Estás segura de que vas a estar bien aquí afuera?

—No puedo volver a entrar a la casa… no me da el estómago.

—Okey.

Amora se queda mirando el sedán de Katz. Como si verlo fuera un detonante emocional, empieza a llorar. Nia estira la mano para consolarla. Amora la rechaza con suavidad.

—Estoy bien —le dice—. Ya haz lo que tengas que hacer ahí dentro.

—¿Estás segura?

—Sí. Ve a hacer tu llamada.

Nia entra cojeando a la casa, cruza el sótano hasta el teléfono y llama a McCann.

—¿Adams? —Suena alarmado, ya sea por la voz de Nia o porque lo despertaron a las 6 a. m.—. ¿Dónde demonios estabas? Te estuvimos llamando y tratando de ubicarte por la radio toda la noche.

—Nunca regresé a la Explorer. Me quedé sin batería en el teléfono.

—¿Dónde estás?

—En la escena de un crimen. Después le explico todo, pero por ahora necesito que envíe unidades a Sunnyside.

—¿Qué demonios haces en Sunnyside?

—Rastreé al Carnicero del Condado de Ellis hasta aquí. Tengo una víctima viva y un cuerpo en el baño. —Mira alrededor del sótano, y repara en las coberturas de plástico y las herramientas eléctricas—. Y mejor será que envíe a los forenses. Me temo que se trajo el trabajo a casa.

—¿Dónde está el sospechoso ahora?

—Cuando llegué, ya se había ido. Vamos a necesitar al menos una docena de *rangers*. Tal vez tendría que involucrar a los federales.

—¿Una docena de *rangers* a esta hora?

—Lo que sea que pueda enviarme.

—¿Y los federales? Debe de estar muy mal la cosa.

—Es grande, señor. Mucho más grande de lo que pensé.

—¿Y el sobreviviente?

—Es una niña, está un tanto nerviosa, pero va a hablar.

—¿Cómo llegaste hasta Sunnyside sin la Explorer?

—Requisé un vehículo, señor. Fuerza mayor.

—No quiero ni pensar el papelerío que voy a tener que hacer por eso —dice—. Aguarda ahí. Voy a armar un equipo.

—Copiado.

—Y, Adams…

—¿Sí, señor?

—Buen trabajo —le dice—. Ya vamos para allá.

—Gracias, señor… Hay una cosa más.

—Dime.

—Hay razones para creer que la familia Duchamp está involucrada.

—¿Los Duchamp? ¿Qué demonios tienen que ver con todo esto?

—Todavía no termino de reconstruirlo, pero podrían estar en peligro. Yo le sugeriría alertar a las autoridades locales de que es muy posible que sus vidas estén amenazadas.

Se oye el motor de un carro que acelera. Nia se sobresalta y mira hacia la puerta abierta donde estaba Amora hace unos instantes. Deja caer el teléfono y se tambalea hasta el garaje. Amora está sentada en el asiento del conductor del Buick de Katz. Nia se acerca a la ventanilla y golpea el vidrio.

—¿Qué haces? ¡Sal del carro! —le grita—. Es evidencia.

Amora no baja la ventanilla. El carro empieza a salir en reversa lentamente, acercándose al borde de la acera. Nia se mueve con lentitud. Reúne fuerzas y arrastra la pierna herida. No puede caminar a la velocidad del carro, ni siquiera con su leve aceleración y la escasa experiencia de Amora al volante.

Amora sigue en reversa y baja a la calle.

—Mierda… —Nia está por demás agotada, y tiene la pierna hinchada con líquido alrededor de la herida de la perforación. Cada paso es un suplicio. Cruza el jardín, luego cae de rodillas junto al buzón y ve cómo se aleja Amora en el carro.

. . .

A McCann le toma treinta y cuatro minutos llegar con tres *rangers* en una Chevy Suburban. Lo siguen dos agentes del FBI en un Crown Vic. No hay equipo forense. Dada la gravedad de la escena del crimen, Nia esperaba una respuesta más considerable. Observa a los hombres que bajan de los vehículos, todos vestidos de civil, y los espera en el garaje. McCann la mira de arriba abajo. Es difícil adivinar qué está pensando, pero Nia sabe que se ve fatal.

—Buen día, señor. —Saluda a los demás con un gesto—. Caballeros.

—Santos cielos, Adams —dice McCann concentrado en su pierna—. Necesitas un médico. —Gira hacia el *ranger* O'Donnell, un rubio zopenco de sonrisa maliciosa que a Nia nunca le cayó bien—. Llama a un paramédico para Adams y averigua en qué está el equipo forense.

—Sí, señor —dice O'Donnell y sale corriendo a la Suburban.

—Así que ¿es aquí? —McCann recorre la fachada venida abajo con la mirada—. Su base de operaciones.

—Así parece. No sé si es el dueño.

—¿Dijiste que adentro hay un cuerpo?

—Un masculino mayor. Caucásico. Parece haber perdido mucha sangre.

Un agente del FBI con una camiseta de Allman Brothers y *jeans* desteñidos entra al garaje.

—Aquí hay aceite fresco —dice—. ¿Qué le pasó al vehículo?

—Debe de ser en lo que escapó —dice McCann—. ¿No es así, Adams?

—Correcto, señor.

—¿Le importa si entramos? —pregunta el agente—. Solo para tener una idea del lugar antes de que llegue el equipo forense.

—Adelante —dice McCann.

El agente ingresa a la casa por el garaje mientras los otros *rangers* aseguran el perímetro. Un par de mirones del vecindario se congregan en la acera de enfrente… más que nada drogones, indigentes y gente de pasada a la parada de autobús.

—¿Qué es todo esto de que los Duchamp podrían estar en peligro?

—¿Llamó a la policía local?

—Aparentemente no hacen más que recibir amenazas con el tema de la perforación de petróleo. Ya sabes, todos esos a lo Greenpeace… guerreros ambientalistas desquiciados.

—Es una amenaza creíble, señor.

—Se lo dije a los locales —dice—. Pero no van a poner un pie en su tierra.

—¿Por qué?

—Aparentemente es soberana.

—¿Los Duchamp viven en tierra tribal?

—Así parece.

—¿Cómo demonios lograron hacer eso?

—Quién sabe, pero tienen su propia jurisdicción y su propio equipo de seguridad. Del tipo comando. Se supone que son unos verdaderos matones.

Nia suspira.

—Qué puto desastre...

—Tal vez sea mejor que te sientes y no te muevas hasta que puedan revistarte los paramédicos, ¿okey?

—Estoy bien.

—No te ves bien.

—Señor, ¡estoy bien!

—Tranquila, Adams. Hay que mantener la cabeza fría.

—Es que no entiende, los Duchamp están involucrados en todo esto y van a tener problemas.

—¿Qué tipo de problemas? —McCann pone su pose de pensador—. ¿El Carnicero?

—No puedo explicárselo ahora. Demasiadas piezas en el rompecabezas.

—Tienes que darme algo, Adams.

—Los Duchamp pueden haber contratado al sospechoso Carnicero.

—¿Qué?

—El Carnicero no es un asesino marginal, es un sicario.

—¿Me estás diciendo que los Duchamp contrataron un asesino a sueldo?

—Sé que suena disparatado, pero los Fletcher no fueron víctimas al azar.

—¿Tienes algún tipo de prueba fehaciente?

—No.

—¿Este Carnicero se escapó antes de que pudieras aprehenderlo, o lo aprehendiste y se escapó?

Nia se calla. Nunca le ha mentido a un colega, y menos a un superior. Sabe que lo que sea que diga podría considerarse una obstrucción a la justicia y una violación de su juramento. Sus actos serían enjuiciables y razón suficiente para que la echen, pero no ve otra salida.

—Seguí una información que me llegó, y lo ubiqué en una residencia que creí abandonada. Me tendieron una emboscada. Hubo una balacera.

—¿Por qué no llamaste a pedir refuerzos?

—No tenía acceso a una radio.

—¿Qué más? —pregunta, aparentemente ansioso por desafiar la credibilidad de su historia.

—El sospechoso huyó, y pude seguirlo hasta aquí, a Sunnyside.

—¿En el vehículo requisado?

—Sí... una furgoneta de trabajo. Asumo que el sospechoso se dio cuenta de que lo seguía y volvió sobre sus pasos. Lo perdí, pero llegué hasta este garaje abierto en esta residencia. Tuve una corazonada así que me estacioné, revisé la casa y busqué rastros de cualquier tipo de actividad sospechosa.

—¿Qué era tan sospechoso que necesitaste ingresar sin una orden judicial?

—El portón del garaje estaba abierto —dice Nia—. Eso no es común en este vecindario. Nadie deja nada abierto por aquí, y menos el garaje.

—Bastante flojo el argumento, Adams.

—Sin embargo, señor, es lo que pasó. Ingresé y encontré a la víctima que había sobrevivido y al hombre muerto en la bañera.

—¿Y la sobreviviente... dónde está?

—Se escapó —dice Nia—. Algo la asustó. Huyó en la furgoneta. Yo no estaba en condiciones de detenerla.

—Si las estaciones de noticias se enteran de esto, tal vez recibamos una llamada del gobernador.

—Podemos arreglarlo, señor. La clave son los Duchamp.

—Más te vale que todo esto esté minuciosamente detallado en un informe.

—Sí, por supuesto, señor.

—Debemos concentrar nuestros esfuerzos en localizar al sospechoso y a la víctima. ¿Tomaste el número de matrícula del vehículo del sospechoso?

—Desgraciadamente, no. Había muy poca visibilidad, y la distancia fue un factor.

Llega la ambulancia. Los paramédicos bajan del vehículo y se acercan a O'Donnell que los dirige hasta Adams y McCann guardando unos pasos de distancia.

—Adelante, revísenla —dice y se hace a un lado para que los paramédicos puedan evaluarla.

Los paramédicos ayudan a Nia a llegar hasta la ambulancia. Ella le grita a McCann:

—¡Señor, debemos contactar a los Duchamp!

—Ocúpate de esa pierna.

—¿Tú te arreglas? —pregunta el paramédico más joven de pelo desgreñado. Nia no sabía que los paramédicos podían dejarse el pelo largo; el hombre tiene aspecto de venir de un concierto *grunge*.

—Claro —dice el paramédico alto de piel caoba. Tiene una sonrisa bonita. Dientes perfectos: blancos y derechos—. Está en buenas manos.

El paramédico *grunge* asiente con la cabeza.

—Voy a monitorear la radio —dice y se sube al asiento delantero de la ambulancia.

—Debe de haber sido una noche movida —dice el muchacho apuesto—. Siéntese, así le arreglamos esa pierna.

—No te das una idea.

—Así que es una *ranger* —dice—. Impresionante. —Nia nunca sabe si es impresionante porque es negra, porque es mujer o por ambas cosas—. No está mal el parche de la pierna —continúa mientras quita la venda—. Voy a tener que darle algo para evitar una infección. Tal vez duela un poco. —Abre un cajón, mete la mano y saca un vial y una jeringa. Clava la aguja en el vial, tira del émbolo y llena la jeringa de un líquido traslúcido—. Va a sentir un pinchecito en el brazo.

Nia está demasiado exhausta como para que le importe. Él le frota la piel con una toallita con alcohol. La aguja le pincha el brazo; al principio siente frío y luego le quema el músculo. El paramédico retira la aguja lentamente de su brazo, aplica una bola de algodón y coloca una curita sobre el lugar de la inyección. Corta las vendas que le administró Desmond y limpia la herida con una espuma antibacteriana.

—Necesita puntos —le dice.

—No tengo tiempo.

—Es una perforación importante.

—Suena muy serio —dice ella incomodándolo—. Solo necesito moverme mejor. ¿Tienes algo para entumecerla?

—Un analgésico puede a ayudar, pero en serio debe ir a un hospital. La herida ni siquiera está cerrada.

—Entonces cerrémosla. ¿Cuánto vas a tardar en coserla?

—No soy yo el que tendría que hacerlo.

—Pero sabes cómo, ¿verdad?

Asiente levemente con la cabeza.

—Okey. Entonces, adelante —dice Nia.

Él suspira y empieza a cortar el resto de la pierna del pantalón hecho girones. Luego, empapa la herida con agua esterilizada.

—Va a doler —dice y saca una engrapadora quirúrgica de una bolsa sellada—. Solo lo hice una vez… va en contra del protocolo.

—Tienes luz verde. No voy a hacer juicio.

—Bueno saberlo —dice él con expresión circunspecta—. Aquí va.

Aprieta la cabeza de la engrapadora contra la piel de Nia y presiona con fuerza. Ella quiere gritar, pero se mete el pulgar entre los molares. Él continúa engrapando a lo largo de la herida.

—Solo un par más —dice con la frente mojada. A Nia le preocupa que la transpiración caiga en la herida, pero él se seca la cara con rapidez—. Listo. Va a aguantar hasta que llegue a un hospital.

—Gracias.

—No hay de qué, *ranger*…

—Adams… *ranger* Adams.

—Espero que no le moleste la pregunta, pero ¿es la primera?

—Lo soy —dice ella, y no hacen falta más explicaciones.

Él extiende la mano.

—Significa mucho —dice—, que tenga esa placa. Realmente lo valoro.

—¿Qué cosa?

—Que no se haya dado por vencida. Apuesto que van a escribir acerca de usted en los libros de historia —dice—. No veo la hora de contarle a mi niña sobre usted.

Nia siente la necesidad de sonreír, pero no cree merecer semejante halago. Ser *ranger* no es suficiente; debe ser buena… una de las mejores. Y hasta el momento está fracasando en el caso más importante de su carrera.

Baja de la ambulancia. El dolor de la pierna es más tolerable. Sabe que es solo temporal.

McCann camina hacia ella seguido por los agentes del FBI. Los tres hombres se ven indignados.

—Es un espectáculo de terror allí dentro —dice McCann—. Vamos a tener que emitir una alerta en la zona mientras coordinamos una búsqueda en todo el estado. Estos agentes van a necesitar la descripción física del sospechoso junto con lo que puedas decirles sobre el vehículo.

—De acuerdo —dice Nia—. Y luego, ¿nos podemos ir?

—Averiguaremos cómo están las cosas en el rancho de los Duchamp.

Lo único que puede hacer Nia es esperar que lleguen allí a tiempo.

—Te escucho —dice O'Donnell, listo para tomarle la declaración en su anotador.

Nia hace una descripción detallada de Katz y de su carro, consciente de que ambos son callejones sin salida. Desmond necesita que Katz viva lo suficiente para poder acceder a los Duchamp. En cuanto no le sea de más utilidad, es hombre muerto. Amora es lista. Nia no se vio venir que fuera a escapar. Probablemente abandonó el carro y desapareció.

O'Donnell termina de escribir.

—¿Recuerdas algo más? Tal vez creas que es insignificante. —Habla con condescendencia y aprieta la punta del bolígrafo contra el hoyuelo de su barbilla—. Algo que tal vez hayas pasado por alto.

En otras circunstancias, le habría dicho que se fuera al diablo por insinuar que no conoce su oficio, incluyendo cómo recabar evidencia con un ojo atento, pero no hay tiempo de sermonearlo ni denigrarlo.

Nia simula estar sumida en sus pensamientos.

—No —dice—. No tengo nada más.

—De acuerdo, entonces —dice McCann—. Vamos a ver qué pasa con los Duchamp.

CAPÍTULO DIECISÉIS

DESMOND

El portón de seguridad de los Duchamp parece estar hecho de acero o hierro. Es elegante y tiene un aire aristocrático. En el centro de un entramado serpenteante, a modo de escudo heráldico, hay una «D» repugnante.

No fue sencillo llegar hasta la propiedad. Requirió transitar por un largo camino de tierra. A Desmond le preocupaba que las cámaras de seguridad estuvieran monitoreando su avance, y parte de él esperaba una emboscada cuando llegaran al portón. Pero no hubo emboscada… solo un intercomunicador.

—Bájate y presiona el botón —le ordena a Katz.

—Apenas puedo moverme. —La oscuridad se ha asentado alrededor de sus ojos, y su piel blanquecina es el resultado de una pérdida de sangre considerable—. ¿Pretendes que camine así?

Desmond le pone la escopeta en la cabeza.

—Son cinco putos pasos.

—No puedo. —Su pierna sigue sangrando a pesar del torniquete.

—Está bien —dice Desmond y se corre del asiento delantero—. Ven aquí y habla por la ventanilla.

Katz se arrastra entre los asientos delanteros hasta que logra sentarse en el asiento del conductor y casi colapsa sobre el volante. Baja la ventanilla y presiona un botón blanco en el intercomunicador.

—¿Sí? —dice la voz de un hombre a través de la caja metálica—. ¿Lo puedo ayudar en algo?

—Vengo por un trabajo —dice Katz—. Necesito ver al Gran Ed.

—¿Qué trabajo?

—Una recuperación… En serio, es mejor si hablo con el Gran Ed.

—¿Nombre?

—Katz.

—Al Sr. Duchamp no le gusta que lo molesten durante el desayuno. Debió haber llamado antes.

—No es un tema del que habría querido hablar por teléfono.

—Aguarde un segundo. —La voz del hombre se corta. Al cabo de unos minutos, regresa y suena levemente menos molesto—. Okey. Pase.

Se abre el portón. Desmond tira de Katz para sacarlo del asiento del conductor y lo empuja al piso.

—Quédate ahí.

Katz se sacude allí abajo como pez fuera del agua. Su cuerpo le está fallando. La muerte es inminente.

Desmond avanza hacia la hacienda palaciega de los Duchamp, salpicada sobre el paisaje llano. Hay cuatro edificios adjuntos a la mansión, y cuatrimotos y equipos de construcción estacionados cerca de un hangar de aeropuerto con dos *jets* comerciales.

A la distancia los pozos de petróleo no logran confundirse con el paisaje. Desmond avanza a una velocidad constante y moderada para no causar alarma. Cerca del frente de la mansión aparecen dos hombres con rifles, parados cerca de inmensas columnas blancas que recuerdan al Sur pre guerra civil. Los guardias parecen sospechar, tal como Desmond supuso que ocurriría. Detiene la furgoneta y la pone en «parqueo».

—¿Qué sucede? —pregunta Katz.

—Es el final del camino. —Desmond se mueve del asiento del conductor, levanta a Katz y lo sienta detrás del volante.

Katz tiene la boca seca. Sus labios están agrietados y despellejados.

—¿Qué haces?

—Te estoy enviando a casa —dice y pone el coche en *drive*. La furgoneta avanza hacia una gran fuente en el centro de la rotonda de la entrada.

Los guardias apuntan sus armas y gritan órdenes.

—¿A casa? —Katz está apenas consciente; su cuerpo está flácido.

—Te hicieron en el infierno —dice Desmond—. Tu mamá tal vez te tuvo, pero el demonio te dio aliento.

Aprieta el acelerador. La furgoneta gana velocidad. Desmond abre la puerta lateral mientras el vehículo avanza a toda marcha, camino a estrellarse con la fuente. Salta con la escopeta y el portafolio. Se agazapa, rueda y se detiene entre los arbustos cuidados que bordean la entrada empedrada.

Los guardias abren fuego con detonaciones constantes y controladas. Luego, una balacera atraviesa la furgoneta. Los agujeros acribillan el metal y el vidrio. La gasolina está suspendida en el aire. Desmond ve combustible que sale del chasis y se pone de pie.

Una chispa amarilla enciende el combustible. La explosión ardiente impulsa a los guardias hacia atrás y demuele la fuente al tiempo que chamusca el cemento y las flores a su alrededor.

Las llamas crecen. Los pedazos de plástico y metal de la furgoneta caen del cielo. Desmond corre a esconderse entre los árboles. Se mantiene agachado, con su escopeta apuntada hacia los guardias.

Los guardias se recuperan y se levantan del suelo. Regresan a sus puestos cerca del porche y se resguardan detrás de las columnas. Luego de unos minutos, se acercan con cuidado a la furgoneta en llamas. Desmond observa mientras revisan el vehículo. Ven al hombre incinerado en el asiento del conductor, gritan en sus radios y se dispersan. No hay manera de saber cuántos guardias patrullan el lugar, pero si los hombres se separan Desmond tiene mejores probabilidades de liquidarlos.

Corre a través de los árboles, esquivando ramas caídas y follaje espeso. Está de nuevo en la guerra, en modo supervivencia. Doce horas despierto. Es una prueba de su voluntad: disciplina y resistencia.

Esconde el portafolio cerca de un tocón de roble hueco e infestado de termitas; luego rodea la casa hasta la parte de atrás escondido en la arboleda. Hay un guardia de pie en una terraza enorme con su rifle listo y la mirada puesta en el campo abierto. Una escopeta recortada no sirve de nada a la distancia que está Desmond: necesita acercarse. Sale de detrás de los árboles y corre a toda velocidad.

—¡Alto! —grita el guardia—. ¡Dije, alto, carajo!

Desmond sigue avanzando, listo para apretar el gatillo. Está casi lo suficientemente cerca como para que cuente. El guardia dispara. Las balas se desvían. Desmond hace un giro brusco, rueda y dispara desde el suelo. El perdigón rocía la cara del guardia. Le eviscera la nariz y deja pequeños cráteres.

El guardia cae muerto sobre el barandal.

De las puertas francesas que salen a la terraza, emerge otro guardia. Es enorme, un tipo blanco alimentado a maíz que se ve como si se entrenara levantando concreto. Desmond abandona su escopeta y opta por el fusil de asalto del guardia muerto. Cuando el otro guardia baja los escalones, Desmond aparece con el arma preparada para un tiro mortal.

—¿Cuántos más hay? —pregunta.

—Yo, y uno adentro con el jefe. —Es el hombre más tranquilo a punta de pistola que Desmond haya visto en su vida, y ha amenazado a muchos hombres con un arma.

—¿Quién es el jefe?

—El Gran Ed.

—¿Hay algún otro Duchamp ahí dentro?

—Tú buscas a Corbin, ¿no es así? Ni lo sueñes, pendejo. Si fueses inteligente, bajarías el arma y te entregarías al jefe, y tal vez tendría algo de misericordia contigo.

Desmond le pega al guardia en el pecho con la culata del fusil y lo hace caer al piso. El guardia lucha para recobrar el aliento.

—Este muchacho, Corbin... el candidato. ¿Dónde está? —pregunta Desmond.

El guardia jadea y tose con la mano en el estómago.

—Corbin está haciendo campaña en San Antonio. EL Gran Ed da las órdenes.

—Llévame con el Gran Ed —dice Desmond—. Te mandas otra pendejada y disparo.

—Okey, Terminator —dice el guardia y se levanta lentamente—. ¿Cuál es tu gran plan?

—Cállate y camina. —Desmond empuja al guardia para que suba los escalones de la terraza.

Entran a una terraza interior rodeada de vidrios ahumados. Hay muebles de mimbre: un sofá, sillas y mesitas esquineras. Sobre una mesita de sala hay una caja de cigarros y todo lo necesario para un coctel: una botella de *whisky* americano y dos vasos.

—¿Dónde toma el desayuno? —pregunta Desmond.

—Como si te lo fuera a decir...

Desmond le cruza la cara de una bofetada.

—Sigue poniéndome a prueba.

—Tiene que ser una puta broma. —El guardia nota el tatuaje en el brazo de Desmond—. Eres marine, ¿no es así? Entonces, deberías saber lo importantes que son los Duchamp para el movimiento.

—¿De qué demonios hablas?

—Todo lo que han hecho los Duchamp por nosotros...

—Habla por ti. Por mí nunca han hecho una mierda.

—¿No ves que son héroes, hermano? Yo hice mis períodos de servicio. Operaciones en Irán y el golfo Pérsico. Luego Irak, después del 9/11. Volví a casa con estrés postraumático. No podía ni mear derecho. No tenía un puto trabajo. Ninguna perspectiva de nada. Y luego intervino el Gran Ed. Evitó que tuviera que vivir en las calles. Me dio una manera de ganarme la vida cuando el Gobierno me había dejado tirado. Pero si Corbin llega a la presidencia, todo eso va a cambiar y nuestras voces se van a oír.

—Si crees eso, eres un completo idiota. A los Duchamp solo les importan ellos mismos, nadie más.

—No me sorprende nada que digas eso. No eres un verdadero patriota; no eres más que un espía.

—Noticia de último momento, hijo de puta. Todos los patriotas están muertos.

Desmond se escuda detrás del guardia a medida que avanzan en tándem por el pasillo tapizado de paisajes en acuarela que parecen viejos y costosos. Retratos añejos de hombres canosos con trajes y sombreros gallardos. Cerdos de mirada esquiva parados junto a plataformas petrolíferas con los brazos alrededor de mujeres indígenas —tal vez tónkawa o comanches—, sentados sobre el capote y el parachoques de inmensos Cadillacs. Generaciones de Duchamps delirantes de riqueza, a veces a caballo, empapados de oro negro como si fuera su indisputable derecho natural.

Casi al final del pasillo, la voz ronca de un hombre se hace más fuerte. Se oye el golpeteo de un tenedor y de una taza de café sobre el plato. Desmond empuja al guardia hacia delante, aún con el cañón del fusil cerca de la cabeza del hombre.

—Entra —le dice.

El guardia balbucea y entra en el comedor. Desmond lo sigue.

Hay una mesa larga que ocupa todo el ancho de la habitación. Es arcaica, como algo salido de la Edad Oscura. Hay pedazos de animales muertos preservados que aún aparentan vida montados en lo alto de las paredes: la cabeza de un león con su melena ondulante, un venado con una corona real de cuernos y los colmillos majestuosos de un elefante.

Trofeos para los débiles.

El Gran Ed Duchamp es mayor de lo que se había imaginado Desmond —debe de rondar los sesenta y cinco años—, y su cabello pelirrojo claro está firme por el espray. Es un hombre robusto que viste una camiseta polo blanca; de tez pastosa y una papada a lo Jabba the Hutt, lo cual explica el apodo. Es un verdadero Boss Hogg, y se está haciendo un festín con masas llenas de mermelada, y tocino y huevos grasosos en un plato ubicado a la derecha de su café.

Una radio sobre la mesa sisea entre clics.

Desmond no ve un arma, pero eso no quiere decir que el hijo de puta no esté armado.

—Adelante, Dove. No perdamos el tiempo —dice el Gran Ed y gesticula hacia el guardia.

—Señor, no estoy solo.

—Ya veo. ¿Este es el caballero que destrozó mi fuente?

—Sí, señor.

—Pues, no seas tímido —dice el Gran Ed estirando el cuello para ver un poco mejor a Desmond—. Entra, así podemos platicar.

Desmond le da un empujoncito hacia un lado a Dove y entra aún más en el comedor.

—¿Dónde está el resto de su equipo de seguridad? —le pregunta Desmond.

—Los envié a que arreglen el lío que hiciste. Creí que podríamos platicar hombre a hombre. Tengo muchísima comida si tienes hambre.

—A la verga con su comida.

—De acuerdo. ¿Qué tal si dejas que Dove vaya a ayudar a apagar la furgoneta ardiente que nos obsequiaste esta bella mañana?

Desmond no se inmuta y mantiene el arma en la cabeza de Dove.

—¿Por qué no llamó a los bomberos?

—Prefiero lidiar con este tipo de problemas por mi cuenta. Como somos una nación soberana, operamos de manera autosuficiente —dice el Gran Ed y le da otro mordisco a su masa.

—¿Soberana?

—La tierra en la que estás parado es tribal. Ha pertenecido a mi familia durante siglos.

—Eso explica las fotos. ¿Cómo lo logró su tátara, tatarabuelito? ¿Forzó a una mujer india a casarse con su desagradable cara?

—Tienes una impresión muy mala de mí y de mis parientes, ¿no? Para que lo sepas, fue una transacción comercial que benefició a ambas partes.

—Sí, me imagino…

—¿Puedo asumir que el que humea en el asiento delantero es el Sr. Katz?

—Sí.

—No me dio la impresión de ser un hombre muy querible. No creo que lo venga a reclamar nadie.

—Probablemente no.

—Nos haremos cargo del cuerpo.

—No es el único.

—¿Mis guardias?

—Hay uno que está muerto atrás.

—Los hombres muertos presentan un problema para nuestra soberanía. Me habría encantado que nos hubieras ahorrado el baño de sangre.

—Usted me dio razones más que suficientes.

—No importa. Creo que podemos encargarnos de uno. —Toma un sorbo de la taza de café y se seca la boca con toquecitos de una servilleta de tela—. Me tomé el trabajo de evitar lidiar con fuerzas policiales. Las agencias gubernamentales pueden ser problemáticas. Me parece que se exceden un poco.

—Y, sin embargo, su hijo es candidato al puesto más alto del planeta. Parece una contradicción.

—Antes de meternos en todo eso, ¿se puede ir Dove? —Desmond retira el dedo del gatillo y relaja los hombros—. Prefiero hablar en privado, así que dispárale o déjalo que se vaya.

—¿Propondría que muera?

—Nunca. Es uno de mis mejores hombres. Pero he aprendido a aceptar la muerte como el precio de hacer negocios. Si matarlo significa que podremos platicar de nuestros asuntos, entonces, no queda otra salida.

—Deberías buscarte otro trabajo —dice Desmond empujando el cañón del fusil contra la espalda de Dove—. Rápido. Vete a la mierda antes de que me arrepienta.

Dove sale a toda velocidad del comedor sin mirar atrás.

—Eres un hombre fascinante —dice el Gran Ed mientras se limpia la mermelada de los dedos con la servilleta—. Ahora veo por qué te envió la Orden Fraternal.

—¿Qué sabe usted de la Orden?

—Ah, mi familia y la Orden han estado bailando este vals más tiempo del que me gustaría admitir.

—No entiendo.

—¿Te crees que esta fue la primera vez que intentaron sabotear el éxito de los Duchamp? Todas las generaciones, empezando en 1903, tuvieron que lidiar con sus intromisiones. Sobornos, amenazas, espionaje. Los intentos de la Orden Fraternal de destruir lo que construyó mi familia son una historia eterna que contamos alrededor de nuestra mesa. Pero tú, amigo, eres un capítulo nuevo.

—Yo sólo trabajo para ellos.

—Ah, no, mi querido muchacho. Si te enviaron, debes de ser el mejor. Y considerando todo el trabajo que te tomaste para llegar aquí, no eres tan solo un ladrón de poca monta. Veo que tienes habilidades que van mucho más allá de lo que reconocen ellos.

—Estoy aquí por Katz. Asesinó a gente que estimo.

—Sí, lo hizo.

—Lo hago responsable a usted.

—Ya veo —dice mientras se saca comida de los dientes—. Mientras que algunos tal vez se postren, yo prefiero enfrentarme a la fuerza con más fuerza. ¿En serio creíste que robarme a mí no tendría ningún tipo de consecuencia?

—Mató a mi madre.

—Un desenlace desafortunado, pero nunca fue la intención.

—No importa. —Desmond alza el fusil y centra la mira en medio de la frente de Duchamp—. Le soltó la correa.

—Entonces, ¿tú me matas a mí? —pregunta el Gran Ed—. ¿Y después qué?

—No me importa lo que pase, siempre y cuando usted esté muerto.

—Respeto tu determinación, pero no lo estás pensando bien. ¿Hay alguien en el mundo a quien quieras? ¿Alguien a quien estés protegiendo? Porque no nos vamos a detener. Nunca nos detenemos. Por eso puedo mirarte a los ojos y decirte que, si jalas ese gatillo, cualquier persona que te importe está muerta. Familiares. Amigos. Los van a arrancar como fruta de una vid marchita.

—Lo mismo para ustedes, puto cabrón.

—Matarme no soluciona nada. Corbin va a llegar a la presidencia y va a dedicar su vida a eliminar la Orden Fraternal, empezando por ti. Y lo mejor es que el país lo va a adorar por hacerlo. —El Gran Ed se mete el resto de la masa en la boca y se chupa el glaseado azucarado de los dedos—. Esta gente, la que está allí afuera y corea su nombre a lo largo de la campaña, está hambrienta de él. Es gente solitaria, enojada, que busca alguien a quien culpar. Está el tema de los puestos de trabajo estadounidenses que se exportan. El aumento del precio de la gasolina. Y a nadie le importa la gente: la gente rústica, trabajadora, la gente de a pie. Nadie los escucha. Van y luchan en guerras. Tienen trabajos de mierda, hacen doble turno. Y todos los días se despiertan en un país que apenas reconocen.

—¿Qué demonios sabe usted? Es un maldito multimillonario con cagaderos de oro.

—Sé de su frustración. Sé de su ira.

—La gente no se traga eso y ya.

—Ya lo hizo —dice—. Porque creerá lo que sea que la haga sentir que importa. —Se levanta lentamente de la silla—. Y eso es lo único que quiere la gente: saber que hay alguien que los ve y los comprende, que lucha por ellos.

—¡No dé un puto paso!

El Gran Ed levanta las manos.

—Si tú me matas, el país, el mundo entero, sabrá quiénes son de verdad tú y la Orden Fraternal. Terroristas. Enemigos de los libres mercados que quieren esclavizar al pueblo estadounidense. Se puede ganar buena plata aquí; sin embargo, ustedes, cobardes, prefieren esconderse en las sombras creyendo que pueden cambiar las cosas con sus pequeños atracos. Pero es en vano. Mi hijo va a ser presidente, le guste a la Orden o no. Va a abrirle paso a una nueva era de la verdad. La gente ya no se preguntará si hay sociedades secretas o gobiernos en las sombras que van tras ella. Lo sabrá. Todos sus temores confirmados, pero Corbin será el antídoto. El hecho de que hayas venido aquí prácticamente asegura su elección. —Señala una pequeña cámara montada en la esquina del techo. Una lucecita roja parpadea sin parar—. Sonríe. Vas a hacer historia.

Es un puñetazo en el estómago de Desmond. Todo el oxígeno del comedor desaparece. Quiere colapsar, hacerse un ovillo y desaparecer hacia la nada. ¿Cómo podía haber cometido semejante error? Violó la norma sagrada y permitió que sus emociones nublaran su juicio. Haber venido a la hacienda de los Duchamp había sido un error imperdonable. Adams tenía razón. No tenía un plan. No realizó un reconocimiento; no tenía un análisis táctico, una estrategia. No era más que un hombre propulsado por su ira.

—¿Ya te va cayendo la ficha? —pregunta el Gran Ed—. Cuando circule esta grabación, nadie va a creer que esos artículos que robaste sean ni remotamente auténticos.

Se oyen sirenas que se acercan. Desmond mira hacia fuera por el ventanal de dieciocho paños hacia la entrada que se empieza a llenar de furgonetas sin distintivos. La radio zumba. Se oye la voz de un guardia.

—Sr. Duchamp. ¿Me copia? Sr. Duchamp.

El Gran Ed manotea la radio de la mesa.

—¿Qué pasa?

—Intrusos.

—Desháganse de ellos.

—Pero, señor…

—¡Dije que se ocupen!

Las sirenas se oyen cada vez más fuerte. Los disparos retumban como truenos, apenas más fuerte que las sirenas.

—No mucha soberanía que digamos —dice Desmond; los oídos le zumban—. Parece que le prepararon una fiesta de bienvenida.

—¿Quién está allí afuera?

—Si tuviera que adivinar, diría que federales y *rangers*.

—¿Policías? ¿Trajiste a la policía?

Una voz frenética retumba en la radio:

—¡Vulneraron el perímetro! Repito, ¡vulneraron el perímetro!

—Tiene hombres muertos en su propiedad, y uno de ellos es el Carnicero del Condado de Ellis —dice Desmond—. Agregue eso a la grabación de su confesión, y está cagado. Yo caigo, y cae usted.

—¿Crees que esto significa que nuestros destinos están alineados?

—Le conviene decirme dónde está la grabación.

El Gran Ed enmudece. Sus ojos saltan de un lado a otro: primero, a la puerta; luego, a la cámara.

—Katz debió llenarte la cabeza de plomo.

—Para que ocurriera eso, tendría que haber sido mucho mejor de lo que era. A menos que quiera que esa grabación acabe con su vida, tiene menos de cinco minutos para decirme dónde está el cuarto de vigilancia antes de que entren y nos arresten a los dos.

De la radio se desprenden más gritos desesperados. Parecería que están rodeando a los guardias del Gran Ed, y que les están disparando a los que son suficientemente tontos como para resistirse.

—¿En qué quedamos, Duchamp?

—Por Dios te juro… si estás intentando engañarme…

—Los minutos corren. En cualquier momento este pasillo se va a llenar de *rangers* y agentes de policía.

El Gran Ed balbucea algo acerca de Desmond, algo peyorativo, y luego dice:

—Al final del pasillo. La última puerta a la izquierda.

Desmond da media vuelta y sale corriendo del comedor hacia el pasillo. Se asegura de que esté vacío, y luego avanza hasta el fondo donde encuentra una puerta estrecha. Parece como si llevara a un armario de almacenamiento. Se agacha y sostiene los dedos cerca del espacio que hay debajo de la puerta. Se siente un aire tibio y el zumbido de la electricidad. Desmond apunta el fusil, listo para disparar a través de la puerta.

—¡Espera, maldita sea! —dice el Gran Ed que avanza bamboleándose por el pasillo—. No hace falta hacer eso. Tengo la llave aquí.

Desmond da un paso hacia atrás, con el fusil siempre listo para disparar. El Gran Ed abre la puerta. Adentro hay una pequeña estación de trabajo con equipos de video y monitores que abarcan todo el complejo de los Duchamp. En las pantallas aparecen unos seis guardias de rodillas y esposados. Dos guardias parecen haber recibido disparos, y un policía le está administrando RCP a un hombre.

Desmond cuenta tres federales y dos *rangers* que se mueven por el hangar del aeropuerto. Otros agentes vulneraron la cafetería. La hacienda es mucho más que un despliegue de riqueza; es un campo de entrenamiento paramilitar donde Duchamp ha estado armando su ejército.

—Estos pendejos están por todas partes —dice el Gran Ed.

—Tome la grabación.

El Gran Ed aprieta un botón y saca el DVD de la consola.

—No te andes con delicadezas —dice—. Destruye la maldita cosa.

Desmond le arrebata el DVD de la mano y le da con la culata del fusil en el estómago. El hombre gordo se dobla hacia delante y cae al piso. Desmond le dispara al equipo. Saltan chispas. Los monitores estallan. El lugar se llena de humo.

—Maldito bastardo —gimotea el Gran Ed sin poder levantarse—. Voy a ir tras de ti. Recuerda lo que te digo...

Desmond lo deja inconsciente con otro golpe a la frente. La puerta principal se sacude como si alguien la estuviera pateando. Desmond corre por el pasillo justo cuando la policía y los *rangers* irrumpen en la entrada.

Dobla a la izquierda en una esquina. La casa es laberíntica: largos pasillos, empapelado elegante. Pasa junto a un florero de cristal de Baccarat sobre una mesa de arrimo. Está seguro de que vale al menos un cuarto de millón, tal vez más. Las paredes están cubiertas de caros espejos antiguos y más obras de arte. Desmond sigue avanzando hacia lo que cree ser el fondo de la gigantesca casa. Los pasos de la policía y de los *rangers* retumban detrás de él, botas de combate pesadas contra el piso de madera. Llega a una habitación enorme, seguramente la habitación principal del Gran Ed. Es, fácil, cinco veces más grande que su estudio en la pensión de Linh.

Unas puertas francesas dan hacia el fondo. Las abre y sale a un patio donde florecen abundantes plantas en macetas.

Al Gran Ed le gusta la jardinería... no le va a servir de mucho en prisión, piensa.

Desmond baja del patio, se asegura de que la ley no esté a la vista, y corre hacia la arboleda. Los árboles lo resguardan; si tiene suerte y es lo suficientemente veloz, puede salir de la propiedad y llegar al camino sin que lo vea la policía. Después, va a necesitar llegar a Houston. Va a contactar a Marco, si la Orden Fraternal no lo ha matado todavía.

Desmond corre, se adentra más y más en la arboleda, y luego se tiende boca abajo. Se acomoda y apunta hacia la casa. Un roble le obstruye parcialmente la visión; sus rodillas y codos se hunden en la tierra. En el patio aparecen dos agentes que salen de la suite del Gran Ed. Se quedan parados un momento, observando el campo vacío.

Desmond ha logrado evadir a agentes policiales durante décadas. No importaba qué hubiera robado ni a quién, la policía nunca llegaba a armar el rompecabezas de sus crímenes. Ha sido motivo de orgullo; ha presumido para sí el hecho de nunca haber matado a un agente de policía, pero teme qué haría si un policía alguna vez lo arrinconara.

Los policías observan el espacio abierto unos instantes más y luego vuelven a entrar. Desmond comienza a reptar hasta donde se esconde el portafolio. Usa su fusil para hacer a un lado el musgo y las enredaderas, con cuidado para que las plantas no le toquen la piel.

Luego de ocho minutos de reptar con dificultad y de permanecer escondido, Desmond llega hasta el portafolio. Cuando voltea y mira hacia la casa, la pequeña banda de policías y federales se agrupa cerca de la fuente demolida. La furgoneta humea, y el techo y el capote siguen en llamas.

Los hombres conversan entre ellos y hablan en sus radios. Por el camino avanza un camión de bomberos a toda velocidad. Lo siguen ambulancias. A continuación, los paramédicos ingresan a la casa, sacan al Gran Ed en una camilla y lo suben a una ambulancia. Ponen al guardia herido en otra ambulancia. Los guardias muertos están dispuestos frente a la casa, cubiertos con sábanas.

Los bomberos manguerean la furgoneta y apagan los pequeños fuegos restantes. El cuerpo carbonizado de Katz no será removido hasta que llegue el juez de instrucción. La grasa de su cuerpo seguramente se derritió en el asiento. Van a tener que desmantelar la furgoneta y desatornillar el asiento para sacarlo. Fue una forma horrorosa de morir, y Katz se mereció cada insoportable minuto.

Desmond anticipa que pronto llegarán más agentes policiales con un juez de instrucción y un equipo forense. Va a llevar el día entero procesar la escena y él no puede permanecer en el bosque mucho más tiempo. Continúa avanzando, defendiéndose de insectos que pican y arrastrándose sobre hormigueros. Cuando llega al borde de la arboleda, estima que ha recorrido casi un kilómetro. Aún puede ver las luces de la policía que parpadean en la entrada de la mansión de los Duchamp.

Llegan más vehículos: una *SUV* y otro sedán sin distintivos. Si se mueve ahora, tal vez lo vean. Mejor será esperar antes de cruzar el camino.

A la distancia se ve un lote subdividido con viviendas que parece sereno. Casas modestas comparadas con la extensa hacienda de los Duchamp. Desmond podría encontrar un carro allí, hacerlo arrancar y regresar a Houston. Quizá un modelo viejo al que sea fácil hacerlo arrancar. Vale la pena intentarlo, piensa.

Los minutos se desvanecen. Observa los vehículos que circulan por el camino. Dos furgonetas del FBI doblan en la entrada privada de los Duchamp y se estacionan en la larga fila de vehículos que sale de la mansión.

Una pequeña furgoneta llena de niños, una motocicleta y dos sedanes pasan por el camino de doble mano que separa a Desmond de un descampado.

Luego de una pausa de cinco minutos en el tráfico, se decide a cruzar. Se pone de pie, mete el portafolio debajo de su brazo y sale disparado de la arboleda. Cruza la división de concreto y trepa por el guardarraíl. Mira hacia el campo. A la distancia se ven vacas que pastan, un indicio de que la tierra es propiedad privada. En general hay individuos armados que patrullan las tierras privadas, lo cual podría llevar a un encuentro violento. Siente alivio cuando logra ver un alambrado. El terreno de las vacas parece estar separado del terreno descuidado y seco, que probablemente le pertenece al estado, y están reservando para desarrollar en un futuro o para una expansión del camino.

Para llegar al vecindario debe cortar por el medio del lote vacío. No va a tener ningún resguardo, lo cual hará que sea fácil verlo, o sea que tendrá que ser muy veloz.

Desmond está exhausto, casi completamente agotado. No entiende cómo hizo para llegar hasta aquí. Las respiraciones profundas hacen poco por mitigar la tensión de su cuerpo. Tiene las piernas adoloridas de tanto estar agachado. Las sacude y empieza a correr. Aprovecha una reserva de energía y cruza el camino a toda velocidad.

—¡Ni un paso más! —Nia está de pie del otro lado del camino con el arma en la mano y una radio colgada del cinturón. Es un milagro que esté de pie—. Te dije que no vinieras aquí.

Desmond gira para verla.

—Te ves horrible, Adams.

—Mira quién habla.

—¿Cómo me contraste?

—Te vi desde la furgoneta —dice y señala una de las furgonetas de pasajeros estacionadas a lo largo del camino privado—. Es un puto desastre, Desmond.

—Podría haber sido peor…

—No veo cómo.

—Tienen a Duchamp. ¿Qué más importa?

—Todo importa.

—Podría haberlo matado. Ahora, tienes un caso. Alguien que responda por todo esto.

—¿O sea que me hiciste un favor?

—¿Está vivo o no? Date por satisfecha.

—¿Y por qué cambiaste de idea sobre matarlo?

—Matarlo habría puesto a otras personas en peligro. Si lo encierran, eso le mostrará a la gente que hasta los peces gordos deben responder por la mierda que hacen.

Un camión con dos remolques se viene acercando. Lo sigue una hilera de carros.

—¿Y Amora? —pregunta Nia—. ¿Qué pasa con ella?

Desmond se queda callado, mirando detrás de ella por si aparece el FBI o más *rangers*, rogando no tener que matar a alguno si se le vienen encima.

—Se robó el carro de Katz en la casa —continúa ella—. Parece una movida tuya.

—Este no es el mundo de Amora. Se merece algo mejor. No la metas.

—Es una víctima y es testigo de los crímenes de Katz. La necesitamos para argumentar nuestro caso.

—Búsquense otra manera.

—No hay otra manera —dice ella—. Quieres que Duchamp pague, ¿no es así?

El camión casi llega hasta donde están ellos. El ruido aumenta y a Desmond le cuesta oír a Nia.

—Ya sufrió bastante —dice—. No vayas tras ella, o vamos a tener un problema.

—Esto se arregla muy fácil si te entregas.

—Regresa a la furgoneta, Adams…

—Tú sabes que no puedo regresar.

—Entonces, ¿qué esperas? Pide refuerzos.

Nia saca la radio de su cinturón.

—Sería mucho más fácil si te entregaras. Nos ahorrarías muchos problemas a ambos.

—Van a tener que matarme.

—No hablas en serio.

Él se encoge de hombros.

—No me voy a pudrir en una celda como tu padre.

—¿Y Amora? ¿Eso significa que ella también va a vivir escapando? No es vida.

—Es hábil —dice él—. Seguro que le fue fácil escaparse de ti.

Los cambios de marcha del camión chirrían a medida que aumenta la velocidad. Desmond se prepara para huir desplazando su peso a los metatarsos.

—Vas a ser un fugitivo para siempre —dice ella—. ¿Es eso lo que quieres?

—Nada es para siempre, Adams. Tú deberías saberlo.

El camión se cruza entre los dos. Desmond salta el guardarraíl de metal y se mete en el campo. Corre a toda velocidad y casi se le cae el portafolio dos veces. Cuando se da vuelta, ve a Nia que cruza el camino con dificultad a paso de zombi. Llega hasta el guardarraíl y se lanza por encima con toda su fuerza. Le falta el aire y está adolorida, pero lo maravilla su tenacidad; tiene el corazón de un marine. La observa intentar permanecer erguida, pero la vence el dolor y cae hacia atrás contra el guardarraíl. Luego, como si invocara el último atisbo de fuerza, se levanta y sigue avanzando a través del campo. Él no comprende por qué Nia no le dispara. Deja de presentar una amenaza cuando se tambalea como si estuviera bajo un hechizo y colapsa en el pastizal. La herida de su pierna le ha pasado factura.

Desmond sigue avanzando. Ya ha desperdiciado demasiado tiempo con Adams.

Pero Nia no se mueve. Si ella llama para dar su ubicación, los federales y los *rangers* deberían venir a rescatarla. Él espera un momento; cree que ella se movilizará. Cada segundo en el campo socaba sus posibilidades de escapar. Mejor será dejarla, piensa. Pero ella no pide ayuda, lo cual significa que no puede hacerlo... tal vez no respire.

—¡Vamos, Adams!

Nia sigue inmóvil. Una brisa cruza el campo y levanta una polvareda que se posa sobre su espalda.

—Vamos. Levántate.

No hay respuesta. Ni una contracción nerviosa.

—Ah, mierda. —Corre hacia ella, se agacha y apoya dos dedos sobre su cuello. El pulso es débil, se está apagando—. Maldita seas por esto, *ranger* —dice y levanta la radio. Abre el canal. No tiene sentido intentar imitar la voz de Nia—. *Ranger* herida. —dice—. Necesita atención médica en el descampado enfrente de la hacienda de los Duchamp. ¡Dense prisa!

Limpia la radio con la camisa para eliminar sus huellas dactilares y se apresura a través del campo hasta una casa con un Mustang verde estacionado en la entrada que se muere por que lo hagan arrancar.

Ya casi está fuera de peligro...

CAPÍTULO DIECISIETE

NIA

Ya es medianoche. El hospital está helado. Nia no recuerda haber estado en un cuarto de hospital que fuera remotamente cómodo. De una vía gotea el suero. Cada seis horas una enfermera le da un analgésico que anestesia el dolor intenso de su pierna. De no haber llegado al hospital cuando lo hizo, los médicos dicen que la sepsis la habría matado; dicen que tiene suerte de estar viva. *Suerte* es una palabra interesante, piensa. Hace que suene como si vivir no requiriera de ningún tipo de esfuerzo por parte del sobreviviente —nada de empeño ni de compromiso a seguir andando—. Oír que estuvo al borde de la muerte no le significa mucho. En cierto modo, siente como si parte de ella ya hubiese muerto, como si tuviera un pie en el inframundo y otro aún anclado a la vida.

El televisor está que ruge. El noticiero local informa acerca de una historia que han titulado «La destrucción en la hacienda de los Duchamp». La pantalla despliega imágenes sensacionalistas aéreas de la furgoneta calcinada, de la fuente demolida y de los cuerpos de los guardias muertos. Incluso sin sonido, Nia sabe lo que dice el reportero: «Al momento no hay más noticias, pero estaremos pendientes de esta historia en desarrollo».

Apaga el televisor y sus pensamientos se hacen más fuertes. Daría cualquier cosa por borrar las últimas veinticuatro horas y no tener que pensar en Desmond y Amora, o en Katz y Duchamp. Pero no funciona así. Va a darle vueltas a lo que salió mal y a cómo cada paso en falso la llevó a este punto. Se confirman sus más grandes temores: este desastre de caso será su legado.

Si tan solo pudiera hacer que las piezas encajaran no sería todo en vano, desde el asesinato de los Fletcher hasta Katz y el tiroteo en la mansión de los Duchamp... las muertes se esparcen a lo largo de múltiples escenas del crimen. Sin Desmond o Amora, no hay esperanza para el caso. Cualquier evidencia que potencialmente conecte a Duchamp con Katz será circunstancial. Ella lo sabe, y McCann también...

Alguien toca a la puerta.

—Adelante —dice Nia y acomoda la cama para estar erguida.

McCann entra con una bolsa de frutos secos y un refresco.

—Esa máquina expendedora es una porquería —dice—. Esto es lo mejor que encontré. —Apoya lo que trajo en la bandeja junto a Nia.

—Gracias —dice ella y abre la bolsa de frutos secos—. ¿Ha dicho algo Duchamp?

—Ni mu. Tiene un abogado que viene de San Antonio. Parece que es de los buenos.

—¿De qué se lo acusa?

—De nada que vaya a comprometerlo. —McCann se sienta en una silla de plástico e intenta ponerse cómodo—. Encontramos dos cuerpos en el lugar. Una de las víctimas parece haber trabajado como guardia para Duchamp. El otro parece haber muerto cuando se prendió fuego la furgoneta. Lo único que podemos hacer es acusarlo de manipulación de pruebas y de no haber reportado un crimen. Por supuesto, puede argumentar que la soberanía y la inmediatez del ataque fueron factores.

—No podemos ir tras Duchamp con eso. Su abogado va a tirar abajo el argumento. Lo va a hacer parecer como la víctima de una cacería de brujas.

—Ya lo sé —dice él—. Por eso, el fiscal de distrito está pensando en desestimarlo a menos que podamos aportar algo sustancial.

—Tenemos que revisar sus cuentas. Ver cómo se mueve el dinero.

—Incluso si obtuviéramos una orden judicial para hurgar, ¿qué crees que encontraríamos, eh? Duchamp vale miles de millones. Dudo que le haya pagado a un asesino con un cheque. Las pruebas que existan están enterradas, y a un equipo contable forense le tomaría un año entero o más desenterrarlas.

—Hizo matar a los Fletcher, señor.

—De nuevo, ¿dónde están las pruebas?

—No tengo pruebas —dice ella con voz apagada.

—Dilo de nuevo, pero fuerte.

—No tengo pruebas.

—Pues, ahí tienes. Por fin, la verdad. —Se levanta de la silla y se para al pie de la cama—. Mira, Adams, sólo te digo esto porque soy tu amigo y necesitas oírlo. Creo que es hora de dar vuelta a la página.

—¿Quiere que renuncie al caso?

—Ahórrate la vergüenza y no pierdas tu pensión.

—Hice mi trabajo. Seguí las reglas en todo momento.

—¿En *todo* momento? ¿Estás dispuesta a testificar y sostenerlo? Porque vamos en esa dirección. Veamos lo que sabemos: alguien usó tu radio para notificarnos que estabas inconsciente en un descampado, pero no puedes decirme quién fue esa persona.

—Como bien dijo usted, señor, estaba inconsciente.

—¿Y resulta que te encontró un mirón, de casualidad?

—Así es —dice ella—. Tal vez un automovilista que no quiso que lo identificaran.

—Pues, vaya qué afortunada —dice él con sarcasmo—. ¿Qué probabilidades hay de que ocurra algo así?

—No lo sé…

—No lo digo de forma literal, Adams.

—Claro. —Ella suspira. Le está empezando a doler de nuevo la pierna—. Lo siento, señor.

—¿Y cómo supiste que debías ir a la casa del Gran Ed Duchamp? Dices que estaba en peligro, pero no puedes explicar cómo, ni cuál era la naturaleza de ese peligro. Luego, un hombre, que según tú es el Carnicero del Condado de Ellis, parece haber muerto en el incendio de un vehículo, pero no ofreces nada para justificar la presencia del hombre allí. Dado el grado de las heridas del hombre, podría tomar semanas identificarlo.

—Creo que Katz fue allí a recolectar lo que se le adeudaba por los asesinatos. Tal vez algo salió mal y Duchamp no quiso pagarle...

—Eres pésima para mentir, ¿lo sabías?

—Señor, por favor...

—Todo ese tema de la testigo desaparecida y de requisar una furgoneta... Debes creer que soy idiota.

—Explicaré todo en el informe. Necesito más tiempo.

—Escúchame, Adams, te lo voy a decir una sola vez, pero es hora de que pienses en cambiar de carrera.

—¿Y si no lo hago?

—Entonces, no podré hacer demasiado. Los federales te van a culpar a ti. Ya tienes una investigación disciplinaria abierta pendiente por el golpe al Banco Central. No necesitas más atención; francamente, los *rangers* tampoco.

McCann gira hacia la puerta y se dispone a salir.

—Señor, por favor... Écheme una mano.

—Es lo que he estado haciendo, Adams —dice sin conmoverse por su pedido—. Te doy dos semanas para que lo pienses.

—¿Me está suspendiendo?

—Licencia médica. Ya se están procesando los papeles.

—Ya veo —dice ella—. Dígame, ¿a Powers también le pidió que renuncie?

—Powers no es asunto tuyo. —McCann se niega a mirarla a los ojos—. Descansa.

Se retira, y cada hilo que sostiene el mundo de Nia amenaza con cortarse.

La abandonaron... de nuevo.

Sharon no la ha visitado en el hospital ni le ha devuelto las llamadas. Nia no la culpa. No hablaron en los días antes de haber estado al borde de la muerte, y esa no es manera de que funcione una relación, al menos no una relación sana.

La enfermera entra con vendas limpias para la pierna de Nia. Después de cambiárselas, le coloca la dosis final de analgésico en la vía y se retira. La somnolencia la invade de inmediato. Nia deja los frutos secos a un lado y cierra los ojos. El analgésico es lo único que le ha permitido dormir, y no se imagina dormir sin él, una admisión que le preocuparía si tuviera la capacidad de pensarlo más.

• • •

Por la mañana le dan el alta y una receta de morfina. La presenta en la farmacia del hospital antes de tomar un taxi a su casa. El taxista la deja en la entrada al garaje en lugar de al frente de la casa. La distancia que tendrá que cojear será más corta. Entra a la casa. Después de todo lo que le ha pasado, su casa es su constante. Se queda parada en la entrada, donde inhala el dulce popurrí que Sharon pone en el plato de latón sobre la mesita de la sala.

—¿Sharon?

Nia va hasta su habitación. La puerta del armario está abierta y la ropa de Sharon no está. Nia entra al baño y abre el espejo del botiquín sobre el lavamanos. El dentífrico, el desodorante, los perfumes, las cremas y los humectantes de Sharon también desaparecieron. Es lo mismo con los cajones que contenían su planchita y sus cepillos.

Sharon nunca se había ido. Amenazó con hacerlo infinidad de veces, pero nunca cumplió. Este es el final para ellas, Nia está segura. Vuelve a la habitación y se sienta en el colchón. El corazón le late con fuerza y siente un cosquilleo en el brazo derecho. Seguramente sea un ataque de pánico, pero ¿tal vez sea un ataque cardíaco? Respira agitada. Las lágrimas ruedan por sus mejillas. El dolor de su pierna no es nada comparado con lo que siente. Si es un ataque cardíaco, espera que sea masivo. No del tipo que resulta en un *stent* o un marcapasos. Tiene que ser catastrófico. Si muere, quienes la sobrevivan reciben un buen desembolso de su seguro de vida. Después de todo lo que le hizo pasar a Sharon, se lo merece.

—Dios, te ves como si estuvieras por desmayarte. —Sharon entra a la habitación. Tiene un sobre en la mano y lleva puestos *jeans*, una camiseta de Janet Jackson que dice «Rhythm Nation» y unas Converse All Stars. Es la misma ropa que llevaba el día que se mudaron.

Nia intenta recobrar la compostura.

—Creí que te habías ido.

—Me fui —dice Sharon—. No sabía cuándo ibas a regresar, así que te iba a dejar esto.

—¿Una carta de despedida?

—No fue una decisión fácil. Necesito que lo sepas.

—Pues, qué amable de tu parte.

—Hay un cheque aquí dentro —dice Sharon sosteniendo el sobre en alto —. Es suficiente para ayudarte con la hipoteca por los próximos meses. Pensé que tal vez podías encontrar una compañera de casa que viva contigo para ayudarte con los gastos.

Nia pone los ojos en blanco.

—¿Una puta compañera de casa?

—Es solo una sugerencia.

—¿Y tú dónde vas a estar?

—Voy a hacer una consultoría para una firma de abogados.

—¿Ya no vas a ser jueza?

—No, Nia. Ya no. Renuncié y me voy de Texas.

—¿Adónde vas?

—La firma de abogados está en Alburquerque. Un contrato por un año. Si funciona, querrán que me quede.

—Nuevo México... ¿así como así te mudas a otro estado?

—Hace tiempo que debí hacerlo. Y lo sabes. Este lugar nunca va a cambiar.

—¿Es por lo que alguien escribió en tu carro? Te dije que lo denunciaras. Pero no puedes dejar que un incidente aislado te haga huir despavorida del estado.

—Ese es el tema, Nia. No es aislado. Está en todas partes. ¿Tú crees que me divierte engañar a la gente? ¿Decirles que somos mejores amigas de la universidad porque Dios no quiera que les incomode que durmamos en la misma cama?

—No es maldito asunto suyo.

—Eso es precisamente a lo que me refiero. Entonces, ¿por qué somos nosotras las que nos escondemos, en 2004?

—Porque es mi carrera, Sharon. Las cosas son diferentes para mí. Eres jueza federal. Nadie puede sacarte eso, pero a mí me pueden sacar todo lo que tanto luché por conseguir, y ese es el fin. Tal vez ya lo sea.

—¿De qué hablas? ¿Pasó algo?

—Ya no es problema tuyo. Supongo que nunca lo fue.

—Aún me importas, Nia.

—Y, sin embargo, te largas de mi vida.

—No —dice Sharon—. No tienes derecho a convertirme en la villana. Lo intenté contigo. Dios sabe lo mucho que lo intenté, pero eres quien eres. Nunca te importaré tanto como tu trabajo.

—Esta mierda de nuevo no...

—¡Sí, de nuevo! No tengo la más puta idea de dónde estuviste estos últimos dos días. ¿Entiendes lo retorcido que es eso? No sabía si estabas viva o muerta. Aquí estoy yo, hecha una loca, mirando las noticias y preguntándome si en algún momento te mencionarán. ¿Sabes cómo se siente eso?

—No —dice Nia con la mirada fija en el suelo—. No lo sé.

—Claro que no lo sabes. ¿Cuántas veces al día te preguntas por mí y piensas, «¿Está segura Sharon? ¿Qué podría pasarle por ser negra o gay o una mujer que simplemente existe?».

—Vamos...

—Dame un número. ¿Una vez, dos, tres... cinco veces? ¿O nunca? Tanto te consume lo que haces que nunca te detienes a pensar en mí ni en nada que no tenga que ver contigo y con ser una *ranger*. Si estoy equivocada, dímelo. Dime que estoy totalmente errada.

Pasan unos segundos.

—No, tienes razón —dice Nia—. No pienso en ti como debería. Te siento como una carga: tengo que llamar para decirte dónde estoy. Tengo que asegurarme de que los putos bistecs estén descongelados. Mi cabeza está en el trabajo, siempre en el trabajo. Por eso soy buena en lo que hago. Me sentía segura contigo, y si me moría, estarías tú para recordarme… para decirle a la gente que yo importaba fuera de este puto trabajo.

A Sharon se le llenan los ojos de lágrimas. Se muerde el labio e intenta no llorar.

Nia continúa.

—Pero no es justo para ti. No es lo que buscabas porque, tienes razón, este lugar no va a cambiar, y yo tampoco.

—Gracias por tu honestidad —dice Sharon antes de dejar el sobre en la cómoda—. Te deseo lo mejor.

Sharon se va. Nia no intenta detenerla. La puerta principal cierra de un golpe y la casa queda en silencio otra vez.

Nia abre el sobre que quedó encima de la cómoda. Adentro están las llaves de la casa, el cheque para la hipoteca que mencionó Sharon y una carta, que no hace más que consolidar su desgarro. Nia lee dos párrafos y la hace a un lado. De algún modo leer las palabras duele más que haberlas oído de boca de Sharon durante los últimos dos años. Pero la carta ofrece permanencia, una manera de que ella siempre recuerde lo que perdió, de saber que alguna vez tuvo a alguien que la quiso más allá de sus defectos. Y de que recuerde que, si alguna vez encuentra el amor de nuevo, será mejor protegerlo.

El celular suena y Nia atiende:

—¿Hola?

—Adams, te necesitamos en el cuartel —dice McCann.

—¿Qué pasa?

—La junta disciplinaria programó una reunión. Hice lo posible para que la pospusieran con la excusa de tu pierna y todo eso, pero…

—No hay problema, teniente. Voy a llamar al representante de mi sindicato.

Nia va a la cocina, se sirve un vaso de agua y se traga una pastilla de morfina. Sabe que debe verse fuerte y capaz si va a tener la ilusión de transmitir confianza.

• • •

El representante del sindicato de Nia es Guillermo Gutiérrez, un hombre aburrido de unos sesenta años con un bigote canoso grueso que ha mantenido con empeño incluso luego de retirarse de los *rangers* hace casi quince años, después de que le dispararan unos coyotes que cruzaban el río Grande. Como hace la mayoría de los agentes policiales, Nia lo llama por su apellido. Sin contar hoy, Nia lo vio una sola vez en un evento estatal a beneficio de los agentes caídos. Siempre ha visto la mínima interacción entre ellos como algo positivo, la prueba de que es una buena *ranger* y de que se las ha arreglado para no meterse en problemas.

Gutiérrez viste un traje gris, camisa blanca y corbata floreada de colores vivos que no sería para nada aceptable si aún llevara su placa. Tiene un maletín negro de cuero y avanza por el pasillo a paso firme. Nia espera en un banco afuera de la sala de conferencias, y a medida que se acerca Gutiérrez empieza a sentir nervios.

—Sr. Gutiérrez —dice ella levantándose de un salto y extendiendo la mano—. ¿Tuvo mucho tráfico?

—No estuvo mal —dice él y se sienta en el banco de madera—. Logré conseguir una copia de la declaración de Powers. —Abre el maletín, saca una carpeta y se la entrega a Nia—. Échale una ojeada.

Nia saca los documentos de la carpeta y empieza a leer.

—Espere... esto fue así —dice ella—. ¿Admite que el sospechoso no estaba armado?

—Dijo la verdad sobre el disparo. Evidentemente le atribuye su capitulación a una reunión con su sacerdote.

—Sacerdote o no, quiere decir que quedo libre de culpa y cargo.

—Correcto.

—Entonces, ¿por qué estoy aquí?

—La junta está dispuesta a cerrar la investigación del Banco Central sin imponerte ninguna sanción disciplinaria. Sin embargo, esta situación con Edward Duchamp resultó ser de suma preocupación. Argumentan que falsificaste información para justificar un asalto no autorizado a su casa.

—¿Un asalto? Estábamos intentando evitar que lo asesinaran.

—Sí, ¿unos agresores desconocidos?

—Pues alguien le provocó un traumatismo en la cabeza. ¿Quién creen que fue? ¿El puto fantasma amigable Gasparín? ¿Y se molestaron siquiera en preguntarle quién destrozó su sistema de vigilancia?

—Argumenta pérdida de memoria por el trauma.

—Hay mucho de eso dando vueltas últimamente.

—Dada la soberanía de su tierra, también argumenta que se violaron sus derechos civiles. Está amenazando con un juicio federal.

—Es una investigación en curso. Nadie va a considerar algo así.

—Me dijeron que el FBI no va a presentar cargos en su contra en este momento, y los *rangers* han accedido a pronunciar una disculpa pública al Sr. Duchamp.

—Esas son pendejadas. ¿La dejan pasar porque es rico y su hijo es candidato a presidente?

—¿Sabes cuánto dinero contribuyó a entidades benéficas para soldados y agentes caídos solo el año pasado?

—Nadie está por encima de la ley, ¿verdad?

—Puede ser, pero eso no cambia la política de todo este asunto.

—Murió gente en este proceso.

—Si el FBI decide que el Sr. Duchamp o un miembro de su equipo de seguridad actuó más allá de la defensa propia, presentarán el caso apropiado en su contra.

—Los hombres muertos no cuentan historias —dice ella con una mirada fulminante de soslayo—. Lo están barriendo debajo del tapete.

—Debes entender la óptica en todo esto.

—Claro que la entiendo —dice Nia—. Entiendo perfectamente lo que está pasando. Duchamp contrató a ese hombre, Katz, para que matara a los Fletcher y a muchos otros, y ahora se va a salir con la suya.

—Debo aconsejarte que evites hacer ese tipo de acusaciones. No hará más que darle un motivo a Duchamp para que te haga un juicio civil.

Nia suspira.

—Ya no pueden quitarme nada más.

—Aún tienes tu placa.

—¿Qué hay de los Fletcher?

—El FBI se hizo cargo de la investigación de su homicidio y están decididos a buscar justicia para la familia. En cuanto al altercado en la residencia de los Bouchard, la oficina del *sheriff* local continuará con la investigación, y te recomiendo que cooperes.

—Todo esto es un lavado.

—Ya no es tu problema, Adams. El hecho de que no te hayan demandado es asombroso. No solo terminó en varias muertes tu persecución del hombre que afirmas es el Carnicero, sino que aún hay que reconocerlo. No hay registros dentales, y su condición hace que una identificación facial sea imposible.

—Se hacía llamar Bartholomew Katz. Es todo lo que sé.

—De seguro un alias, si es que es él. A menos que venga a reclamarlo algún familiar, tu supuesto Carnicero es un Juan Pérez. Es un callejón sin salida, Adams, y si sigues por este camino, no tendrás demasiada carrera que salvar.

—¿Qué me está recomendando?

—Admite que operaste siguiendo mala información y que la investigación se vio afectada porque no te adheriste a políticas y procedimientos reglamentarios. Y después de todo eso, si deciden no echarte, acepta con gratitud cualquier asignación que se te dé. Mantén tu pensión, vive tu vida y jamás te acerques de nuevo a los Duchamp.

Se abre la puerta de la sala de conferencias. Una mujer de piel marrón y ojos color miel sonríe con generosidad y dice:

—Están listos para usted, *ranger* Adams.

Nia estira las mangas de su chaqueta deportiva, tira los hombros hacia atrás y levanta la barbilla. Se recuerda a sí misma que se trata de tener seguridad. Cualesquiera sean las decisiones que tomó en el campo, las tomó para preservar vidas y propiedades, y para eso la entrenaron. Cualquier cosa fuera de eso fue una condición de supervivencia.

—Por aquí —dice la mujer.

Nia entra a la sala seguida por Gutiérrez unos pasos más atrás. Se sientan tras una mesa rectangular, frente a tres hombres blancos de traje, con caras de piedra y miradas fulminantes. En el medio hay una pila de vasos de plástico y una jarra con agua junto a anotadores, bolígrafos y una grabadora.

Nia se saca el sombrero.

—Buenas tardes, caballeros —dice, ansiosa por romper el hielo.

—Esta entrevista se grabará con audio y video —dice uno de los hombres antes de ponerse un par de gafas ovaladas—. Guardamos el audio como copia de seguridad.

Procede a enfocar la cámara sobre Nia y presiona el botón para iniciar la grabación.

Otro hombre con corbata de bolo labrada en turquesa y plata le alcanza una Biblia.

—Para el juramento —dice—. ¿Tiene alguna pregunta antes de comenzar?

—No, señor —dice ella.

—De acuerdo. —Presiona el botón de la grabadora—. Empiece con su nombre completo.

—Nia Lissette Adams.

CAPÍTULO DIECIOCHO

DESMOND

Desmond mira por la ventanilla del autobús del Greyhound. En un letrero polvoriento se lee «Bienvenidos a El Paso». El autobús entra a una vieja gasolinera. Hay filas de autobuses de larga distancia listos para ser abordados. Los pasajeros esperan debajo de un toldo de metal donde se abanican en el calor sofocante.

Cuando la mayoría de los pasajeros han bajado, Desmond toma el portafolio y sigue a las últimas personas que descienden.

Afuera hay taxis estacionados a lo largo de la acera. Un par de hombres que asume que son choferes están de pie y ríen mientras toman refrescos y fuman cigarrillos. Enseguida encuentra un taxi que tiene al conductor detrás del volante y se sube al asiento trasero. El plástico del asiento está caliente. Lo siente a través del pantalón; el taxi huele al desodorante ambiental de brisa tropical que cuelga del espejo retrovisor.

—Ah, hola, señor —dice el taxista—. ¿Destino?

Desmond le entrega un pedacito de papel con una dirección.

—¿Puede llevarme aquí?

El taxista lee la dirección y luego se seca el sudor de la cara con un pañuelo.

—Puedo. Pero este lugar… ¿está usted seguro?

—Seguro.

El taxista enciende el taxímetro.

—Okey, señor.

Arranca y sale por la avenida San Antonio.

—¿Cuánto tiempo va a tomar? —pregunta Desmond con el portafolio sobre el regazo.

—Quince minutos. Tal vez menos. No se preocupe, vamos a llegar bien.

El taxi se mete en la interestatal 10 hacia el este, y luego toma la US-54; sale en Gateway y gira a la derecha en Dyer. La zona no está en su mejor momento. La mayoría de la gente hace lo que puede para sobrevivir. El tráfico de narcóticos y la prostitución se han convertido en sinónimos del vecindario asolado por la pobreza llamado Angel's Triangle, aunque el lugar no tenga nada de santo. El crimen se instaló con las pandillas y los carteles mexicanos que empeoraron las ya pésimas circunstancias. Le cambiaron el nombre a Angel's Triangle, luego de haber sido conocido como Devil's Triangle, para reflejar la esperanza que tenían los residentes para el vecindario.

El taxista se estaciona afuera de un edificio de ladrillo.

—Llegamos —dice.

Desmond echa una mirada al taxímetro y le paga diez dólares al taxista, que incluyen dos dólares de propina.

—Tal vez deba esperar unos minutos, ¿sí? —pregunta el taxista—. Solo para asegurarme de que entre sin problemas.

—Estaré bien.

Desmond se baja y cierra la puerta del taxi. Comienza a caminar hacia el edificio blanco mientras se toma un segundo para mirar hacia arriba donde hay un letrero de metal a lo *art déco* que dice «Motel Shangri-la» en grandes letras rojas junto a dos imágenes recortadas de palmeras. Hay otro letrero que dice «Cerrado por reformas».

La puerta de la recepción es de vidrio ahumado, nada acogedor. Sobre la puerta hay instalada una cámara de vigilancia que apunta hacia Desmond. Hace contacto visual con la lente y unos segundos más tarde se abre la puerta. Desmond ingresa y se encuentra con un joven mexicano de no más de dieciocho años que viste una camiseta sin mangas completamente sucia y unos *jeans*. Su aspecto desalineado complementa el yeso emparchado de las paredes y las manchas de humedad de los paneles del techo. Hasta el mostrador de madera está astillado y deformado. Un ventilador de mesa y un aire acondicionado de pared evitan que el pequeño espacio llegue al punto de ebullición. Es un trabajo de mierda, pero cuando se trata de ascender en la Orden Fraternal, todos tienen que empezar por algún lado.

—¿Reserva? —pregunta el hombre.

—Desmond Bell. Habitación 7.

El muchacho le da una llave.

—¿Va a necesitar algo más?

—No. —Desmond le entrega cincuenta dólares que el muchacho se mete agradecido en el bolsillo.

Desmond deja la recepción y se dirige a la habitación 7, abre la puerta y entra. De inmediato lo invade la acidez del amoníaco que empapa la habitación. A las alacenas de la *kitchenette* les faltan puertas, y han colocado una pequeña mesa de bistró con una silla de comedor y otra de plástico que pertenece a un set de patio.

También han quitado el horno. En su lugar hay un pequeño refrigerador con un microondas encima.

Es una pocilga, pero los lugares así son el modo que tiene la Orden Fraternal de permanecer escondida de aquellos que sienten curiosidad por sus negocios. ¿Quién se imaginaría que una organización financiada con millones en artículos robados consideraría que un motel de mala muerte sería un buen lugar de reunión?

Desmond marca y se acerca el celular a la oreja.

—¿Eres tú, Desmond? —pregunta con voz fuerte Marco del otro lado—. ¿Estás en el lugar?

—El Paso, como me dijiste. —La conexión no es buena; hay mucha estática y oye el eco de su propia voz—. Estoy en la habitación 7.

—¿Tienes el portafolio?

—Lo tengo aquí conmigo —dice y lo pone sobre la cama—. ¿Cuánto tiempo voy a tener que esperar aquí?

—El tiempo que haga falta. Quieres que todo esto termine, ¿o no?

—Tiene que…

—Entonces ten paciencia.

—¿Y estás seguro de que va a funcionar?

—¿Seguiste mis indicaciones? ¿Hiciste todo lo que te dije?

—Al pie de la letra.

—Bien. Relájate —dice Marco—. En breve estaremos por ahí.

Desmond corta la llamada y se mete al baño donde el olor a productos de limpieza es aún más fuerte. A pesar de que huele a higiénico, nada parece estar limpio. El lavamanos y la ducha están oxidados; hay grandes depósitos de calcio y azulejos rotos, y uno de los bombillos encima del botiquín está quemado.

Regresa al área del comedor y se sienta en la silla de patio mirando hacia la puerta. Adolorido del viaje de once horas en autobús desde Dallas, echa la cabeza hacia atrás y mira para arriba. Hay gotas de sangre seca en el techo sobre la puerta y sobre la cama; hay sangre embadurnada cerca de la ventana. Pasaron cosas horribles en esta habitación. Murió gente… tal vez incluso desearon la muerte después de lo que les hizo la Orden Fraternal. Desmond sabe de lo que es capaz la Orden y lo lejos que llegará para silenciar a cualquiera en quien no confíe, pero vaya si permitirá que ese sea su destino. Abre el portafolio, saca la pistola y la apoya sobre la mesa.

• • •

Una hora después de la puesta de sol, alguien golpea a la puerta. Desmond se levanta de la silla y se mueve con cautela para responder, con el arma apuntando y el dedo en el gatillo. Destraba la puerta.

—Está abierto —dice y se aleja hacia atrás.

Entran un hombre negro alto y corpulento, calvo y con una barba de chivo cana, y un hombre de pelo oscuro con corte militar y piel bronceada, ambos con trajes bien entallados. Conspicuamente elegantes. Detrás de ellos entra Marco con la cara moreteada y con la misma ropa que le vio Desmond la última vez. Tiene la camisa manchada de sangre y rasgada, y le han vendado la mano. Se pregunta qué tipo de daño esconde el vendaje. ¿Dedos rotos? ¿Uñas arrancadas? ¿Una mano sin pulgar?

Al notar el arma de Desmond, el hombre negro de traje azul de raya fina saca rápido una pistola de bajo calibre y le apunta.

—Marco, creí que habías dicho que esto iba a ser una conversación…

—Por favor, caballeros —dice Marco—. No perdamos las formas.

—Baja el arma —dice el hombre calvo—, o te bajo a ti.

La frase suena a película del subgénero *blaxploitation*, algo que diría Dolemite antes de lanzar una patada karateka a la cabeza de alguien. En otras circunstancias, Desmond se habría reído. Pero estos hombres están aquí para matarlo.

—No lo voy a repetir —agrega el hombre, redoblando la apuesta con las frases hechas.

—Está bien —dice Desmond—. Como tú digas.

Coloca el arma cuidadosamente sobre la mesa.

—Gracias por tu cooperación —dice Marco.

—Como verás —dice el hombre con perspicacia—, teníamos que asegurarnos de que Marco nos decía la verdad acerca de tu huida. Estamos aquí para reestablecer el equilibrio.

Marco empieza:

—De acuerdo con los *praecepta*, según lo establece la Orden Fraternal de Delincuentes, has llevado a cabo un acto atroz.

—¿Cuál? Hubo varios.

—Mataste a varios miembros de la Orden.

—Para ser justos, ellos intentaron matarme a mí primero.

—¿O sea que no disputas la acusación?

—No —dice Desmond—. Maté a los hombres en tu casa y eliminé al equipo que vino por mí a la pensión, y lo haría de nuevo.

—¿Podemos, por favor, notar la ausencia total de remordimiento? —dice el hombre calvo—. Ni siquiera entiendo por qué nos molestamos con todo esto. Matémoslo y terminemos.

—Esperen… por favor —dice Marco—. Veamos qué tiene que decir.

—Les he dedicado años de servicio. ¿Eso no significa nada? —pregunta Desmond.

—La doctrina indica qué acción debemos tomar. Ni más ni menos —dice el hombre—. Confianza y lealtad más allá de todo.

—Entonces, me gustaría hacerle una oferta a la Orden —dice Desmond.

El hombre sonríe con suficiencia.

—¿Qué demonios podrías ofrecerle a la Orden?

—Yo les entrego el oro y el manifiesto de esclavos robados del banco de los Duchamp, y ustedes me liberan de la organización.

—¿Liberarte? ¿Como... una renuncia?

—Les entrego los artículos y salgo caminando por la puerta. Las monedas deben valer al menos un par de millones.

—¿Y eso incluye indemnización?

—Hablo en serio. No hay razón para ser inflexibles. Podemos llegar a un acuerdo.

—¿Qué demonios te piensas que es esto? ¿McDonald's? No puedes renunciar y ya, y sabemos perfectamente lo que valen las monedas. Pero la confianza no tiene precio.

—Llévense las monedas y el manifiesto. Hagan lo que les dé la gana, pero hasta aquí llegué. Terminé.

—Parece que Marco no hizo un muy buen trabajo cuando te dio la orientación —dice el hombre—. Hay solo dos maneras de salirte: prisión o muerte. Y como admitiste que mataste a hombres de la Orden, no le veo el sentido a hablar como si te quedara alguna carta por jugar.

—¿Qué tienen pensado hacer? —pregunta Desmond.

—Yo nada —dice el hombre—. Marco te trajo a la Orden, y ahora tiene que poner en orden su balance general. —Le entrega la pistola a Marco y sostiene a Desmond del brazo—. Será mejor que no te resistas...

Desmond intenta liberarse, pero el hombre de pelo oscuro le da un puñetazo en el estómago. Lo arrastran hasta el baño.

—Pónganlo en la bañera —dice Marco y revisa la recámara de la pistola en el umbral de la puerta.

Los hombres tiran a Desmond en la bañera y lo sostienen allí.

—Más te vale que sea un tiro limpio —dice el hombre calvo. Le da otro puñetazo a Desmond, pero esta vez le cruza la mandíbula.

Marco da un paso hacia Desmond que se esfuerza por no perder la conciencia. Apunta la pistola y los brutos se apartan.

—Mejor que no machen sus elegantes trajes con sangre —dice Marco—. Tal vez sería mejor que aguarden en la otra habitación.

Los hombres se paran en la puerta.

—No te pongas sentimental. Hazlo y ya —dice el hombre mientras se seca el sudor de la calvicie con un pañuelo.

Marco dispara dos veces y le da a Desmond en el pecho. Luego, se acerca más y le tira otra vez en la pierna. Se apresura a estirar la mano y apretarla contra la herida, se llena los dedos de sangre y le embadurna la cara.

El hombre calvo se inclina para ver mejor al hombre muerto, pero Marco le obstruye la visión.

—¿Está muerto?

—Estoy revisándole el pulso.

—¿Y?

—Muerto, muertísimo.

Los hombres caminan hacia la bañera y paran en seco al ver a un Desmond completamente ensangrentado.

—No fue tan difícil, ¿cierto?

—No —dice Marco, sorprendido por la facilidad con que pudo dispararle a su amigo.

—Vámonos a la mierda. Este lugar está apestando mi traje —dice el hombre y guía a su compañero hacia el otro cuarto. Marco los sigue.

—Yo me encargo de limpiar todo —dice Marco.

—Eliminación total —dice el hombre calvo—. Con todos los problemas que nos causó este imbécil… quiero asegurarme de que desaparezca de la faz de la tierra.

—Entonces, ¿servicio completo?

—Exacto, cabrón. Servicio completo.

—De acuerdo.

—Estuviste cerca de que te picaran el boleto, Marco. Pero lo arreglaste. Mejor será que en un futuro prestes más atención cuando reclutes a alguien. Como sea, tus privilegios se van a restringir. Nada de reclutamientos. Nada de trabajos. Cualquier movimiento que hagas pasa por nosotros.

—¿Por cuánto tiempo?

—Hasta que te lo digamos. Agradece que no estás acostado tú también en esa bañera. Ahora ordena este puto lugar.

En cuanto se van los hombres, Marco corre al baño donde encuentra a un Desmond consciente todavía encorvado en la bañera.

—Ayúdame a salir —le dice.

Marco lo levanta de los brazos y lo pone en el borde de la bañera.

—¿Pasó limpio? —le pregunta mientras mira la herida de bala en la pierna de Desmond.

—Apenas me rozó el muslo.

Empieza a quitarse la camisa y el chaleco antibalas que evitó que las balas llegaran al cuerpo.

—No puedo creer que realmente me harías un servicio completo.

—Estarías muerto. ¿Qué importa?

—Igual, hermano... ¿un puto baño de lejía?

—Creo que lo que estás tratando de hacer es darme las gracias.

—Tienes razón —dice Desmond—. Gracias. —Mira la venda en la mano de Marco—. ¿Ellos te hicieron eso?

—No es nada que no mereciera.

—Lo siento, Marco.

—Hazme un favor, y esta vez quédate muerto.

—Voy a necesitar algún lugar para emparcharme.

—Tengo un botiquín de primeros auxilios en el carro, pero vas a tener que llegar a Juárez para un cuidado completo.

—¿Quién está en Juárez?

—Tengo un socio allí. No hace preguntas. Él puede ayudarte.

—¿Es médico?

—Es lo que necesites. Conoce a gente que te dará papeles y te hará cruzar la frontera pero, a partir de ahí, te arreglas solo.

Desmond se pone de pie.

—¿Dónde estacionaste?

—Detrás del edificio —dice Marco mientras ayuda a Desmond a ir del baño a la cama—. Voy a traer el carro a la entrada.

Marco sale a toda prisa por la puerta. Desmond observa por la ventana y lo ve desaparecer hacia el otro lado del edificio. Nota que el portafolio con el oro y el manifiesto ya no está sobre la mesa; se lo llevó la Orden Fraternal, y espera que les traiga tantas miserias como le trajo a él.

CAPÍTULO DIECINUEVE

NIA

Es aquí —dice el jefe y le muestra a Nia a un pequeño escritorio contra la pared trasera—. Puedes instalarte; luego te llevo a conocer a los aprendices.

Es un hombre blanco corpulento con botas de gamuza y una chaqueta deportiva que hace juego. Parece haber otros escritorios vacíos, algunos tan polvorientos como el de ella. Cuenta seis, espaciados en el gran salón, algunos más cerca de la puerta y más visibles a cualquiera que entre, pero a ella la enviaron al fondo.

—Cómo no, jefe —dice ella y apoya su caja con artículos de oficina en el escritorio asignado.

—En la cocina hay una máquina de café. Lo único que pedimos es que mantengan todo limpio entre uso y uso.

—Sí, señor.

—Sé que esto no es lo mismo que el trabajo de campo, pero igual nos tomamos las cosas muy en serio. Tu trabajo va a ser encaminar a estos aprendices. Si necesitas algo, acudes a mí. Respetamos la cadena de mando. ¿Entendido?

—Entendido, jefe.

—Muy bien —dice—. Acomódate y paso después del almuerzo.

Nia se sienta en la silla de cuero cubierta de polvo. Chirría bajo su peso. Abre el cajón del escritorio y empieza a guardar sus pertenencias: premios y certificados enmarcados, una engrampadora, lápices y bolígrafos, cuadernos de notas y manuales de campo. Su vida entera como *ranger* entra prolijamente en un cajón. No sabe por qué, pero pensarlo le da melancolía.

Durante años guardó una foto de ella y Sharon de vacaciones en Bahamas escondida en el fondo de su cajón; le preocupaba que alguien la encontrara, pero no tenía reparo en sacarla cuando el trabajo se ponía difícil. Sharon era su ancla, su norte, hasta que dejó de serlo. Nia, o al menos parte de ella, siente alivio de que haya terminado la relación. Será una mejor *ranger* si ya no tiene que preocuparse por regresar a los brazos de nadie, pero no quiere decir que no la extrañe.

—Disculpe, *ranger* Adams. —El joven con gafas gruesas casi no se ve detrás de un carrito de correspondencia lleno de paquetes. Le entrega una pequeña caja a Nia—. Esto fue reenviado de su antigua oficina —dice—. Llegó la semana pasada.

—Gracias —dice ella y pone la caja sobre su escritorio.

—De nada, señora. —Se aleja hacia la puerta empujando el carrito con una mano y sosteniendo la torre de paquetes con la otra.

Nia saca un cúter y procede a cortar la cinta de embalar. Dentro de la caja hay un DVD. Busca, pero no hay ninguna nota. Sale de la oficina con el DVD en la mano y recorre el largo pasillo hasta una pequeña sala de medios. En un rincón hay dos carritos con televisores y reproductores de DVD. Enchufa con rapidez el suministro de energía principal y enciende el televisor y el reproductor de DVD. Inserta el DVD y aprieta el botón de reproducción. En la pantalla aparecen imágenes en blanco y negro de Desmond y Duchamp. Observa, intentando descifrar dónde se grabaron las imágenes. Hay un murmullo sordo de voces. Sube el volumen y puede oír a Duchamp con claridad. Mira el tiempo suficiente como para confirmar que es evidencia, una prueba del vínculo entre Duchamp y Katz.

Regresa a su escritorio, llama a McCann y le pide que se encuentre con ella en el edificio de entrenamiento.

• • •

—¿Qué es lo que estoy mirando exactamente aquí? —pregunta McCann con los brazos cruzados.

En diez minutos se ha poblado la sala de medios, con McCann y una fiscal del estado.

—Esta es la grabación de una de las cámaras de vigilancia de la mansión de los Duchamp la mañana del supuesto asalto.

—Sí, pero ¿cómo la obtuviste? —pregunta McCann.

—Alguien me la envió.

—¿Alguien?

—No había nota ni nada —dice ella—. Supongo que viene de alguien que conoce los negocios de Duchamp.

—¿Quién es el otro hombre?

Nia se había jurado que ya no les mentiría a sus superiores. Encubrir a Desmond y a Amora no la había ayudado en nada.

—Se llama Desmond Bell… o al menos ese es uno de los nombres que usa.

—¿Tú conoces a este hombre?

—Supe de él en el transcurso de mi investigación.

—¿Y qué relación tiene con los Duchamp?

—Por lo que pude averiguar, estaba intentando extorsionar a Duchamp para que su hijo retirara su candidatura a la presidencia.

—¿Para quién trabaja? ¿Para militantes negros? ¿Ambientalistas? ¿Extremistas religiosos?

—No lo sé.

—¿Por qué nos enteramos de este tipo recién ahora?

—Necesitaba más evidencia —dice Nia—. No quería recurrir a usted a menos que supiera con seguridad de su participación. —Más mentiras: a estas alturas, tal vez sean inevitables. Las palabras salen con facilidad—. Solo quería estar segura.

—¿Tienes alguna idea de dónde podemos encontrar a este hombre?

—No.

—Si su objetivo son los Duchamp, ¿qué le impide ir tras Corbin? —pregunta la menuda fiscal de pelo voluminoso y traje de falda oscuro—. Podría ser una verdadera amenaza para el candidato.

—¿Qué hay de la grabación, fiscal? La confesión de Edward Duchamp.

—Una confesión bajo coerción. Por no decir que el DVD es inadmisible en cualquier procedimiento legal. Ni siquiera sabemos de dónde salió. Ni podemos avalar su autenticidad.

—Pero amerita una investigación más a fondo, ¿verdad? Al menos nos da algo en contra de Duchamp. Deberíamos poder poner algo de presión, extraerle una confesión.

—Quiere decir forzar una confesión —dice la fiscal en son de burla.

—Yo no dije eso.

—Si no me equivoco, la han apartado del caso. ¿No es así, teniente McCann?

—Sí —dice él—. A partir de ahora la *ranger* Adams se desempeñará en la división de Entrenamiento.

—Una instructora, no una investigadora —dice la fiscal—. Lo cual significa que esta investigación está fuera de su ámbito, *ranger* Adams. Le sugiero que se concentre en su puesto actual y que le deje la indagación del tema Duchamp a la división de Investigación.

Nia mira fijo a McCann y le implora con la mirada.

—Señor, no podemos simplemente ignorar todo esto.

—Puedes retirarte, Adams. Lo discutiremos más tarde.

Nia sale del cuarto y camina por el pasillo evitando la mirada de los colegas al pasar. No puede dejar de sentir que todas las miradas la juzgan, y que cada persona que pasa sabe de algún modo que ella descendió de rango. Es un secreto a voces, algo sobre lo que los muchachotes blancos y muy tradicionales cotorrean en el baño de hombres, o mientras llenan sus tazas con café quemado y ser ríen de cómo la muchacha negra no dio la talla.

De vuelta en su escritorio, Nia conjetura que el DVD lo envió

Desmond, pero ¿por qué? ¿Qué ganaría con quedar implicado con Duchamp? A menos que... Considera dos posibilidades: está muerto o quiere que ella crea que lo está. De cualquier modo, el video expuesto significa que no encontrarán a Desmond Bell, especialmente si la policía no lo busca. Se pregunta qué será de Amora. La niña se crio en el equivalente a un tubo de ensayo. No tiene calle. No entiende el mundo. ¿Cómo sobrevive una muchacha así?

Más preguntas que respuestas...

Pero Nia ya ha hurgado lo suficiente en busca de la verdad. ¿Qué ganó con la búsqueda de justicia para los Fletcher y las demás incontables víctimas de Katz? Es hora de que Nia se ponga a sí misma en primer lugar, y eso significa olvidarse de Desmond, de Amora y de los Duchamp. Debe ajustarse a las reglas. Como dice su padre, «Tarde o temprano, todos debemos cerrar el telón», y no piensa perder su pensión. Es lo único que le queda por lo que vale la pena pelear.

—Perdón, ¿*ranger* Adams? —Una joven de pelo castaño está parada cautelosamente en posición de firmes con los brazos llenos de documentos. Lleva el tradicional traje de cadete: camisa y pantalón marrones, corbata azul real y sombrero de vaquero marrón claro.

—Descanse —dice Nia, permitiendo que la mujer adopte una postura más relajada—. ¿Qué puedo hacer por usted, cadete?

—Brianna Castro. —Se muerde el interior de la mejilla y se sonroja—. Quiero decir, cadete Castro.

—Okey, cadete Castro. —Nia puede sentir los nervios de la mujer—. ¿Qué necesita?

—Leí sobre usted en el *Tribune* —dice Castro casi conteniendo el aliento—. Hasta recorté el artículo y lo colgué en la pared.

—Me alegra saber que lo leyó alguien además de mi padre.

—Me cambió la vida.

—¿Un artículo de media página le cambió la vida? —En general, escuchar semejante confesión haría sentir bien a Nia, pero más bien está al borde de la irritación—. Qué halago, cadete, pero no creo que deba tomarse tan a pecho todo lo que lee.

—Usted me demostró que se podía. Nadie en mi familia creía que podría ser una buena policía; y cuando les dije que estaba haciendo los trámites para ser una *ranger* hicieron apuestas para ver cuánto duraría… Lo que intento decir es que, si no me hubiese cruzado con ese artículo sobre usted, probablemente no estaría aquí.

Nia está reacia a decir algo por temor a desalentar a la cadete. A Castro la sostiene la esperanza, y Nia la ha perdido casi toda. Tras un breve silencio Nia dice:

—Sí estaría aquí. Si esta vida era su destino, habría encontrado la manera de vivirla. Dígame, ¿qué es lo que pretende lograr con este trabajo?

—¿Lograr? —Brianna parece aturdida—. Una larga carrera y causar un impacto.

Nia asiente con la cabeza.

—Okey.

—Yo… eh —Brianna tartamudea—. ¿Dije algo malo?

—No. Dijo exactamente lo que habría dicho yo cuando estaba en sus zapatos. Pero le doy un consejo: hágase esa pregunta todas las mañanas cuando se coloque la placa. Tal vez la respuesta cambie con el correr de los años. Tal vez no. Pero el día que no pueda responderla, hágase un favor y aléjese de aquí.

—Sí, *ranger*.

—Mis días de trabajo de campo terminaron. Lo único que me queda son cadetes como usted. Así que, en lugar de intentar quebrarla, como hicieron conmigo, voy a desarrollarla para que sea una mejor *ranger* de lo que yo fui. Y algún día, ¿quién sabe? Quizá escriban artículos sobre usted.

Brianna sonríe.

—Gracias, *ranger*.

—Bueno… Debería ir adonde sea que deba estar.

Brianna asiente con la cabeza, gira sobre los talones y se aleja en la dirección en la que vino. Nia queda preguntándose cuánto de lo que le dijo a la muchacha fue sincero y cuánto fue un delirio.

DESMOND

La gorra de Desmond resguarda sus ojos del sol del mediodía mientras avanza a pie por el largo camino de tierra hasta la casa amarilla sobre la colina. Dos perros corren a sus anchas, al trote con las lenguas afuera por el porche que bordea toda la casa.

Lleva una mochila colgada del hombro que contiene una muda de ropa y dinero en efectivo. Tiene un cigarrillo detrás de la oreja. Linh está sentada en una mecedora en el porche y lee un libro. Su vestido de verano azul pálido se mece en la brisa mientras los perros juguetones bailan a sus pies. Él no es ningún poeta. Nunca tuvo tiempo de descifrar cuál era la diferencia entre una metáfora y un símil. Pero ella se ve tan majestuosa como el destello de un relámpago en el cielo nocturno. Él se acerca a la casa. Los perros alcanzan a olerlo y se le acercan. Los ladridos alertan a Linh. Se arrima al barandal del porche, se queda allí de pie por un momento, y luego baja a la tierra seca y empieza a caminar hacia él.

Desmond empieza a trotar y corre hacia Linh. Se encuentran en el camino y ella lo envuelve con sus brazos.

—Estás vivo —dice con el cuerpo pegado al de él—. Recé tanto para volver a verte.

—Te dije que vendría.

—¿Estás bien? —da un paso hacia atrás y lo mira de arriba abajo.

—Sí —dice—. Pero la pensión...

—La policía me dijo que fue un intento fallido de invasión de propiedad —dice ella—. Me hicieron muchas preguntas sobre mis pensionistas, pero les dije que alquilaba con el sistema de honor. No guardaba ninguna documentación sobre la gente que se quedaba conmigo. —Uno de los perros le da un mordisquito a Desmond en el pie—. Podemos platicar adentro —dice y guía a Desmond de la mano.

—¿Está tu tía?

—Se fue a jugar al bingo con sus amigas. No regresará hasta más tarde.

Desmond sigue a Linh a la casa. Mientras que la fachada pintoresca sugiere una decoración hogareña, en el interior hay muebles de madera de lupia labrada por artesanos y carpinteros en Vietnam. Los jarrones glaseados y las pinturas al óleo representan tiempos antiguos en Vietnam, antes de que las ocupaciones y las guerras destruyeran el país.

—Siéntate —dice Linh—. Preparo un té.

Desmond deja su mochila en el piso y se sienta en el sofá mientras admira la belleza de Linh; ella se dirige a la cocina. Nunca podría olvidarse de su belleza, pero entre tanta fealdad y muerte, se había olvidado de cómo lo hacía sentir estar cerca de ella. Le genera una alegría que no está seguro de merecer.

—Siento mucho lo de la pensión —dice él—. Sé lo mucho que significaba para ti.

—Va a llevar algo de tiempo, pera la pondré en marcha de nuevo. —Pone saquitos de té en tazas y llena una tetera con agua—. Ese asunto del que tenías que ocuparte, ¿ya terminó?

—Sí.

—¿Y ahora qué vas a hacer?

—Me tengo que ir.

—¿De Texas?

—De Estados Unidos. No es seguro para mí estar aquí... ni para mi hija.

—¿Tu hija? —Linh deja de llenar la tetera—. ¿Por qué no me contaste que tenías una hija?

—Estaba intentando resguardarla, pero es como dijiste tú: basta de mentiras.

Ella respira hondo.

—Okey —dice—. Tienes razón. Quiero saberlo todo…

—Quería contarte tantas cosas antes, pero tenía miedo.

—¿Miedo de qué?

—De que si sabías quién era yo, el verdadero yo, no quisieras estar conmigo. Una vez me preguntaste si yo era un buen hombre. La respuesta corta es no. Hace rato que no soy bueno. Pero no es porque no quiera. Quiero ser un buen hombre más que nada en el mundo, y es lo único que Amora quiere para mí…

—¿Ese es el nombre de tu hija?

—Su madre se lo puso. Viene de «amor» y es lo que siempre he querido para ella. Una vida llena de amor.

La tetera silba. Linh vierte el agua caliente sobre los saquitos de té. Lleva las tazas a la sala, las pone en la mesita frente al sofá y se sienta junto a Desmond.

—¿Puedes contarme qué le pasó a tu esposa?

Desmond mira la taza mientras el saquito se remoja y el agua se oscurece.

—El tiempo vuela —dice él—. Cuando estamos en el momento, no lo sentimos y creemos que es infinito. Pero está lejos de serlo. El fin de los días de mi esposa fue prematuro por mi culpa y, por un tiempo, no pasaba un día en que no deseara que el muerto hubiera sido yo.

—¿Qué le pasó?

—Me hicieron descarrilar. Se suponía que no debía sobrevivir nadie. Pero Amora y yo sobrevivimos; y, a partir de entonces, todo lo que hice fue para protegerla.

—¿Ahora dónde está?

—Hay un lugar en Vietnam donde se crio su madre. Hace años compré el terreno y la casa que se encuentra allí. Es un lugar seguro. Es donde sabe que puede buscarme.

—Deberías ir y encontrarla.

—Lo haré, pero no voy a regresar, Linh.

Ella se queda en silencio. Tal vez aturdida… y luego dice:

—¿Qué?

—Quiero que vengas conmigo —dice él.

—¿Qué quieres decir, Desmond? —Linh casi vuelca su té—. ¿Qué vaya contigo… a vivir a Vietnam?

—Sí.

Ella se pone de pie y empieza a caminar de un lado a otro.

—¿Sabes lo que me estás pidiendo?

—Sé que te amo y quiero que estemos juntos.

—Tengo toda mi vida aquí en Texas. Mi tía. Mi pensión.

—Entiendo lo que estarías sacrificando, pero podemos conseguir a alguien que maneje la pensión…

—¿Y mi tía? Ya está muy mayor.

—Cuando llegue el momento, podemos llevarla.

Linh suspira.

—No ha vivido en Vietnam en décadas.

—Entonces, podemos ir a algún otro lugar —dice él poniéndose de pie y apoyando las manos sobre los hombros de Linh—. Pero debo ser claro. Podemos ir adonde quieras, pero yo… *nosotros* jamás podremos regresar a Estados Unidos.

—¿Qué haríamos para ganar dinero?

—Tengo suficiente para que nos dure por el resto de nuestras vidas y las de la generación siguiente.

Ella empieza a caminar de un lado a otro de nuevo. Desmond la mira ansioso y se pregunta si no habrá sido una tontería venir a buscar a Linh. Pasó seis semanas en México pensando en ella mientras sanaba la herida de bala que le provocó Marco y obtenía una nueva identidad, un pasaporte y una tarjeta de Seguro Social con la ilusión de que ella huyera con él. Y ahora, al encararla con esta propuesta, le preocupa haber sido extremadamente optimista. Después de que la sometió a tanto, ¿por qué habría de considerar la idea de pasar su vida con él?

—Quizá no debí haber venido. —Desmond toma su mochila y se la pone sobre el hombro—. Gracias por el té. Lo siento… por todo.

Camina hacia la puerta.

—Espera —dice Linh.

—¿Sí?

—Está bien… iré contigo.

—¿En serio?

—Pero tienes que prometerme algo.

—Lo que quieras.

—Basta de robar —le dice con firmeza—. No voy a estar con un criminal.

—Te doy mi palabra.

—Si no cumples, no me ves más. Punto. Nada de pláticas… nada de tire y afloje. Me pierdes para siempre, ¿está claro?

—Lo entiendo, Linh, y no dejaré que eso ocurra.

—Bien. —Su advertencia sincera da lugar a una sonrisa incipiente, y cae en los brazos de Desmond—. Ah, y ya basta con los cigarrillos. Después de todo lo que has pasado, ¿en serio quieres que te mate esa mierda?

Le saca el cigarrillo de detrás de la oreja y lo aplasta con la palma de la mano.

—Me pondré un parche o algo así —dice él con una sonrisa incontrolable.

—O sea que… ¿en serio lo haremos?

—En serio.

—Tengo que encontrar la manera de darle la noticia a mi tía. Va a tener muchas preguntas.

—Ese podría ser un problema.

—¿Por qué?

—Debemos llegar a la frontera antes de que caiga la noche. Tengo a gente esperando que nos ayudará a cruzar y nos llevará a Ciudad de México. De allí podemos volar a Hanoi. Pero debemos marcharnos ahora.

—Pero mi tía no va a regresar hasta la noche.

—Lo siento, Linh, pero se nos podría cerrar esta ventana si no nos vamos.

—No lo entenderá.

—Puedes llamarla cuando crucemos la frontera. Eso será más seguro.

—¿Y decirle qué? ¿Que hui del país con un hombre al que nunca vio? Va a pensar que me secuestraron.

—No lo sé —dice Desmond mientras el momento de alegría colapsa bajo el peso de la realidad—. Pero yo estuve en tu lugar alguna vez. Lo único que tuvo sentido fue decirle a mi madre lo mucho que la quería y que confiara en mí, que confiara en que estaba tomando la decisión correcta.

—¿Y eso bastó?

—A veces tiene que bastar.

Linh va hasta un escritorio pintado con adornos dorados y siluetas de bosques de bambú. Abre un cajón, y saca un bolígrafo y un anotador. Empieza a escribir. Se le llenan los ojos de lágrimas.

«¿Por qué los riesgos tan a menudo van de la mano del dolor y el sufrimiento?». No parece justo tener que sacrificar algo para ganar algo. Desmond sabe demasiado bien lo que está sacrificando Linh, y nunca podrá olvidar este momento. No importa lo que se interponga entre los dos —desacuerdos, malentendidos—, nunca podrá olvidar lo que sacrificó Linh para estar con él.

Linh termina de escribir, dobla la carta y la pone en la mesita de la sala. Se seca las lágrimas y dice:

—Vamos.

EPÍLOGO
NIA

Palestine, Texas
2023

Nia está acostada en una cama en la unidad de cuidados intensivos. En el televisor montado en el techo se emite un noticiero que ella tiene silenciado. Nia prefiere las noticias sin sonido, siempre ha sido así.

El cuarto está frío, pero las dos mantas que le dio la enfermera de la noche mantienen sus piernas abrigadas. La mala circulación causa escalofríos frecuentes a través de todo su cuerpo. Debería haber sabido que se vislumbraba otro ataque al corazón. Su médico dice que es por los años de abuso del opio. Cuando los analgésicos se apoderaron de ella, le tomó tres internaciones en centros de rehabilitación quitarse esa mochila de encima.

Le debe su sobriedad a Castro, y que le salvara la vida no una, sino dos veces. Después de que Nia colapsó en el piso de su sala, Castro llamó una ambulancia y trasladaron a Nia de urgencia al Centro Médico Regional. Dos ataques al corazón en cinco años. A pesar de estar jubilada del servicio, no puede eludir la perspectiva diaria de la muerte. Por supuesto, es universal y le ocurrirá a toda cosa viviente, pero ¿por qué tiene que acosarla así? La mayoría de la gente probablemente vive la vida considerando de manera ocasional la idea de morir —pensamientos tal vez suscitados por la muerte de un pariente o la imagen de un animal muerto al costado de la carretera—. La muerte no los persigue como la persigue a ella. Con cada pellizco en el pecho se pregunta si será el gran momento.

En todos los años de internaciones en hospitales, nadie la ha venido a visitar. No es que le quede alguien. Pero, durante un tiempo, Sharon se comunicaba de vez en cuando para ver cómo estaba. Luego se casó y se mudó a Taos donde abrió un centro de bienestar. La revista *Essence* lo nombró una de las mejores empresas de personas negras del país, el destino favorito de celebridades y políticos.

Nia intenta recordar la última correspondencia que recibió de Sharon. ¿Tal vez fue hace cinco años? Lo piensa un poco más. No, fue más hace como una década.

El monitor hace un pitido fuerte. Tiene diodos pegados al pecho y una vía contactada al brazo. En el dedo tiene puesto un pulsómetro; le aprieta tanto que perdió la sensación alrededor del nudillo. Una noche más de análisis, sorbiendo gelatina de cereza aguada, y estará de regreso en casa.

Alguien toca a la puerta.

—¿Sí? —dice Nia. Debe de ser la hora de sus pastillas, piensa—. Adelante.

Una enfermera que no reconoce entra sin su historia clínica. La mujer tiene pelo largo, negro azabache, y tez clara. Los tatuajes le cubren ambos brazos —glifos y formas extrañas—. Lleva ropa quirúrgica extragrande. La camiseta le queda floja sobre los hombros y tiene un escote pronunciado en V sobre los pechos.

En el hospital hay residentes que hacen rondas, pero rara vez vienen sin personal de enfermería o médico.

—¿Eres nueva en la rotación? —pregunta Nia. La mujer revisa en silencio el monitor de la vía de Nia—. Creo que la enfermera de la noche ya revisó eso. ¿Cómo se llama…? —Intenta recordar el nombre de la enfermera que suele tener—. Clara… eso es.

—Clara está en su descanso —dice la mujer.

—¿Descanso? Creí que venía a buscarla su esposo.

—Ah, sí, cierto —dice la mujer—. Vino a buscarla su esposo hace un rato.

Nia se yergue en la cama y la mira fijo.

—Clara no tiene esposo. Tiene gatos. Los llama sus bebés peludos. ¿Quién demonios eres?

La mujer deja de toquetear el monitor de la vía y se sienta al pie de la cama de Nia.

—Más te vale empezar a hablar, muchachita, o aprieto este botón. —Nia mira el botón de llamada naranja—. ¡Habla, maldita sea!

La mujer endereza la espalda, cruza las piernas y apoya las manos sobre las rodillas como si estuviera posando para una foto de la escuela.

—Ha pasado bastante tiempo, pero apuesto que no me veo tan distinta.

Nia la mira dudosa.

—¿Te conozco?

—Usted, en cambio, *ranger* Adams, no se ha estado cuidando mucho. ¿Sabe cómo le dicen en la estación de enfermeras? John McClane —dice—. Misógino, pero supongo que no se les ocurrió otro policía imaginario sin pene que huyera de la muerte de manera rutinaria.

—No puede ser... —Nia se frota los ojos—. ¿Amora?

—Qué hubo, *ranger*.

—¿Qué demonios haces aquí?

—Visitando a una vieja amiga.

—¿Después de todos estos años?

—Andaba por el vecindario.

—No deberías estar aquí —dice Nia.

—Hace poco la visitaron dos *rangers*...

—¿Me estuviste vigilando?

—No —dice—. Los estuve vigilando a ellos. Monitoreando su investigación.

—¿Qué sabes acerca de su investigación?

—Todo lo que vale la pena saber.

—Lo que están investigando... —dice Nia—. Tú eres parte de eso, ¿verdad?

—Más que parte; lo organicé yo. Pero no es más que el comienzo; por eso la necesito.

—¿A qué juegas, Amora?

—Quiero que los ayude.

—¿Que los ayude a hacer qué? Ni me molesté en mirar el expediente. No quiero tener nada que ver con el caso.

—Por desgracia, Adams, no tiene ni voz ni voto.

—¡Mierda si no!

Amora saca un teléfono de su bolsillo y pasa unas fotos.

—Aquí está —dice y sostiene el teléfono para que Nia lo vea—. Oí que los tratamientos faciales son tremendos.

—¿Cómo sabes de ella?

—Los tiempos cambiaron, *ranger*. La información vive y respira en el ciberespacio. No hay pasado. No hay futuro. Ni siquiera ahora. Todo es código binario —unos y ceros— volando por el éter. No fue difícil encontrar a Sharon. Hace décadas que se digitalizaron los registros de propiedad, y con su nombre una búsqueda me llevó a la otra y no me tomó ni cinco minutos encontrar a una compañera de casa, que no era una compañera de casa, ¿verdad?

—No la metas en esto.

—Eso depende de usted. Si quiere que Sharon y la vida que construyó estén a salvo, lo único que tiene que hacer es cooperar con los *rangers*.

—¿Y pasarte información? ¿Ser tu cómplice?

—No —dice Amora y guarda el teléfono de nuevo en su bolsillo—. Ser la heroína de Sharon, su protectora. Usted me ayuda a mí, y yo prometo que ni ella ni su negocio sufrirán ningún daño.

—¿Y si no?

—Hasta el último dólar. Hasta el último centavo que tiene Sharon desaparecerá de la noche a la mañana. —Amora chasquea los dedos—. Y así de fácil, pasará de glamorosa a impostora. La miseria es algo bien feo. Pero es más feo aún para los que una vez tuvieron más de lo que podrían haberse imaginado.

—¿Puedes hacer eso?

—Magia de muchacha negra, cariño. Además, ya lo hice. —Amora mira la televisión, toma el control remoto amarrado al pie de la cama por un cable y sube el volumen. Un reportero estoico se va por las ramas. El tercio inferior de la pantalla dice «CIBERATAQUES COR-PORATIVOS EN AUMENTO».

—Tú estás detrás de estos ataques —dice Nia—. Estás extorsio-nando a las compañías.

—Una revolución en ciernes…

—Dios santo, ¿qué demonios te ocurrió?

Amora sonríe.

—Lo mismo que le sucede a todo el mundo si tiene suerte: crecí de una puta vez —dice mientras camina hacia la puerta—. Habla-mos pronto, *ranger*.

De salida, Nia nota las botas negras de cuero de Amora con suelas de cinco centímetros y se pregunta cómo no las notó antes. Debe de ser la medicación, piensa.

El noticiero sigue en la pantalla. Nia no tiene la menor idea de cómo funcionan ni internet ni el cibercrimen, pero sabe que todo lo bueno que le sucedió a Sharon ha sido a pesar de los muchos cortes que le provocó Nia cuando estaban juntas.

Le debe todo a Sharon, y su amor por ella asegurará que Nia haga lo necesario para que esté a salvo.

AGRADECIMIENTOS

Me gustaría agradecerle a mi equipo, cuya ayuda le dio forma a este proyecto: a mi agente literario, Marc Gerald; a mi publicista, Amanda Ruisi; y a mi asesor general, Steve Savva. Trabajar con Aaron Philip Clark fue una sociedad perfecta para darle vida a esta historia. Además, me gustaría agradecerle a Patrik Henry Bass, editor sénior de Amistad; a Brian Murray, presidente y CEO de HarperCollins; a Judith Curr, presidente y editora de HarperOne Group, por ser continuos grandes socios míos en el espacio literario.

ACERCA DEL AUTOR

Galardonado rapero, empresario, actor y productor, Curtis James Jackson III, mejor conocido como 50 Cent, nació en Queens, Nueva York. Reconocido como uno de los artistas musicales más talentosos y prolíficos de su época, el ganador de Premios Grammy alcanzó la fama con su álbum debut que rompió todos los récords, *Get Rich or Die Tryin'*, y a partir de entonces ha vendido más de treinta millones de álbumes a nivel mundial, y recibido numerosos y prestigiosos galardones. Jackson se ha valido de su estrellato para desempeñarse como empresario, actor y productor, con un éxito incomparable. Desde *Get Rich or Die Tryin'*, uno de los álbumes de venta más rápida de la historia, hasta la firma de uno de los contratos más influyentes del hip-hop con la venta de Vitaminwater, Jackson sigue rompiendo récords. Actualmente cuenta con el mayor estreno que ha tenido Starz: la serie *Power Book II: Ghost*.

Jackson ha construido una carrera televisiva y cinematográfica exitosa como productor y actor. En 2003 fundó G-Unit Film & Television, Inc., que produjo un amplio espectro de contenido a través de numerosas plataformas y vendió un sinnúmero de programas a diversas cadenas. Entre ellos se encuentra la aclamada serie *Power*, que no solo coprotagonizó, sino de la que también fue productor ejecutivo y director, y que ha ocupado el primer lugar en Starz. Se ha concentrado con éxito en expandir el universo de *Power* con los *spin-offs Power Book II: Ghost, Power Book III: Raising Kanan* y *Power Book IV: Force*. G-Unit Film & Television también produjo *For Life* para la cadena ABC. Actualmente está produciendo la tercera temporada de la exitosa serie *Black Mafia Family* para Starz, y hace poco lanzó la docuserie *Black Mafia Family*. En 2023, Jackson anunció un acuerdo no exclusivo con FOX para el desarrollo de múltiples proyectos. G-Unit Film & Television también está desarrollando las series *Fightland* y *Queen Nzinga* para Starz, así como *Trill League* en BET+. Está desarrollando «Intitulada» para Paramount+ con Chad Stahelski en la dirección. *Lady Danger* protagonizada por Nicki Minaj estará en Freevee. G-Unit Film & Television acaba de lanzar *Hip Hop Homicides* en WeTV. Jackson también se está expandiendo al espacio del pódcast a través del nuevo *banner* de G-Unit Audio con el regreso de *Surviving El Chapo: The Twins Who Brought Down a Drug Lord* en asociación con iHeart Media y Lionsgate Sound. La compañía también está construyendo su futura programación, empezando por un contrato para tres películas de terror en colaboración con el fenómeno del terror Eli Roth y 3BlackDot, y con la llegada de *Expendables 4* con Millenium y Lionsgate.

El excepcional hombre de negocios se ha desempeñado como CEO de G-Unit Records desde sus comienzos en 2003 y, desde entonces, ha firmado con una multitud de artistas multiplatino. En 2003 Jackson lanzó la Fundación G-Unit para apoyar programas que fomentan las habilidades sociales y de liderazgo en jóvenes que viven en ciudades a lo largo del país. Jackson también continúa expandiendo su marca, y en 2016 lanzó la compañía de vinos y bebidas alcohólicas de lujo, Sire Spirits, dueña de Le Chemin du Roi Champagne y Branson Cognan. Jackson es autor de siete libros, tres de los cuales —*From Pieces to Weight, The 50th Law with Robert Greene* y *Hustle Harder, Hustle Smarter*— han sido *bestsellers* del *New York Times*.

Además, en 2020, Jackson recibió una estrella en el Paseo de la Fama de Hollywood y recibió el Premio al Mejor Director de Serie

Dramática de la NAACP. En 2023, Jackson se embarcó en una gira global, The Final Lap Tour, con más de 103 conciertos a lo largo de treinta y cinco países, que comenzó en Norteamérica y continuó a través de Europa y Australia con más de un millón de entradas vendidas.